Rainer Holbe

Niemand stirbt für immer

Rainer Holbe

Niemand stirbt für immer

Roman

Herbig

Schutzumschlag: Wolfgang Heinzel,
unter Verwendung eines Motivs von
Image Bank, München
Satz: Schaber Satz- und Datentechnik, Wels
Gesetzt aus 10,5/13 Punkt Giovanni
in PostScript
Druck: Jos. C. Huber KG, Dießen
Binden: R. Oldenbourg, München
Printed in Germany
ISBN 3-7766-1973-2

Die handelnden Personen sind frei erfunden. Sämtliche im Buch geschilderten PSI-Experimente geschahen und geschehen noch heute. Im Dokumentarteil erhält der interessierte Leser Hinweise auf weitere Veröffentlichungen zu den einzelnen Themen.

Die Stimme

Er war noch keine zehn Minuten in diesem Zimmer, da wußte der Reporter Stefan Zigrand, daß er einen Weg betreten hatte, an dessen Ende sich sein Leben verändert haben würde.

Es regnete. Auf der Fensterscheibe zeichneten die Wassertropfen willkürliche Muster. Dahinter sah Zigrand schemenhaft die Türme des Doms in den grauen Himmel ragen.

Ein Tag zum Sterben, dachte er. Der Tod ist vernarrt in solche Stimmungen. Sonne und blauer Himmel wären eine unangemessene Szenerie für das grausame Spiel, dessen Zeuge er so oft gewesen war. Als Journalist war er weit gereist. Aus Bosnien hatte er über Menschen berichtet, die in der Schutzzone von Srebrenica unter den Augen der untätigen UNO-Truppen massakriert worden waren. Die Schreie der Opfer würde er niemals vergessen können.

Verglichen mit dem höllischen Spektakel des Krieges war dieses Sterben hier ein Kammerspiel, ja geradezu ein Privileg. Durch das Fenster schob sich graues Licht. Es legte sich matt auf das weiße Bett und nahm den Konturen ihre Schärfe. Zigrand beobachtete die alte Frau, die bleich und hohlwangig vor ihm lag. Zwei Sonden führten in Mund und Nase. Infusionsflüssigkeit tropfte in eine Nadel, die im linken Unterarm steckte. Unter dem Nachthemd der Patientin endeten farbige Drähte an Elektroden, die schwache Herzschläge in bizarre Zacken auf einem grünlich schimmernden Monitor verwandelten.

Die junge Frau, die neben dem Bett saß, beugte sich über

die Sterbende. Eine Falte zwischen den Brauen kerbte sich in ihre fahle Haut. Das Gesicht zuckte leicht.

»Du wirst jetzt bald gehen, Mutter«, sagte Franziska Berg ruhig. Sie hatte in den 28 Jahren ihres Lebens bisher nie wirklich Schweres oder Beunruhigendes erlebt. Auf dem weißgedeckten Tisch neben der Vase mit den Alpenveilchen stand eine Kerze, die Franziska anzündete. Ihre selbstverständliche Gelassenheit faszinierte Zigrand.

»Ich weiß, daß du keine Angst hast. Denke daran, was du mir von der Erhabenheit und Würde des Todes erzählt hast. Und von dem Land, das dich erwartet«, sagte Franziska. Tränen traten ihr in die Augen, doch der Ausdruck ihres Gesichtes blieb sanft und ausgeglichen. Ferne Kindheitsbilder stiegen in ihr auf. Das von Heiterkeit und Liebe bestimmte Leben mit der Mutter, die intensive und doch so ungezwungene Verbindung zu ihr, auch als sie selbst längst erwachsen war. Franziska war ein gefühlvoller Mensch mit einem Hang zu sentimentalen Gedanken. Gleichzeitig fühlte sie sich stark und unabhängig, wach und gescheit, geführt und beschützt, seit sie denken konnte.

»Melde dich gleich bei uns, wenn du drüben bist«, bat sie die Kranke und streichelte behutsam ihre Stirn.

Franziska Berg trug einen moosgrünen Leinenanzug, der gut zu ihren dunklen Haaren paßte. Auf kräftiges Make-up hatte sie verzichtet, nur ihre Brauen nachgezogen und den schön geschwungenen Mund mit brombeerfarbenem Lippenstift betont. Zigrand ahnte ihren warmen weichen Körper und wünschte, er könne ihn vor dem kalten Tod schützen, der unsichtbar das Zimmer betreten hatte.

Willkommen, Freund Hein! Zigrand, Chefreporter von »Aktuell«, ausgezeichnet mit dem Egon-Erwin-Kisch-Preis, hatte sich einen Hang zur Melodramatik bewahrt. Er war dem unheilbringenden Gevatter schon oft begegnet. Als junger Reporter sah er aus dem Hubschrauber der Amerikaner die von Napalm verbrannten Körper junger Vietnamesen entlang des Saigon-Flusses. Jahre später hatte er 100 Meter von Rajiv Gandhi entfernt gestanden, in dem indischen Dorf Sriperumbudur, als die Bombe explodierte, die dem Politiker den Kopf abriß. Überall Blut, Schreie, Entsetzen. Körperteile von 15 Menschen lagen auf dem roten Teppich verstreut, über den der Enkel Nehrus zuvor geschritten war.

»Unser Dorf ist auf alle Ewigkeit geschändet«, hatte ein weinender Bauer geklagt.

»Jetzt ist er ein Gott«, meinte ein anderer, als Wind aufkam und rötlicher Staub durch die Straße wirbelte.

Sriperumbudur stand von diesem Tage an auf der Liste jener Stätten des Todes, auf der auch Dachau, Auschwitz, Sarajewo, Dallas und Grosny verzeichnet sind. Der Tod hat eine lange Geschichte.

Für Zigrand war das Sterben auf Zimmer 410 der Intensivstation des katholischen Krankenhauses zum heiligen Christophorus in Köln so etwas wie ein Experiment. Er war hier, um dem Geheimnis des Todes auf die Spur zu kommen, seine Finten zu entschlüsseln, so wie er als Reporter die Verstrickungen des Ministerpräsidenten von Schleswig-Holstein recherchiert hatte, die schließlich zu dessen Rücktritt führten.

Was geschieht mit einem Menschen, wenn er gestorben ist? Sein Leib wird verbrannt oder verfault in der Erde. Staub zu Staub. Die schwarzumrandete Anzeige in der Zeitung, der Sarg mit den aufwendigen weißen Kissen, das Häufchen Asche in der Urne und ein paar Erinnerungen an den lieben Verstorbenen. Reichlich wenig, was da von ein paar Jahrzehnten Leben übrigbleibt.

Was aber passiert mit der individuellen Persönlichkeit? Verschwindet sie spurlos von dieser Welt oder haben jene Physiker recht, die davon sprechen, daß es ein Leben nach dem Tode geben könne, eine Art geistige Existenz? Zigrand interessierte sich für diese wissenschaftliche Position. Die Aussagen der Theologen waren ihm zu antiquiert. Ein ungewöhnliches Thema für ein Nachrichtenmagazin: das große Tabu unserer Gesellschaft.

Bei seinen Recherchen war Zigrand auf zwei sehr unterschiedliche Menschen gestoßen, die er bis in dieses Zimmer begleitet hatte: den rundlichen, einfältig wirkenden Ewald Jaeger in seinem grauen gestreiften Anzug und die hübsche Heilpraktikerin Franziska Berg, deren offenkundige Intelligenz in einem für ihn unbegreiflichen Gegensatz zu ihren mystischen Überzeugungen stand. Das seltsame Gespann wartete mit angeblichen Beweisen für ein Leben jenseits des Todes auf. Ein technischer Kontakt zu Verstorbenen sei möglich und für sie nichts Ungewöhnliches. Die Transkommunikation - so nannten sie das Phänomen - sei die größte Entdeckung dieses Jahrhunderts, ungleich wichtiger für die Menschheit als die Erforschung der atomaren Energie.

Nicht ohne Skrupel hatte sich der Journalist in diese intime Situation eines Krankenzimmers begeben, in der er als Zuschauer das Sterben eines Menschen begleitete, der ihm fremd war und den er nie zuvor gesehen hatte. Es geschah mit Einwilligung des Arztes und vor allem mit Zustimmung der jungen Frau, deren Mutter sich anschickte, dieses Leben zu verlassen.

»Ich schalte schon mal ein«, sagte Jaeger und beugte sich über das Gerät, neben dem sein Handy lag, immer bereit, mit der Welt da draußen in Verbindung zu treten. Franziska nickte lächelnd. Die todkranke Frau vor ihnen hatte dem seltsamen Experiment zugestimmt. Mit ihrer Tochter war vereinbart, daß sie sich nach dem Exitus gleich auf dem Apparat bemerkbar machen sollte.

Ein makabres Spektakel, dachte der Reporter. Allenfalls

etwas für eine Boulevardzeitung. Er bereute schon, sich darauf eingelassen zu haben.
Die Sterbende hatte die Augen geschlossen. Stumm saß die Tochter daneben und hielt ihre schmalen, fast durchsichtigen Hände. Das uralte versöhnliche Bild vom großen Abschied. Geräuschvoll trat eine Krankenschwester ins Zimmer, prüfte die Apparaturen, schüttelte an der Infusionsflasche. Eine sachliche Arbeit, ausgeführt ohne Anteilnahme.
An Todgeweihten hat in diesem Krankenhaus keiner mehr Interesse, überlegte Zigrand. Wer kümmert sich schon um Niederlagen? Der Kampf ums Leben war verloren.
Im Zimmer war es wieder still geworden. Auch der Regen machte wenig Geräusch. Kein Priester war gekommen, auch kein Arzt. Es hatte auch keine letzten Worte aus dem Mund der Sterbenden gegeben, so wie sie bei Dichtern oder Staatsmännern überliefert sind. »Schlechtes Wetter für so eine lange Reise«, soll Kaiserin Maria Theresia kurz vor ihrem Tode beim Blick aus dem Palastfenster gesagt haben. Goethe war es nach »mehr Licht« vor seinem letzten Atemzug. Das waren durchaus erhabene Momente. Heute stirbt man nicht mehr so, dachte Zigrand. Dabei hatte die alte Frau das Glück, daß ihre Tochter bei ihr war und auch ein Freund der Familie. Die meisten todkranken Menschen sterben allein gelassen in der Anonymität einer Intensivstation.
Zigrand fühlte sich immer unbehaglicher, ein Fremder, der einem privaten Vorgang beiwohnte, ein Neugieriger, der auf Sensationen hoffte. Der geschäftige Ewald Jaeger mußte solche Skrupel nicht haben. Er war ein geladener Beobachter des Sterbens. Mit Franziska gehörte er zu einer Gruppe, die sich der Aufklärung des ältesten Rätsels der Menschheit verschrieben hatte: Überlebt der Mensch seinen Tod? Die sterbende Mutter sollte bald eine Antwort darauf geben.

Ein schriller Ton zerriß die Stille. Das Leben gab ein letztes Mal Alarm. Auf dem Monitor verebbten die Kurven, und die grüne durchgehende Linie deutete auf das Ende. Das grelle Pfeifen rüttelte an den Nerven.

Die Tür wurde geöffnet. Mit schnellen Schritten kam ein junger Arzt herein und ging zu der leblosen Frau. Er öffnete ihr Nachthemd. Routiniert begann er mit der Herzmassage.

»Sie müssen nichts mehr tun«, sagte Franziska Berg und strich sanft über das entspannte Gesicht der Toten. Tränen rannen über ihre Wangen. »Meine Mutter ist jetzt in der anderen Welt«, fuhr sie tapfer fort. »Sie sieht das Licht und hört eine wundervolle Musik; sie ist dort sehr glücklich.«

Verlegen knöpfte der Arzt das Hemd wieder zu, nickte und ging hinaus.

»Warum sind Sie gegen Wiederbelebungsversuche?« fragte Zigrand. »Vielleicht hätte man Ihre Mutter retten können.«

Franziska drehte ihm das Gesicht zu. Sie wirkte unendlich traurig. Er hatte den Wunsch, sie zu umarmen und ihr das warme Gefühl des Mitleidens zu übermitteln. Doch als Reporter hielt er stets auf Distanz zum Objekt seiner Neugier. Mache dich nie gemein mit einer Sache, über die du berichtest, und sei sie noch so edel, war sein berufliches Motto.

»Sie lebt doch weiter. Auf der anderen Ebene ist sie gerade geboren worden«, entgegnete Franziska. Niemand würde ihr das Wissen von der Unsterblichkeit des Menschen nehmen können. Nicht nur ihr inneres Gefühl, auch die Beschäftigung mit den technischen Jenseits-Kontakten hatten sie davon überzeugt.

Ewald Jaeger schien vom Tod der alten Frau nur wenig berührt. Sorgfältig beobachtete er die sich langsam drehen-

den Tonbandspulen und den Oszillograph, der jede Veränderung bei der Aufnahme anzeigen würde. Sekunden später registrierte der Techniker ein leichtes Zittern.
Er sieht aus wie ein Insektenforscher bei der Betrachtung seiner Objekte, dachte Zigrand. Ein Besessener auf der Suche nach Beute.
»Sie hat sich gemeldet«, sagte Jaeger und wirkte dabei so erfreut, als hätte er gerade einen seltenen Käfer aufgespürt. Gleich darauf fuhr er das Band auf seine Anfangsposition zurück und drückte den Wiedergabeschalter des Gerätes. Er lauschte. Auch Zigrand war gespannt. Der unbeteiligte Reporter, der kühle Rechercheur ungewöhnlicher Ereignisse war plötzlich eingewoben in dieses Gespinst von Leben und Tod. Er spürte, wie sich unwillkürlich seine gewünschte Distanz zum Thema verringerte.
Aus dem Lautsprecher rauschte es plötzlich in die fast unerträglich gewordene Stille. Die drei Menschen im Zimmer erschraken. Sie hörten es deutlich. Monoton und dumpf waren da diese vier Wörter: »ICH SEHE MEINEN KÖRPER.«[1]
»Es ist meine Mutter«, flüstere Franziska. »Sie erlebt ihren Tod. Sie sieht den von ihr verlassenen Körper auf diesem Bett und macht sich gerade mit ihrem neuen Bewußtsein vertraut.«
Zigrand schaute verwirrt auf die alte Frau in ihrem Bett, die ihm jetzt noch weißer und älter erschien. Ein Mensch, aus dem das Leben gewichen war. Spielten ihm seine Sinne einen Streich? Da war tatsächlich eine Stimme gewesen und dieser merkwürdige Satz. Es gab kein Deuteln.
Während er noch überlegte, vernahm er eine leise Musik. Auch Franziska und Jaeger hatten sie gehört. Wortlos sahen sie sich an. Die Melodie kam Zigrand bekannt vor. Sie klang verspielt, ja geradezu fröhlich und weckte in dem Journalisten Erinnerungen an einen Sommernachmittag

an der Vilaine. Richtig, es war der »Blumenwalzer« von Tschaikowskij. Ein bretonischer Bauer hatte ihn damals auf seinem Akkordeon gespielt. Irgendwo muß ein Radio eingeschaltet sein, dachte Zigrand. Die Musik verlor sich in den Gängen des Krankenhauses, bis kein Laut mehr zu hören war.

Jaeger schaltete routiniert und ohne ersichtliche Anteilnahme das Bandgerät wieder auf Aufnahme.

»Elisabeth, wir haben dich gehört. Kannst du uns noch etwas sagen?« sprach er in sein Mikrophon. »Wie fühlst du dich jetzt? Schildere uns bitte deinen Übergang. Du hast es dir doch vorgenommen.«

Das Band lief ein paar Minuten, jedoch zeigte sich auf dem Oszillograph keine Veränderung.

Ein Tod ohne die gewohnte Verzweiflung und die Verlustängste, die Zigrand sonst beobachtet hatte. Das Sterben der Mutter hinterließ kaum Spuren im Gesicht der jungen Frau, die sich mit einem Papiertaschentuch ein wenig verlegen ihre Tränen trocknete.

Im Lautsprecher blieb es stumm.

»Wir sollten aufhören«, schlug Jaeger vor. »Bestimmt meldet sie sich ein anderes Mal, wenn sie sich drüben zurechtgefunden hat.«

Franziska nickte. Zärtlich strich sie der Toten über die blutleeren Wangen und gab ihr einen Kuß auf die Stirn. Dabei schob sie ein paar weiße Haarsträhnen aus dem leblosen Antlitz. Jaeger verstaute das Tonbandgerät in seine Tasche. Dann standen die drei Besucher auf.

»Sie hat das Licht gesehen«, sagte Franziska Berg versonnen, als sie mit den anderen das Zimmer verließ.

Hora morti – die Todesstunde

Natürlich glaube ich an ein Weiterleben nach dem irdischen Sterben, denn nichts wird zu Nichts. Materie und Energie werden erhalten. Leben wird erhalten, es wird aber umgewandelt. Die Frage ist: Wie *lebt man weiter, in welcher Erscheinungsform?*

Marie Luise Rinser

Das Licht am Ende des Tunnels. Der Arzt Dr. Matthias Steiner hatte viele Patienten befragt, die nach einem schweren Unfall oder einem Infarkt einen Herzstillstand erlitten hatten und klinisch tot gewesen waren. Was hatten sie an der Schwelle des Todes empfunden? In ihren Berichten war immer wieder von einem »unwirklichen Licht am Ende eines schwarzen Tunnels« die Rede und dem glücklichen Gefühl, das sie spürten, weil sie endlich »heimgekehrt waren«. Steiner war zu diesen Untersuchungen durch die Arbeit seines amerikanischen Kollegen Raymond A. Moody angeregt worden. Erst vor einigen Tagen hatte er auch eine Veröffentlichung der Universität von Charlottsville studiert, in der sich Hunderte von Patienten zu ihren Nahtod-Erfahrungen geäußert hatten.

»Es scheint«, so hieß es da, »daß derartige Phänomene psychisch – allein durch den Glauben an den nahen Tod – bedingt sind. Auch die physiologische Erklärung wird durch die Untersuchung teilweise gestützt. Sie besagt, daß eine verminderte Sauerstoffversorgung des Gehirns Ursache für die Erfahrung von Sterbenden ist. Dafür spricht, daß die Patienten, die tatsächlich dem Tod nahe waren, häufiger eine große Helligkeit bemerkten und ihre Wahrnehmungen als geschärft empfanden.«[2]

Dr. Steiner trank Kaffee und schaute gedankenverloren durch das Fenster in den Nieselregen. Von den hohen Bäumen, die schwarz waren vor Nässe, tropften Perlenschnüre ins Gras. Möwen vom nahen Rhein segelten über den Dächern. Sie taten sich schwer, ihren Kurs gegen den heftigen Wind zu halten. Zwei Zimmer weiter lag Elisabeth Berg. Sie war wie die meisten todkranken Patienten zum Sterben in die Klinik gebracht worden, in ihren letzten Stunden versorgt von elektronisch gesteuerten Maschinen. Daß in ihrem Fall Angehörige dabei waren, zählte zu den Ausnahmen.

Der Arzt rief auf dem Computer-Monitor die Daten der verstorbenen Patientin ab: Elisabeth Berg, geboren am 24. August 1929 in Manderscheid. Eingeliefert am 15. April. Diagnose: Metastasierter Nierentumor. Der Computer lieferte Einzelheiten: Tumor-Dokumentationsbögen, Laborbefunde, Röntgenbilder, Operations- und Histologieergebnisse. Die letzten Tage eines Menschen bestehen aus Zahlenreihen und ein paar nichtssagenden Graphiken auf einem Bildschirm.

Franziska Berg wollte die Behandlung auf der Intensivstation verhindern. Sie hatte die Ärzte beschworen, ihr die Mutter zum Sterben mit nach Hause zu geben. Doch in diesem Zustand wollte niemand aus der Klinik die Verantwortung für einen solch lebensgefährlichen Transport übernehmen.

Es klopfte. Dr. Steiner stand auf und rückte Stühle für seine Besucher um den weißen Metallschreibtisch.

»Ich nehme an, die Herren Jaeger und Zigrand genießen Ihr Vertrauen?«

Steiner sah Franziska Berg an, die ihm lächelnd die Hand reichte. Sie hatte ihr Make-up aufgefrischt und wirkte entspannt. Eigentlich war ihre sinnliche Ausstrahlung der Grund dafür gewesen, weshalb Steiner dem Experiment mit dem Tonbandgerät zugestimmt hatte. Irgendwie erhoffte er sich damit, ihr auf eine bestimmte Weise näherzukommen.

»Ja, natürlich«, antwortete sie. »Herr Jaeger hat versucht, einen ersten Tonbandkontakt zu meiner gerade gestorbenen Mutter herzustellen. Herr Zigrand soll darüber in der Öffentlichkeit berichten. Es geht um die Zerstörung der Legende, daß der Tod die individuelle Existenz des Menschen auslöscht.«

Abgesehen von seinem persönlichen Interesse an Franziska hatte Dr. Steiner das ungewöhnliche Experimente neugierig gemacht. Vielleicht konnte ja wirklich herausgefunden werden, was sich hinter diesem Nebel von Glauben und Aberglauben, Lüge und Hoffnung verbarg, der das Phänomen Tod noch immer umgab. Möglicherweise hatten auch die Untersuchungen von Moody und die in letzter Zeit häufig auch in deutschen Publikationen veröffentlichten Nahtod-Erlebnisse das Thema etwas entkrampft.

Ewald Jaeger schloß inzwischen das Tonbandgerät an und betätigte wortlos die Wiedergabetaste. Nach kurzem Rauschen hörten sie wieder diese Stimme: »Ich sehe meinen Körper.« Steiner schüttelte ungläubig den Kopf. Er hatte die Worte deutlich verstanden. Jaeger spielte das Band zurück. Aus dem Lautsprecher kam es noch einmal leise, fast schüchtern: »Ich sehe meinen Körper.«

»Sie beschreibt die typische Austrittsphase«, staunte der Arzt. »Wie sicher kann ich sein, daß Sie mich nicht beschwindeln?«

»Das Band war fabrikneu und konnte eigentlich in dieser kurzen Zeit technisch nicht manipuliert werden«, antwortete Zigrand. Im gleichen Moment war ihm bewußt, wie er durch diese Bemerkung Partei ergriffen hatte. »Natürlich ist das noch lange kein Beweis für die Echtheit«, legte er nach. »Sorry, Herr Jaeger, aber als Journalist muß ich mißtrauisch sein.«

»Ich kannte Ihre Mutter zu wenig, um die Stimme zu identifizieren«, wandte sich der Arzt an Franziska. »Aber die Aussage deckt sich mit der aus ähnlichen Fällen, die inzwischen weltweit in Kliniken gesammelt wurden. Allerdings stammen sie von Menschen, die nach Herzstillstand wiederbelebt wurden. Ihre Mutter ist ja endgültig gestorben.«

»Ich habe das Buch von Moody gelesen, in dem Patienten ihren sogenannten Körperaustritt schildern«, sagte Stefan Zigrand nachdenklich. »Sie schweben dabei zum Beispiel an der Unfallstelle, sehen, wie man sich unten um ihren Körper bemüht. Es scheint sie zu betrüben, wenn sie wieder ins Leben zurückholt werden.«[3]

Ewald Jaeger ließ unaufgefordert noch einmal das Band laufen. Die weibliche Stimme war den Anwesenden inzwischen vertraut: »Ich sehe meinen Körper.«

War es die Botschaft eines Menschen, der einen anderen Bewußtseinszustand erreicht hatte? Die leidenschaftslose Bestätigung eines natürlichen Vorgangs? Oder waren sie alle das Opfer einer Täuschung, verwirrt von der Unerbittlichkeit des Todes?

»Wir können Ihnen nicht sagen, wie diese Stimme auf das Band kam. Aber sie ist ein Hinweis für das Weiterleben nach dem Tod«, erklärte Franziska bestimmt. Sie ließ sich nicht beirren, dachte Zigrand. Diese Frau war in ihrer stillen Art eine Fanatikerin. Um Menschen mit einer Mission hatte er stets einen Bogen gemacht. Bei ihr würde es ihm schwerfallen. »Wir werden Ihnen weitere technisch gestützte Beweise über die Kommunikation mit Verstorbenen

liefern, die sich weigern, als ›Tote‹ bezeichnet zu werden«, fuhr Franziska fort. »Sie werden Ihre traditionelle Einstellung zu diesem Phänomen ändern müssen.«
Dr. Steiner blickte Franziska überrascht an. Ihm gefiel ihr engagiertes Auftreten. Gleichzeitig war er verwundert darüber, wie eine trauernde Hinterbliebene so kühl und sachlich über den Tod sprechen konnte. Ihr Anblick steigerte seine erotische Spannung. Er hätte sie gerne bald wiedergesehen, stellte sich vor, wie er, vollständig bekleidet, die nackte Frau in seinen Armen hielt und sie küßte. Er bemühte sich um Sachlichkeit. Niemand in der Runde sollte seine Gedanken erraten.
»Jede Religion hat ihr eigenes Jenseits«, dozierte er beflissen. »Aber damit kann ich keinem todkranken Patienten mehr kommen. Noch nicht einmal unser Pfarrer hat da mit seinen Gebeten eine Chance.«
»Was sagen Sie einem Menschen, dem Sie nach der Diagnose noch eine Lebenszeit von drei Monaten zubilligen?« fragte Zigrand. »Daß er danach ausgelöscht ist für immer?«
»Viele Patienten fragen mich, was nach dem Tod mit ihnen geschieht«, antwortete Steiner. »Aber dafür bin ich nicht mehr zuständig. Ich muß alles - wirklich alles - versuchen, damit dieser Zustand gar nicht erst eintritt.«
Franziskas Körper straffte sich, ihre schmalen Hände ballten sich in ihrem Schoß zur Faust. Eine zarte Rötung ihres Gesichtes zeigte die Leidenschaft, die sie stets bei diesem Thema erfaßte.
»Die zwei wichtigsten Momente im Leben verbringen die meisten Menschen in unserer westlichen Gesellschaft im Krankenhaus: die Geburt und den Tod. Sie sind dabei eingeschlossen in Zimmern, die wie Labors aussehen mit ihren Schläuchen, Apparaten und Infusionsnadeln.«
Franziska stand auf und ging ans Fenster. Während sie zu

den Menschen im Zimmer sprach, schaute sie hinaus in den endlos scheinenden Regen. »Die meisten von uns sterben allein in anonymen Räumen. Der Tod wird ausgeschlossen aus dieser Gesellschaft der Erfolgreichen. Noch bevor wir physisch sterben, hat uns der soziale Tod ereilt, weit weg vom Leben da draußen.«

Zigrand und Steiner wunderten sich über Franziskas präzise Formulierungen, die auf eine ernsthafte Beschäftigung mit diesem Thema hinwiesen. Gleichzeitig spürten sie beide das geradezu animalische Begehren des anderen, das sie zu Rivalen werden ließ.

»Ewald Jaeger und ich liefern Ihnen durch Versuche auf physikalischer Basis Beweise für ein - wie auch immer geartetes - Leben nach dem Tod. Die sogenannten Toten werden selbst zu Ihnen sprechen. Damit wären zum Beispiel die Qualen der Chemotherapie, das würdelose Vegetieren auf Intensivstationen und alle anderen zähen und hilflosen Versuche der Lebensverlängerung durch die Medizin überflüssig. Jeder Patient wird in Zukunft in Ruhe und ohne Angst entscheiden können, wann er in die andere Existenz überwechseln möchte«, erklärte Franziska, wobei ihr wieder einmal ihr eigener Hang zum Dozieren unangenehm auffiel.

Sie zwang sich dazu, emotionsloser zu argumentieren und wandte sich vom Fenster ab, um ihrem Gesprächspartner in die Augen zu sehen. »Die wissenschaftliche Erkenntnis, daß mit dem Tod die individuelle Existenz des einzelnen Menschen nicht erlischt, wäre die größte Revolution in der Geschichte der Menschheit.«

»Genauso ist es«, ereiferte sich Jaeger, der bisher wortlos aus dem Fenster geschaut hatte. Ein Tief hatte noch mehr dunkle Wolken über den nahen Rhein gebreitet. »Die Stimme, die Sie eben gehört haben, ist nur eine von Hunderten, die ich bisher aufgenommen habe. Da sprechen

Verstorbene über ihr Weiterleben im Jenseits. Jeder von uns kann sie hören.«
»Er hat ein ganzes Archiv solcher Aussagen«, ergänzte Franziska. Ihre Wangen hatten eine tiefrote Farbe angenommen. Zigrand mißfiel einerseits zwar ihr Hang zum Fanatismus, der jedoch andererseits seine Leidenschaft für sie nur noch steigerte. Er spürte den unbändigen Wunsch, sich in ihrem geschmeidigen Körper zu verlieren.
»Viele dieser Aussagen sind von philosophischer Kraft. Immer wieder kommt zum Ausdruck, daß sie drüben andere und schärfere Sinne haben«, fuhr Franziska fort. Die Blicke von Steiner und Zigrand trafen sich. Franziska spürte ihre Wirkung auf die beiden Männer. Obwohl sie sich ihrer Ausstrahlung bewußt war, war jetzt nicht der rechte Moment für erotische Phantasien. »Ich bin Heilpraktikerin und habe zuvor Medizin studiert, wie Sie auch«, wandte sie sich an Steiner. »Aber ich bin nicht bereit, vor dieser Grenze, die der Tod in unserem Leben bedeutet, haltzumachen. Erschreckend, wie hilflos die meisten Mediziner sich gegenüber Sterbenden verhalten.«
»Nun, es gibt inzwischen Sterbeseminare für Ärzte und Krankenschwestern, die vor einigen Jahren von Professor Elisabeth Kübler-Ross angeregt wurden«, antwortete Dr. Steiner, der sich noch immer um Sachlichkeit bemühte, obwohl die Jagd zwischen ihm und Zigrand auf diese Frau längst eröffnet war. »Kübler-Ross ist davon überzeugt, daß der Tod nicht das Ende unseres Lebens ist. Wenn sie sich auch mit ihren blumigen Jenseitsschilderungen etwas zu weit aus dem Fenster hängt.«
Die Schweizer Fachärztin für Psychiatrie war um die 20 Mal mit dem Ehrendoktor ausgezeichnet worden, wußte Zigrand. In ihrem Buch »Interviews mit Sterbenden«[4] hatte sie sich als eine der ersten Mediziner an das Tabu des Todes gewagt, in dem sie die Gefühle ihrer sterbenden Patien-

ten nach einfühlsamen Gesprächen protokollierte. Damals leugnete sie den Schmerz und die Grausamkeit des Todes nicht. Später pries sie die Existenz eines glückverheißenden Jenseits und verlor damit mehr und mehr an Glaubwürdigkeit bei ihren Kollegen. Als hätte Dr. Steiner die Gedanken des Reporters gelesen, kam er noch einmal auf Kübler-Ross zu sprechen.

»Sie kennt die Panik der Ärzte, wenn ein Patient im Sterben liegt«, sagte er. »Für sie ist der Tod ein selbstverständlicher Begleiter unseres Berufes und nicht ein Hinweis auf das Versagen der Mediziner.«

»Auch die ersten Sterbekliniken in England und Amerika hat sie mit aufgebaut«, ergänzte Franziska, deren Eifer um dieses Thema grenzenlos schien.

»Richtig. Dort hat sie ihre Patienten frei von Schmerzen gehalten und sie nicht einsam sterben lassen«, bestätigte Steiner und lächelte sie an. Franziska ahnte sein sexuelles Verlangen, doch es irritierte sie nicht. Sie kannte diesen Blick der Männer, ihre unverhohlene Begierde nach Lust.

»Von ihren Kollegen fordert Frau Kübler-Ross vor allem Zeit, sehr viel Zeit für die Sterbenden. Sie besitzt die Kraft und die Liebe, bei ihren Patienten auszuharren«, begeisterte sich die junge Frau. Franziska sprach mit Hochachtung von der Schweizer Ärztin, und man merkte, daß sie ihr ein Vorbild war.

Wenn Zigrand sich recht erinnerte, war die Kübler-Ross inzwischen zu einer Art Sterbe-Guru geworden, der durch die Welt reist, um in immer gleichlautenden Vorträgen zwischen Flensburg und Santa Fé die unendliche Geschichte vom schönen Sterben zu erzählen.

»Die Kübler-Ross in allen Ehren«, mischte sich Ewald Jaeger ein. »Auch Franziska Berg kümmert sich um Sterbende und versucht, ihnen die Angst vor dem Tod zu nehmen.«

»Wie das?« fragte Steiner erstaunt. »Was macht Sie zu einer Samariterin?«
»Ich arbeite aushilfsweise auf der onkologischen Abteilung eines Krankenhauses«, antwortete sie und überging dabei den ironischen Ton ihres Gegenüber. »Dort werden todkranke Krebspatienten betreut, deren Leiden so groß sind, daß sie auf traditionellen Stationen nicht mehr zu behandeln sind.«
»Palliativpatienten«, ergänzte Steiner. »Ich weiß, daß das Bundesgesundheitsministerium sechzehn Palliativstationen in Deutschland fördert, aber die Mittel nicht ausreichen, um weitere zu eröffnen.«
»Die Patienten, die dort liegen, wissen, wo sie sind«, erklärte Franziska Berg. »Trotzdem ist ihnen der Gedanke an den Tod unfaßbar. Wenn sie nach dem Ende ihres Lebens fragen, geben sie sich meist selbst die Antwort: vielleicht morgen, vielleicht ein Jahr. Eine kleine Unendlichkeit.«
»Eine Sterbeklinik also«, faßte Zigrand zusammen. »Sicher eine segensreiche Einrichtung. Aber wer nimmt den Menschen dort diese tierische Angst vor der unbeschreibbaren Kälte in diesem feuchten Loch, in dem jede Hoffnung mit begraben wird?«
»Gerade diese Vorstellung ist falsch«, sagte Franziska. »Ich erzähle den Patienten von unseren Forschungen. Was glauben Sie, wie dankbar die Todkranken sind, wenn sie hören, wie überzeugt ich von der ewigen Existenz aller Lebewesen bin. Das Sterben ist ein Übergang, so wie der Schritt von einem Zimmer in das andere. Was in dem anderen Raum auf uns wartet, wissen wir freilich nicht genau. Es lohnt sich aber, über diese jenseitigen Bewußtseinszustände zu spekulieren und über das, was wir Reinkarnation, sprich Wiedergeburt nennen.«
»Zweifellos haben wir den Tod aus unserem Leben verbannt«, versuchte Steiner das Gespräch in eine andere

Richtung zu lenken. Er gab sich souverän und nachdenklich. »Im Mittelalter, ja selbst noch vor hundert Jahren, starb man anders als heute. Da war die ›hora morti‹ – die Todesstunde – nicht eine, die der Sterbende allein an einem fremden Ort verbringen mußte, sondern er hatte die Familie, die Nachbarn und den Priester um sich. Sie versammelten sich im Sterbezimmer, sobald der Kranke das Ende seiner Existenz kommen fühlte.«
Eine ungewöhnliche Unterhaltung. Zigrand wunderte sich, daß der Arzt sich so viel Zeit nahm. Vielleicht wollte er damit der jungen Frau imponieren und sein Auftritt war der Beginn eines Balzverhaltens, dem sich auch kluge Männer nicht entziehen können. Dabei wurde dem Reporter bewußt, daß auch er in diesem weißgekachelten Raum über den Tod diskutierte, während in der nahen Bundeshauptstadt journalistische Neugierde auf tagespolitische Themen sicher gefragter sein dürfte. Zigrand war uneingeschränkt für das Leben, für eine liberale und gerechte Gesellschaft und dafür, daß politische Skandale aufgedeckt und veröffentlicht wurden. Das wahre Leben spielte sich außerhalb dieser Krankenhausmauern ab, hart und für viele auch grausam und ungerecht. Hier drinnen war Endstation. Wer auf der Intensivstation lag, hatte das Spiel fast schon verloren. Eigentlich reine Zeitverschwendung, über den Tod zu reden, dachte Zigrand. Wenn wir ihn überleben, na schön. Wenn nicht, werden wir es wenigstens nicht erfahren.
Dr. Steiner behielt Franziska im Auge, deren herausfordernde Weiblichkeit ihn faszinierte. Der Klang ihrer Stimme, die Sanftmut ihrer Bewegungen, aber auch ihr ungewöhnliches Gesprächsthema fesselten ihn. Es war noch nie vorgekommen, daß Angehörige von Verstorbenen ihn in eine derartige Unterhaltung verwickelt hatten.
»Der Tod wurde in früheren Epochen nicht als das Ende

gedacht, sondern als eine Art Schlaf«, philosophierte er. »Noch heute steht ja auf vielen Grabsteinen ›Requiescat in pace‹ - Ruhe in Frieden. Dieser Schlaf dauert bis zum Jüngsten Tag, an dem die Seelen ins ewige Leben gerufen werden.«

»Sie schlafen aber nicht, sie sind ganz schön munter«, widersprach Ewald Jaeger, dem die vorgebrachten Argumente zu abgehoben vorkamen. »Kürzlich habe ich eine paranormale Aussage aufgezeichnet, die ich Ihnen jederzeit vorspielen kann: DIE TOTEN LEBEN.«

Eine Krankenschwester kam herein und stellte ein Tablett mit Kaffee, Milch und Keksen auf den Tisch. Steiner und seine Gäste bedienten sich. Für einen Moment hörte man nichts als das Klirren der Tassen - und dann eine Melodie, die vom Flur des Krankenhauses hereinschwebte. Zigrand erkannte den »Blumenwalzer«, den er heute schon einmal gehört hatte. Woher kam diese hier so überirdisch wirkende Musik? Auch Franziska lauschte verblüfft.

»Ich bin offen genug, Ihnen zuzuhören, obwohl es ziemlich unglaubwürdig klingt, was Sie da vorbringen, Herr Jaeger«, wandte sich Dr. Steiner an den unscheinbaren Mann, der sein Tonbandgerät in einer Ledertasche verstaute. Nur das Handy ließ er auf dem Tisch liegen. Für wen in aller Welt will er nur erreichbar bleiben, überlegte Zigrand.

»Die Menschen des Mittelalters hatten keine technischen Apparaturen und waren trotzdem davon überzeugt, daß der Tod das Leben nicht nimmt, sondern es nur verändert. Heute kennt kaum noch jemand diesen Satz aus der Todesliturgie«, sagte der Arzt.

»Diese historischen Aussagen sind richtig, wie unsere Forschungen beweisen«, erwiderte Franziska. Sie balancierte die Tasse Kaffee auf ihr rechtes Knie. »Begreifen Sie alle denn nicht, daß die Resultate unserer technischen Experimente die alten Aussagen nicht widerlegen, sondern eher beweisen? Unsere Gesellschaft weigert sich seit einem Jahrhundert, den Tod anzunehmen. Die lebenden Leichname in den Intensivstationen sind das Resultat einer Angst, die sich an die physische Existenz klammert, weil sie auf sonst nichts zu vertrauen wagt.«

»Sie haben recht, Frau Berg«, entgegnete der Arzt verblüffend offen. »Dieses Haus ist voller künstlich beatmeter Körper, die man nicht sterben lassen will.«

Zigrand staunte über so viel Entgegenkommen. Vielleicht war es aber auch nur feiger Opportunismus, um Franziska für sich einzunehmen. Trotz allem schien Steiner nichts von der Überheblichkeit einiger seiner Kollegen zu haben, medizinischer Technokraten, für die Patienten nur in Form von Tabellen, Laborwerten und Abrechnungsformularen existieren.

»Das Sterben ist so anonym geworden wie das Leben.« Franziska Berg dehnte ihren schlanken Körper unmerklich und erhob sich von ihrem Stuhl. Die Gewinnerin einer Schönheitskonkurrenz hätte nicht selbstbewußter sein können, dachte Zigrand. Gleich darauf korrigierte er dieses unpassende Bild.

»Ich habe Ihnen noch nicht mein Beileid ausgesprochen.« Dr. Steiner reichte seiner Besucherin die Hand und drückte sie fest. Sein Lächeln ist von jener durchschaubaren Freundlichkeit, hinter der sich ein Plan versteckt, dachte Zigrand und wunderte sich selbst über diese Einschätzung. War er einfach nur eifersüchtig geworden?

»Ich denke, daß Sie weniger Leid empfinden, weil Sie so viel über den Tod wissen«, sagte der Arzt, und sein Mitgefühl wirkte auf Zigrand überzeugend. Verwirrt stellte er fest, daß er die Situation nicht mehr gelassen zu beurteilen verstand.

»Der Tod ist ein Abschied«, antwortete die junge Frau. »Und Abschiede von einem geliebten Menschen machen traurig. Außerdem bin ich betrübt darüber, daß ich das erste Wort, das ich in meinem Leben gesprochen habe, nun nie mehr verwenden kann: Mama. Darin steckt so viel Wärme und Vertrauen.«

»Du kannst sie ja weiterhin so ansprechen, Franziska. Sie wird dich hören und dir bestimmt auch bald über unsere Apparate antworten!« Ewald Jaeger legte tröstend seinen Arm um sie. »Du weißt, daß sie für dich erreichbar bleibt.«

»Ich weiß, Ewald«, antwortete Franziska traurig und sah den Mann liebevoll an. »Aber es ist natürlich nicht dasselbe. Nichts ist mehr, wie es noch war, als ich dieses Krankenhaus vor ein paar Stunden betreten habe.«

Die Besucher verabschiedeten sich von Dr. Steiner und verließen das Zimmer. Der Fahrstuhl brachte sie nach unten in eine Wirklichkeit, die keinen Platz hat für den Tod. Dr. Matthias Steiner zündete sich eine Zigarette an und trat ans Fenster. Da waren noch immer dieser Regen, der graue Himmel über Köln und das Gefühl von Ohnmacht und Verlassenheit. Indem wir Mediziner versuchen, den Tod immer weiter hinauszuschieben, nehmen wir dem Leben seine Würde, dachte er.

Durch das Fenster sah Steiner seine Besucher die Straße überqueren. Franziska war groß und schlank, eine bemerkenswerte Person. Nichts kam ihm ungewöhnlich vor. Die Szene wurde erst bedrohlich, als eine schwarze Limousine, die von rechts aus einer Parklücke herausgefahren war, direkt auf die drei Fußgänger zuschoß. Jaeger bemerkte die Gefahr zuerst. Mit einem gewaltigen Sprung rettete er sich auf den Randstreifen und verbarg sich hinter einer Platane, die er schutzsuchend umarmte. Zigrand zog Franziska am Arm auf den Bürgersteig. Sie strauchelten und fielen auf das nasse Pflaster. Sekundenlang lagen sie dicht beieinander, unfähig die Situation zu begreifen.

Dann standen sie auf und Zigrand drückte die Frau fest an sich.
Wie in einem Fernsehkrimi, dachte der Arzt oben am Fenster. Sicher war es aber nur ein Zufall. Irgend so ein Idiot, der nicht aufgepaßt hatte.
Die drei Menschen unten auf der Straße versuchten vergeblich, den Schmutz von ihren feuchten Kleidern zu entfernen. Ratlos sahen sie sich um, als suchten sie nach einem Zeugen, der ihnen den Vorfall hätte bestätigen können. Dann setzten sie ihren Weg fort und verschwanden langsam aus Steiners Blickfeld. Nur der Regen war noch da und diese seltsame Melodie, die wie eine Filmmusik die Szenerie untermalte. Jetzt erkannte sie auch der Arzt: Tschaikowskijs Traum von einem Sommertag, der »Blumenwalzer«.

Reportagen aus dem Tollhaus

Es hat wohl niemals eine rechtschaffene Seele gelebt, welche den Gedanken hätte ertragen können, daß mit dem Tode alles zu Ende sei.

Immanuel Kant

Ich heiße Stefan Zigrand, und während ich das alte Foto betrachte, das mich als Zehnjährigen zeigt, denke ich darüber nach, was alles geschehen ist in knapp 50 Jahren bis zu diesem Moment hier in dem Zimmer mit Blick auf den Dom. Ich habe mir eine Flasche Bier aus der Minibar geholt. Ich trinke das bittere Pils und achte auf die Stimmen und Bilder aus der Vergangenheit, die sich manchmal im Zeitlupentempo mischen, oft aber auch im Zeitraffer vorbeirasen, ohne die geringste Chance für mich, sie einzuholen.

Eisblumen am Fenster. Die Mutter über das Baby gebeugt. Sie hat es mir oft erzählt, wie es war, damals bei meiner Geburt. Sie waren Vertriebene, gestrandet auf dem Bauernhof in der Altmark. Ein blasser Mann kommt über das Pflaster der Dorfstraße – Vater hat den Krieg überlebt. Aufbruch aus dem Kinderparadies. Auf Wiedersehen Schweine, Enten, Kühe, Pferde. Ihr lebt in der falschen Zone. Stacheldraht. Der goldene Westen. Struwwelpeter. Es war mein erstes Buch, die ersten Verse. Frankfurt ist so anders als das kleine Dorf im Osten. Fröhliche Weihnachten. Frohe Ostern. Schulspeisung: Nudeln in dünnem Kakao. Das Sanella-Album: Afrika, Südamerika. China. Die

weite Welt auf bunten Sammelbildern. Als wäre es gestern gewesen: Tarzan im Kino, Winnetou aus der Schulbibliothek. Das Gymnasium in Sachsenhausen. Vierhundertmeterlauf auf den Sandhöferwiesen. Nichts für mich. Dafür mehr Karl May, mehr Tarzan, mehr Zorro. Frohe Ostern. Fröhliche Weihnachten. Tanzschule. Der Kuß von Helga. Bratwurst und Bier für 1,50!
Sind Sie Stefan Zigrand? Der erste Arbeitstag, das erste Interview mit dem Mann, der 90 wird. Wie heißt du? Marion. Ich liebe dich. Die Wochenendreportage - der Theodor-Wolff-Preis. Gratulation zum beendeten Volontariat, Herr Redakteur. Frohe Ostern. Fröhliche Weihnachten. Bist du bereit, mit der hier anwesenden Anna-Maria die Ehe einzugehen. Ja, bis daß der Tod uns scheidet. Ich liebe dich, Anna-Maria. Und Markus und Tobias. Sabrina will nicht in den antiautoritären Kindergarten. Als wäre es gestern gewesen. »Aktuell« - das Magazin. Die Titelstory. Gratulation von den Kollegen. Immer wieder neue Freunde und Frauen: Knut, Udo, Karin, Pascal. Auf Wiedersehen, Anna-Maria. Viel Spaß in München! Markus in Hamburg, Tobias in Straßburg. Im Kleinlastwagen mit Sabrina nach Paris. Die Sorbonne, das kleine Bistro an der Ecke. Das Kind ist erwachsen geworden. Hanne, Evelyn, Monika, Anna - so viele Umarmungen, so viele Gesichter. Manchmal rieche ich noch euer Parfum.
Ich merke, wie die Zeit meine Zellen raubt, meine Adern verkalkt und die Haare bleicht. Nur mit einer kleinen Brille kann ich die Zeitung im Bett lesen. Immer öfter überblättere ich die Geschichten um Liebe, Leid und Sex. Die Redaktionsassistentinnen werden mir gleichgültiger. Oft umarme ich eine von ihnen wie die eigene Tochter. Unter den neuen Kollegen sind ein paar abscheuliche Typen. Karrierebewußt und skrupellos. Der Platzhirsch verteidigt sein Revier. Es wird täglich schwieriger. Wie

wird der große Abschied sein? Einsam, plötzlich, zäh und schwierig, bei Bewußtsein? Immer häufiger denke ich an das eigene Ende.
Anfangs, als der Tod noch unwahrscheinlich schien, weil er mich nie zuvor heimgesucht hatte, gingen Tag und Nacht fast unbemerkt ineinander über. Vor zwei Jahren starb mein Vater. Das Unabänderliche war geschehen, hatte sich in unsere Familie geschlichen wie ein Saboteur. Der Sarg mußte ausgesucht, die Trauerfeierlichkeiten besprochen werden. Der Bestattungsunternehmer hat seine Anteilnahme mit auf die Rechnung gesetzt.
Als Hanns Joachim Friedrichs starb, hat er kurz davor dem »Spiegel« ein Interview gegeben. Das Porträt des Journalisten prangte genau in der Woche auf der Titelseite, als er beerdigt wurde. Gutes Timing. Abschied in Würde. »Vielleicht gibt es aber doch irgendein Leben nach dem Tode«, meinte der Kollege sarkastisch. »Man sieht sich im Himmel, auf Wolke 7.«
Der Fotograf Michael M. hat sich vor einem Jahr erhängt, ohne einen Abschiedsbrief zu hinterlassen. Drei Monate waren wir zusammen während des Vietnamkrieges in Saigon, hatten den Einmarsch der Nordvietnamesen vom Dach des Hotels »Caravelle« beobachtet, bevor uns die Hubschrauber der Amerikaner auf den Flugzeugträger brachten. Blutjung war ich damals und neugierig aufs Leben.
Einmal wurden wir beschossen, als wir mit einem Schlauchboot den Saigon-River überquerten. Ich konnte das aufblitzende Mündungsfeuer zwischen den imposanten grünen Stauden des Dschungels deutlich erkennen. Klar, es hätte gefährlich werden können. Aber viel konnte einem damals nicht passieren. Der Selbstschutz war wie eine undurchlässige Mauer.
Ich grübele noch immer, warum Michael sterben wollte.

Meine letzte Story produzierte ich mit ihm über einen 23 Jahre alten bosnischen Soldaten, dem nach dem Fall der UN-Schutzzone Srebrenica die Flucht auf Regierungsgebiet gelungen war. Erschöpft und mit blutigen Füßen hatte er sich in Sicherheit gebracht, fast 100 Kilometer durch Feindesland zurückgelegt. In Konjevic Polje war sein Trupp in einen serbischen Hinterhalt geraten. Er sah, wie sein Bruder von einer Granate tödlich getroffen wurde, bevor er in den Wald rannte, um sich durch die feindlichen Linien zu schlagen. Mehrmals hat er sich im letzten Moment vor serbischen Patrouillen verstecken müssen.
Der junge Mann berichtete von Morden, Vergewaltigungen und Folterungen der bosnischen Serben, auch an den Frauen und Kindern von Srebrenica. Mein Bericht und Michaels Bilder sind in das Protokoll des internationalen Kriegsverbrecher-Tribunals in Den Haag aufgenommen worden, das eine Untersuchung der Vertreibungen eingeleitet hat. Vielleicht haben wir damit ein wenig Gerechtigkeit in diese Welt gebracht. Ich weiß, daß man als Journalist kaum etwas bewegen kann. Die Fülle der Greuel und der Berichte darüber machen die meisten Leser teilnahmslos.
Jetzt bin ich dem Tod auf andere Weise begegnet. Auf der Intensivstation eines Krankenhauses und mit ein paar Verrückten, die seine Existenz verleugnen und kühn behaupten, es gäbe ihn gar nicht. Jedenfalls sei das Bild, das wir uns vom Tod geschaffen haben, falsch. Ist das überhaupt ein Thema für uns? Verdammt, es gibt nun mal diese seltsamen Kontakte mit den Toten. Ist es ausgemachter Betrug, eine fein inszenierte Posse? Warum dann dieser Aufwand, dieses aufwendige Lügengespinst? Auch darüber könnte ich natürlich schreiben. Über den Wahn der Menschen, die sich vor der ewigen Dunkelheit fürchten, die nicht akzeptieren wollen, daß unsere Geburt eine Laune der Natur ist und unser Sterben endgültig.

Der Zwischenfall vor dem Krankenhaus. War es Zufall, als der Mercedes plötzlich auf uns zuraste? Als wir danach Jaegers Auto erreichten, stellten wir fest, daß die hintere Scheibe eingeschlagen und der Kofferraum aufgebrochen war. Gab es einen Zusammenhang zwischen beiden Ereignissen?
In der Kneipe tranken sie Kaffee und Tee. Ich bestellte mir Bier und Schnaps. Jaeger hatte zuvor ein Handy aus der Manteltasche geholt, die Antenne ausgezogen und eine Nummer gewählt. Danach hatte er sehr leise gesprochen, so daß niemand am Tisch etwas verstehen konnte.
Die Situation blieb undurchschaubar. Noch kann ich mir keinen Reim auf das obskure Geschehen machen. Wer könnte ein Interesse daran haben, diesen unscheinbaren, harmlosen Ewald Jaeger, Mieter eines bescheidenen Reihenhauses in Krefeld, Vater einer minderjährigen Tochter und Lehrer an einer Berufsschule, zu bestehlen, zu bespitzeln oder gar zu töten? Nach was hat wer in dem aufgebrochenen Kofferraum gesucht? Nichts paßte zusammen.

»Ich begann vor fünf Jahren mit den Transkommunikations-Experimenten«, begann Jaeger ungefragt und drückte den Saft einer Zitronenscheibe in den Tee. »Inzwischen besitze ich etwa hundert brauchbare Stimmen von Menschen, die schon ein paar Jahre tot sind.«
»Kannten Sie diese Menschen zu deren Lebzeiten?« wollte ich wissen.
»Nicht alle«, antwortete Jaeger bedächtig. »Aber ich habe Kontakt zu ihren noch lebenden Angehörigen. Da ist zum Beispiel Frau Tröndel, die Mutter von Kai, der sich während einer Klassenreise nach Rom zu weit aus dem Fenster der Jugendherberge lehnte und sich beim Sturz das Genick brach. Er meldet sich regelmäßig bei mir. Oder auch Kathrin, die mit ihrem Moped gegen ein Auto fuhr und starb.

Siebzehn war sie damals. Sie ist meine wichtigste Kontaktperson drüben.«
Wie ein Spinner sieht Jaeger eigentlich nicht aus. Eher wie ein freundlicher Biedermann, der unbeirrt seine Lebenskreise zieht. Aber welchem Menschen steht seine geistige Verwirrung schon sichtbar im Gesicht geschrieben?
»Haben Sie die Ergebnisse Ihrer Arbeit schon veröffentlicht?« fragte ich ihn. Er schüttelte resigniert den Kopf und nahm einen Schluck Tee.
»Ich war bei einer Fernsehsendung des ›WDR‹. Aber da haben sie mich nicht ernstgenommen. Auch bei ›Radio Luxemburg‹ wurden die Stimmen vorgespielt. Natürlich berichte ich regelmäßig in unserem Vereinsblatt darüber«, antwortete Jaeger.
Einen Verein für Tonbandstimmensammler gibt es also auch. So wie Brieftaubenzüchter und Feuerwehrleute sich zusammentun, treffen sich die »Jenseitsforscher« nach ihren gespenstischen Ausflügen ins Reich der Toten beim Bier mit anschließender Kegelpartie.
»Wen könnten denn Ihre Forschungen stören, Herr Jaeger?«
»Da gibt es schon Leute, die Interesse daran haben, daß mit dem Tod alles so bleibt wie bisher. Es gibt unendlich viele, die daran verdienen, daß Menschen möglichst lang am Leben bleiben, statt daß man sie in Ruhe ihren natürlichen Weg gehen läßt. Ich sterbe doch viel leichter, wenn ich weiß, daß nur mein Körper von Würmern gefressen wird, aber meine Persönlichkeit intakt bleibt«, antwortete der Mann. Irgendwie mochte ich ihn in seiner ganzen Hilflosigkeit.
»Die Toten sind nicht tot, Herr Zigrand«, griff Franziska ein, derentwegen ich eigentlich noch hier war und nicht dort, wo ich wirklich gebraucht wurde. »Es ist schwer zu verstehen, aber Sie sollten sich als verantwortungsvoller

Journalist schon die Mühe machen, unsere Experimente zu begutachten. Vor allem: Wir sind nicht allein. In der ganzen Welt gibt es Tausende von Tonbandforschern mit hervorragenden Ergebnissen. Sie haben Aussagen von verstorbenen Menschen in ihren Archiven. Wir sollten endlich jubeln und uns über die Tatsache freuen, daß es den Tod nicht gibt. Damit verlieren wir auch die Angst davor und erlangen eine neue Lebensqualität.«

Es war früher Nachmittag, und ich trinke Alkohol sonst nur zu den Mahlzeiten: ein Bier zum Kartoffelsalat, einen kalten Macon zur Seezunge. Batterien von Bier und Schnaps, mit denen viele Kollegen ihren Ärger hinunterspülen, sind meine Sache nicht. Ich bekenne mich zu einem stinknormalen Journalistenleben: Wahlkampf mit Clinton, Ernst Jüngers 101. Geburtstag, die Reisen mit dem Bundespräsidenten nach Polen, Israel und Afrika. Jelzins Wahlkampf in Rußland. Das Attentat auf Gandhi liegt lange zurück, die Erinnerung daran brennt noch im Kopf. Alltag eines Reporters.

Aber Stimmen aus dem Jenseits? Tote, die ihren Tod überleben und darüber auch noch plaudern? Als ob die Geschwätzigkeit der Lebenden nicht unerträglich genug wäre. Wenn ich das Thema auf der Ressortleiterkonferenz vortrage, rufen sie bestimmt nach den Männern mit den weißen Kitteln. Zigrand, jetzt bist du endgültig verrückt geworden!

Ich erinnere mich an die wochenlangen internen Auseinandersetzungen um eine ähnliche Geschichte. Über die »Heilkraft der Seele« hatte ein Kollege geschrieben und sich damit mehr oder weniger offen den Spott der gesamten Redaktion eingehandelt. Auch dann noch, als uns die Verkaufszahlen signalisierten, daß das Titel-Thema seine Leser gefunden hatte. In einer der letzten Ausgaben des Jahres berichteten wir über die Flucht ins Spirituelle, die »Sehnsucht nach Sinn«, die immer mehr Menschen an esoterische Gestade treibt. Diese Art Orientierungssuche führt inzwischen in eine wildbewegte Landschaft, in der es vor Scharlatanen wimmelt. Doch der Kollege sah auch Zusammenhänge, die nicht ohne weiteres zu erwarten waren: eine schrittweise Annäherung zwischen Esoterik und Wissenschaft zum Beispiel. Mit dem Thema erreichten wir eine Auflagensteigerung von 30 Prozent.[5]

Ich trank unbeirrt Bier und Schnaps. Franziska beobachtete irritiert, wie die Kellnerin Runde um Runde servierte, ohne daß ich erst eine Bestellung aufgeben mußte.

»Es gibt viel, was ich über den Tod und die Existenz danach erfahren habe«, sagte Franziska.

Ich war beeindruckt, wie sie still und ohne Furcht neben ihrer sterbenden Mutter gesessen hatte, immer wieder deren Hände streichelte und sie auf Mund und Stirn küßte. Aber da waren auch die herrlich langen Beine und ein wohlgeformter Busen unter der maskulin geschnittenen Leinenjacke. Sie hatte ein ovales helles Gesicht und dunkle Haare. Irgendwie erinnert sie mich an die junge Sophia Loren, die ich jahrelang für die schönste Frau der Welt gehalten habe, deren Filme ich kenne und nach deren neapolitanischem Kochbuch ich die hohe Kunst der Spaghettizubereitung erlernte.

»Also, Franziska, wann fangen wir an? Ich bin inzwischen süchtig nach dem, was Sie mir erzählen wollen«, sagte ich mit schwer gewordener Zunge. Unter dem Dunstschleier des Alkohols merkte ich deutlich, wie wenig elegant ich mich verhielt. Franziska schien es nicht zu stören. Sie neigte ihren Kopf ein wenig zur Seite und blickte mich über den Tisch hinweg so neugierig an wie ein Spinnenforscher seinen krabbligen Liebling.

»Wir treffen uns morgen um zehn Uhr am Haupteingang zum Südfriedhof«, bestimmte sie kurz entschlossen. Auf

Anhieb könnte ich auch mit besoffenem Kopf attraktivere Plätze für ein Rendezvous mit einer jungen Frau nennen, aber irgendwie ist auch ein Friedhof ein herrlicher Platz, um das Leben wieder mal mit Leben zu erfüllen.
Ich strahlte sie etwas dümmlich an. »Einverstanden«, sagte ich und bemühte mich ernsthaft, nicht zu lallen. »Ich werde pünktlich sein.«
Nachdem ich mich auch von Jaeger verabschiedet hatte, stieß ich am Ausgang der Kneipe mit Steiner zusammen.
»Der Herr Doktor«, hörte ich mich sagen. »Was verschafft uns denn die Ehre Ihres Besuches?«
»Verzeihung«, entschuldigte er sich kurz und strebte dem Tisch von Jaeger und Franziska zu. »Da sind Sie ja noch«, hörte ich ihn sagen, als ich das Lokal verließ.
Ein Taxi brachte mich zum »Interconti«. Wie auf einem Wandteppich baute sich der Dom vor dem breiten Fenster auf, weit im Hintergrund spiegelte der Rhein die letzten Strahlen der untergehenden Sonne. Ein paar Stockwerke tiefer - auf der anderen Seite der Straße - konnte ich in das Atelier eines Malers sehen, der gerade seine Bilder aufräumte.
Am Telefon wählte ich die Nummer von Franz Berger und sagte ihm, daß ich an einer brisanten Story arbeite und dafür noch mindestens fünf Tage unterwegs sein würde. »Vielleicht wird es ein Knüller, aber versprechen kann ich nichts.«
Berger ist Themenkoordinator in der Frankfurter Redaktion und Anlaufstelle für Kollegen aus der Zentrale, die gerade auf Recherche sind.
Er sagte nur: »Melde dich wieder.«
Ich war ihm dankbar, daß er nichts von den Bieren und Schnäpsen erwähnte, deren Wirkung er sicherlich herausgehört hatte.
Endlich im Bett, suchte ich an der Decke über mir Antwor-

ten auf viele Fragen. War es die Story, die mich in Köln festhielt? Oder Franziska, die mehr sein könnte als eine flüchtige Affäre? Was würden die Kollegen sagen zu einer Geschichte über das Sterben, den Tod und gar ein Leben danach? Es war ungefähr das letzte, was ein Nachrichtenmagazin brauchen konnte.

Als junger Lokalreporter bei der »Frankfurter Rundschau« schrieb ich eine Reportage über das Krematorium in einer hessischen Stadt. Deutlich erinnere ich mich an Franz Kalbeck, der mich über eine Wendeltreppe in sein düsteres Reich geleitete, in dem ein Verbrennungsofen stand. Von einer Kommandobrücke aus konnte er die Särge aus der darüberliegenden Kapelle bis vor die elektrisch betriebene Ofentür fahren. Dort schlug er ihnen Griffe und Füße ab, bereitete die Urne vor und legte eine auf Schamotte gestanzte Nummer zurecht, damit die Asche des Verblichenen nicht verwechselt wurde.

»Wollen Sie mal einen Blick in die Hölle werfen?« hatte mich Kalbeck gefragt und die runde Tür geöffnet.

In der roten Glut sah ich die Umrisse eines Sarges. Von der Leiche waren Knochen und Weichteile klar zu erkennen. Es stank nach Rauch und verbranntem Fleisch, obwohl die Absauganlage an der Decke auf Höchstgeschwindigkeit geschaltet war.

Eine einzige Glühbirne erhellte den Raum, in dem Franz Kalbeck schon seit fünf Jahren arbeitete. Sein Vorgänger hatte ihn angelernt. Kalbeck war Friedhofsarbeiter, bevor er den Job da unten bekam. Seine einzige Hoffnung war ein neues Krematorium mit modernen Maschinen, für die er einen Lehrgang würde machen müssen. Eine Klimaanlage hatte man schon eingeplant. Da unten war er von den Wetterverhältnissen oben abhängig. Wenn die Sonne auf dem Kamin stand, ging das mit dem Verbrennen nicht so schnell, da fing der Ofen auch schon mal zu qualmen an. Im neuen Krematorium würde es so etwas nicht geben; da sei ein hoher Schornstein vorgesehen.

Ich habe diese Stunde da unten nie vergessen. Es war die Unterwelt, der Hades, die Endstation. Franz Kalbeck war ein Gehilfe des Todes und eigentlich selbst längst gestorben. Nur wußte er es noch nicht.

Acht Stunden mußte er jeden Tag arbeiten, aber es wurde auch schon mal ein Sechzehnstundentag, so daß er manchmal im Monat auf 50 Überstunden kam.

»Ich fange morgens um sieben Uhr an«, berichtete er mir damals. »Dann heize ich den Ofen auf siebenhundert Grad vor und der erste Sarg kommt rein. Eine Stunde braucht es, bis alles eingeäschert ist. Danach kommt noch mal eine Nachverbrennung, und ich siebe die Asche. Nägel und übriggebliebene Scharniere sortiere ich aus. Der Rest kommt in die Urne.«

Mir fällt ein, wie Kalbeck über die schönen Särge aus Eiche und Buche lamentierte, die teure Innenausstattung aus seidenen Polstern und die Totenhemden, die einen Haufen Geld kosten.

»Damit will man nur angeben, zeigen, wie teuer einem der Verstorbene im wahrsten Sinne des Wortes war«, mutmaßte er. »Und dann geht hier alles in Flammen auf, und ich habe die Sauerei.«

Zweimal in der Woche kam der Arzt vom Gesundheitsamt, um die Leichen zu untersuchen. Kalbeck mußte die Toten ausziehen und anheben, auch im Sommer und nach langen Feiertagen, wenn die Verwesung schon ziemlich fortgeschritten war. Manchmal half Kalbeck oben in der Kapelle aus, wenn er die Atmosphäre in der Unterwelt nicht länger ertragen konnte. Acht bis 14 Einäscherungen hatte er jeden Tag. Darüber wurde genau Buch geführt, damit ja keine Überreste durcheinandergerieten.

Nach Feierabend sprach er nie über seine Arbeit. Er war wie ein Henker, der seiner Frau und seinen Kindern nichts vom Job erzählen kann.
»Es gibt viele Menschen, die vom Tod leben«, sagte er. »Die Gärtner auf dem Friedhof, die Bestattungsunternehmer, die Sargfabrikanten und auch ein bißchen die Anzeigenabteilungen der Zeitungen, der Organist und der Pfarrer da oben. Gottseidank gibt es den Tod, er ist ein einträgliches Geschäft. Gestorben wird immer.«
Ich weiß noch, wie energisch Kalbeck seinen Kopf schüttelte, als ich ihn fragte, ob er sich nach seinem Ableben auch verbrennen lassen wolle.
»Nein, niemals«, hatte er geantwortet. »Aber eines Tages wird es gar nicht mehr anders gehen. Der Platzmangel auf dem Friedhof wird immer größer.«
Seltsam, wie ich mich an Details dieser Reportage erinnere.
Eine Gesellschaft, die auf Leistung setzt, die fit und aktiv sein will, kann sich Gedanken an den Tod nicht leisten. Er ist zum Störfaktor geworden. Es ist fraglich, ob es ohne den Tod überhaupt Religionen gäbe oder das Gerede von einer Seele, an deren Existenz wir gerne glauben wollen, wenn der Körper zu Staub zerfällt und nichts mehr ist als eine große Leere.
Ich schaltete die Fernsehnachrichten ein. Während es in meinem Kopf wieder ruhiger wurde und die Nebel des Alkohols sich verflüchtigten, kämpften in der Ukraine Menschen um ihr Trinkwasser, in den USA demonstrierten sie gegen die Hinrichtung eines schwarzen Journalisten. Eine unheimliche Mordserie an der ungarisch-serbischen Grenze und ein Flugzeug, das sich mit seinen Insassen in die afrikanische Serengeti gebohrt hat.
Pausenlos wird gestorben. Der Tod ist eine Aufgabe für Statistiker geworden, die auch unsere Toten auf den Autobah-

nen registrieren und Zahlen hochrechnen. Wie oft wird in der Zukunft gestorben?

Ich rief Henry im Tessin an, einen alten Kollegen aus frühen Journalistentagen. Er ist ein Schriftsteller geworden, hat sich ausgeklammert aus dem redaktionellen Leistungsdruck, den alltäglichen Mechanismen von Themenkonferenzen, Blattkritik und Schlußterminen.

»Alter«, sagte ich zu ihm, nachdem ich mich beiläufig nach seinem Befinden erkundigt hatte. »Du warst doch schon mal klinisch tot, damals, als du bewußtlos vor deiner Tür zusammengebrochen bist.«

»Das weißt du doch«, knurrte Henry Meister unwillig. »Gibt es sonst was Neues, außer daß du wieder einmal besoffen bist?«

»Wie war das damals?«

»Wie war was?«

»Na, dieses Totsein, diese große Pause, bevor man dich wieder lebendig gemacht hat?«

»Schön«, sagte Henry nur. »Herrlich. Ich habe niemals im Leben etwas Großartigeres empfunden. Eine tolle Story!«

Ich beschloß, in den nächsten Tagen zu ihm nach Lugano zu fliegen. Vielleicht könnte mich ja Franziska begleiten, wenn erst einmal die Mutter unter der Erde war und sie auch in ihrem Job ein paar Tage frei bekam. Franziska, dachte ich und begann zu schweben.

Schwingungsmuster

Die Welt hinter dem Tagesbewußtsein, hinter dem sogenannten Leben, verheißt ein großes Abenteuer: Man geht durch eine Pforte - und Welten tun sich auf.

Rudolf Braunburg

Frank Schoeller hatte sich die Rollerblades zu Weihnachten gewünscht. Nur mit einer lila Schleife geschmückt lagen sie unter dem Tannenbaum, Rollschuhe, deren vier Räder nicht paarweise nebeneinander, sondern in einer Reihe montiert sind. Damit kann man auf Gehsteigen und in Fußgängerzonen mit bis zu 60 Sachen an den erbosten Passanten vorbeiflitzen. Am liebsten rollte Frank mit hohem Tempo Parkhausauffahrten hinunter. »Da hast du einen glatten Untergrund und es ist so schön abschüssig«, schwärmte er in seiner Clique. »Leider gibt es in den meisten Garagen Kameras, und dann schmeißt dich der Parkwächter raus.«

Ab und zu hängte er sich schon mal an ein fahrendes Auto, da sind die Rollen ziemlich heiß geworden. Applaus von Touristen und Einheimischen erhielten die Skater, wenn sie an ihren Treffpunkten in den Innenstädten Kunststücke wie das Springen über Bänke und Treppen vorführten.

Frank Schoeller starb am 25. März - es war einer der ersten warmen Frühlingstage - 200 Meter von seiner Wohnung entfernt auf der Straße. Vorausgegangen war kein halsbrecherisches *Car-Rafting,* sondern ein Zusammenstoß mit einem BMW, dessen Fahrerin den Jungen zu spät gesehen hatte, als er mit den Rollerblades über den Zebrastreifen gefahren war.

Nach dem Unfall waren Franks Freunde zum Rathaus gefahren, um beim Oberbürgermeister dagegen zu protestieren, daß ihre einst stille Wohnstraße zur Rennstrecke für Autos geworden war. Der Gestank der Abgase und der Lärm waren für die Anwohner unerträglich. Der Oberbürgermeister ließ durch seinen Referenten ausrichten, er habe leider keine Zeit, um den Sprecher der Delegation anzuhören.

Am ersten Todestag von Frank Schoeller traf sich die Clique an dessen Grab. Die Mädchen legten Blumen vor das Kreuz und die Jungen zündeten eine Kerze an.

»Frank ist umsonst gestorben«, sagten sie. »Auf unserer Straße darf man zwar nur noch dreißig Stundenkilometer fahren, aber kaum einer hält sich dran. Die Autos sind wichtiger geworden als die Menschen.«

Der Ingenieur Herbert Schoeller und seine Frau Agnes trauerten indes unvermindert. Es sei, als ob jeden Tag ein unbekannter Schlächter sein Messer in ihre Seele steche und darin herumwühle, erzählte Franks Mutter ihren Bekannten.

Der Schmerz isolierte das Ehepaar. Es ging nicht mehr aus, und Freunde und Bekannte kamen selten, weil die Trauer spürbar war und man hilflos war bei so viel Unglück und Leid.

So fühlten sich die Schoellers den Menschen nahe, die ein ähnliches Schicksal hatten und verstanden, warum die Welt nicht mehr farbig und lebenswert sein kann, sondern grau und trist. Wenn ein Kind stirbt, verliert das eigene Leben Sinn und Zukunft.

In der »Selbsthilfegruppe für verwaiste Eltern« interessierten sich die Schoellers für das Thema »Weiterleben nach dem Tod«. Sie waren katholisch erzogen, hatten sich aber von ihrer Kirche getrennt. Zu viel störte sie an den Regeln, die immer wieder neu formuliert aus Rom kamen. Vater Schoeller, naturwissenschaftlich interessiert, hatte Frank J. Tiplers Buch »Die Physik der Unsterblichkeit«[6] gelesen, in dem sich der Physiker mit Gott und der Auferstehung der Toten beschäftigt. Er versucht darin zu belegen, daß die Theologie ein Teilgebiet der Physik ist, und weiter, daß er und seine Kollegen in der Lage sind, die Existenz Gottes und ein Leben nach dem Tod auf die gleiche Weise zu berechnen wie die Eigenschaften des Elektrons. Schoeller hatte in dem Buch viele erstaunliche neue Ansätze gefunden, wenn er auch oft Schwierigkeiten hatte, die komplizierten Formeln und Zahlenstrukturen nachzuvollziehen.

In der Selbsthilfegruppe hatten die Schoellers zum ersten Mal vom Phänomen der Tonbandstimmen gehört. Tote sollten sich auf Kassettenrecordern melden. Ja, es sei sogar möglich, bestimmte Verstorbene anzusprechen und auch von ihnen eine Antwort zu erhalten.

So war das Ehepaar ins »Goldene Faß« gekommen, eine jener typischen deutschen Eckkneipen, deren veralteter Charme nach und nach von den Glaspalästen der Fastfood-Restaurants verdrängt wird. Jeden zweiten Dienstag im Monat traf sich dort im Hinterzimmer Ewald Jaeger mit seinen Tonbandstimmen-Freunden, um Erfahrungen und – was viel wichtiger war – neue »Stimmen« auszutauschen.

Eine Frau im grauen Kostüm ließ gerade das Band ihres Kassettenrecorders zurückspulen.

»Seid mal alle still«, forderte sie die übrigen Gäste auf. »Die Aussage ist sehr leise, aber ganz toll!«

Im eingebauten Lautsprecher des Gerätes rauschte und

grummelte es wie ein fernes Gewitter. Wer genau hinhörte, konnte im Hintergrund ein leises Stimmchen vernehmen.

»Ja, ich höre es«, sagte ein Mann. »Es heißt ›MUTTI, ICH BIN DA. MAN MUSS GUT AUFPASSEN‹.«

»Laß noch mal hören, Elfriede«, rief eine Frau aus dem Hintergrund. »Ich hab' nichts verstanden.«

Die Frau ließ das Band zurücklaufen und drückte wieder auf die Wiedergabetaste. Aus dem Knistern des Lautsprechers formte sich eine leise Stimme, abgehackt und monoton, wie aus einem Computer. Die Anwesenden nickten bedeutungsvoll.

Herbert Schoeller hatte nur das Rauschen gehört und ein Knistern, das wie eine Tonstörung klang. Natürlich kann in all dem elektronischen Wirrwarr auch eine Stimme gewesen sein, dachte er. Wenn man etwas hören will, hört man es auch. Agnes Schoeller legte ihrem Mann die Hand auf den Arm, spürte, wie sehr es ihm widerstrebte, an einer solchen Vorführung teilzunehmen.

»Ich habe sehr schöne Aussagen von meiner Tochter bekommen«, sagte Elfriede und gab ihrer Stimme einen wichtigen Unterton. »Ich weiß jetzt endlich, daß es ihr gutgeht. Sie fühlt sich drüben wohl und hat auch schon Freunde gefunden, mit denen sie an dem Kontakt zu uns arbeitet. Ihr könnt euch gar nicht vorstellen, wie glücklich mich das macht.«

Elfriede wischte sich mit der rechten Hand über die Augen. Schön für die Frau, wenn sie das alles glaubt, dachte Schoeller. Sein auf logisches Denken getrimmter Verstand konnte da nicht mithalten. Er war hier, damit seine Frau ihm nicht vorwerfen konnte, er hätte eine mögliche Quelle des Trostes mißachtet. Ihm war bewußt, daß ihn der Tod seines Sohnes ein Leben lang mit Leid und Bitterkeit erfüllen würde. Es würde nie wieder so sein wie früher.

Ewald Jaeger schaltete sein Handy auf die Stand-by-Position und legte es auf den Tisch. Er beobachtete die neuen Gäste, spürte dabei das Unbehagen des Mannes. Er ist ein Typ mitten aus dem Leben, einer wie ich, dachte Jaeger. Manchmal etwas verbohrt, wenn es darum ging, sich für neue Dinge zu begeistern. Bestimmt hatte er in seiner Firma Schwierigkeiten bei der Einführung der elektronischen Datenverarbeitung. Was brauche ich in meinem Alter noch einen Computer? Jaeger ging auf den Mann zu.

»Ich bin Techniker wie Sie, und als ich das erste Mal von den Tonbandstimmen hörte, habe ich nur gelacht«, sagte er. Jaeger formulierte langsam, suchte oft nach Worten. »Humbug, Manipulation, Wunschdenken und dergleichen, vermutete ich. Doch ich wollte der Sache auf den Grund gehen und machte erste Experimente mit einem einfachen Kassettenrecorder. Ich rief meinen verstorbenen Vater, aber ich erhielt keine Antwort. Da war nur dieses Rauschen auf dem Band und sonst nichts.«

Jaeger bestellte für sich und Schoeller Bier, nachdem er ihn umständlich gefragt hatte, ob er ihn denn einladen dürfe.

»Ich weiß, es klingt total übergeschnappt. Aber plötzlich hörte ich in all dem Knistern eine leise Stimme. Sie klang abgehackt und mechanisch. Aber es war deutlich zu hören wie jemand sagte ›Ewald, mein Junge‹. Ich bin fast vom Stuhl gefallen.«

Die beiden Männer tranken ihr Bier. Dann wandte sich Schoeller zu Jaeger, der sich den Schaum von den Lippen wischte.

»Wie erklären Sie sich das? Die Stimme und so. War es wirklich Ihr verstorbener Vater?«

»Ich denke schon, daß diese Stimme von meinem Vater kam«, antwortete Jaeger bedächtig. »Es waren seine

Worte, und er steht mit mir in einer gedanklichen Verbindung.«

»Nehmen wir einmal an, daß es die Tonbandstimmen wirklich gibt, warum ist dies nicht überall bekannt?« fragte Schoeller. »Es wäre doch die Entdeckung des Jahrhunderts.«

»Es gibt inzwischen eine Fülle von Literatur über dieses Phänomen«, antwortete Jaeger. »Menschen in der ganzen Welt machen solche Experimente. Die Wirkungsweise ist mit wenigen Sätzen nicht zu erklären. Sie können mir ja auch nicht in fünf Minuten die Funktion des Farbfernsehens oder der digitalen Datenübertragung beschreiben. Alles braucht halt seine Zeit.«

Elfriede, die Frau mit dem Kassettenrecorder, mischte sich ein.

»Ich bin immer wieder erstaunt darüber, wie wenig die Menschen vom Weiterleben nach dem Tode wissen«, sagte sie ein wenig verzweifelt. »Es ist schon unglaublich, daß diesen wichtigen Dingen des Lebens so wenig Beachtung geschenkt wird. Es herrscht große Ungewißheit über das Leben nach dem Tod.«

»Kein Wunder bei all dem Unsinn, der darüber verbreitet wird«, murrte Schoeller. »Aber woher, um alles in der Welt, habt ihr diese seltsamen Stimmen?«

»Es sind Schwingungsmuster«, erklärte sie. »Jeder Mensch hat ein eigenes Schwingungsmuster, eine Art unsichtbaren Astralkörper, der auch nach seinem Tod erhalten bleibt. Energie verschwindet nicht, sie wird nur verwandelt.«

Herbert Schoeller sah die Frau verblüfft an. Schwingungsmuster, Astralkörper? Und was ist überhaupt *Energie?* Was er da hörte, war physikalisches Brimborium. Er sah in diesen Experimenten eher eine Form von modernem Spiritismus, eine in die Gegenwart versetzte Totenbeschwörung vergangener Zeiten.

»Meine Gabriele ist mit einem halben Jahr vom Wickeltisch gefallen und hat sich das Genick gebrochen«, erklärte die Frau ungerührt. »Sie konnte als Baby natürlich noch nicht sprechen, aber auf dem Recorder höre ich sie deutlich, weil sie im spirituellen Sinne ja kein kleines Kind ist. Ihre Persönlichkeit drüben ist zeitlos. Wir alle existieren schließlich ewig.«

Die Worte wurden immer größer und bedeutsamer. Sie redeten von der Ewigkeit. Schoeller staunte über das Vokabular der Tonbandstimmen-Menschen, die für ihre Arbeit offenbar eigene Ausdrücke gefunden hatten, aber auch nur allzugerne von der Unendlichkeit und dem Ursprung aller Dinge schwafelten.

»Am besten ist es, wir spielen unseren Gästen mal ein paar verständliche Aussagen vor«, forderte Jaeger seine Vereinsmitglieder auf. »Mit den Flüsterstimmen haben wir Anfänger noch nie überzeugt.«

Elfriede holte eine andere Kassette aus ihrer Handtasche, legte sie in den Recorder und bat die Runde um Ruhe. Andächtig verfolgten die Männer und Frauen das Ritual.

»Möchte jemand noch was trinken?« rief der Kellner in die Stille.

»Haben Sie auch Buletten?« Der dickliche Mann im Hintergrund errötete, als die Anwesenden sich vorwurfsvoll zu ihm umdrehten.

»Wie viele?« fragte der Kellner.

»Zwei. Mit Brötchen und Senf.«

Der Kellner notierte die übrigen Bestellungen, dann verließ er den Raum.

»Ich habe die Aussagen dreimal hintereinander kopiert, damit man sich einhören kann«, sagte Elfriede und drückte auf die Wiedergabetaste.

Es wurde still. Von der benachbarten Gaststube drangen gedämpfte Geräusche herüber. Auf der Straße fuhr ein Last-

wagen vorbei, und im Flur fielen ein paar Groschen aus dem Spielautomaten. Aus dem Lautsprecher des Recorders quäkte eine Stimme. Auch Schoeller konnte sie hören.
»Teddy da, Teddy da, Teddy da.«
»Sie will damit sagen, daß ihr Teddybär bei ihr ist«, erklärte die Frau. »Ich habe ihr den Bär in den weißen kleinen Sarg gelegt.«
Die um den Tisch gruppierten Gäste schwiegen ergriffen.
»So, damit ihr mir nicht verdurstet!« Der Kellner servierte die Getränke und machte Striche auf die Bierdeckel. »Die Buletten kommen gleich.«
Schoeller betrachtete sich die Tonbandstimmen-Freunde genauer. Ein paar ältere Frauen, der Buletten-Mann mit dem Bart, ein Mädchen mit kurzer, burschikoser Frisur und ein junges Paar, das sich an den Händen hielt. Sie gab sich sportlich-lässig, er trug ein Sakko zu seinen Jeans. Beide waren um die Dreißig. Der Mann hatte Jaeger zuvor am Telefon erklärt, daß seine Frau und er noch immer unter dem Verlust ihres Kindes litten, das vor einigen Jahren in einem Gartenteich ertrunken war.
Elfriede, die Frau mit dem Kassettenrecorder, beherrschte die Szene. Sie hatte offenbar eine ganze Sammlung solcher Tonbandstimmen. Irgendwie makaber, dachte der Ingenieur. Aus dem Lautsprecher kam eine neue Stimme, hell und getaktet und irgendwie automatisch.
»Ich bin bei dir. Ich bin bei dir. Ich bin bei dir.«
Es war klar zu verstehen. Das junge Mädchen zündete sich eine Zigarette an.
»Bitte nicht rauchen«, sagte der Dicke. »Das stört die Schwingungen.«
Das Mädchen schaute den Mann herausfordernd an, drückte aber dann doch die Zigarette im Aschenbecher aus.

»Warum klingt die Stimme so unpersönlich, so gekünstelt?« wollte der junge Mann wissen und ließ die Hand der Frau los. Er war aufgestanden. »Ich möchte gerne daran glauben, daß dies die Stimmen von Verstorbenen sind«, sagte er mit tonloser Stimme. »Unser Sohn war allerdings erst drei Jahre alt, als er damals in dem Tümpel ertrank.«
Seine Frau verbarg ihr Gesicht und begann leise zu schluchzen. Schoeller wandte sich ab, gequält von den eigenen Erinnerungen an seinen Sohn Frank.
»Wenn er lebt, wenn seine Seele wirklich unsterblich ist, wo ist er dann in diesem Moment?« stöhnte der verlassene Vater, wobei er schutzsuchend seine Frau umarmte.
Die eilfertige Elfriede fühlte sich sofort zu einer Antwort aufgefordert.
»Er ist hier, aber auf einer anderen Schwingungsebene, die von uns nicht wahrgenommen werden kann«, erklärte sie. »Da unsere Verstorbenen jenseits von Zeit und Raum existieren, kann die Frage nach ihrem Aufenthaltsort nur schwer beantwortet werden.«
Jaeger stand auf. Seine Stimme war laut und klar.
»Elfriede hat recht«, sagte er. »Wir haben für die Schilderung eines Geschehens, das sich außerhalb unserer eigenen Sinne abspielt, keine Worte. Dies ist das Problem: Uns fehlen die richtigen Worte.«
Irgendwie leuchtete dies auch Schoeller ein. Wenn es wirklich - wie auch Einstein behauptete - sogenannte Parallelwelten geben sollte, dann herrschen dort völlig andere physikalische Bedingungen. Wie kann man einen Zustand außerhalb von Raum und Zeit beschreiben, wenn man sich selbst innerhalb von Raum und Zeit bewegt?
»Aber vielleicht hilft euch ein Beispiel«, erklärte Jaeger. »Wir sind in diesem Moment alle hier im Raum von Radio- und Fernsehwellen umgeben, von unzähligen Tönen und Bildern, die von den verschiedensten Sendern ausgestrahlt

werden. Aber wir hören und sehen sie nicht. Es ist eine unsichtbare Welt. Erst wenn wir entsprechende Apparate aufstellen, können wir die Bilder sehen und die Töne hören. Unsere Ohren und Augen sind nicht auf diese Frequenzen programmiert. So ist es auch mit dem Jenseits. Es befindet sich auf einer anderen Frequenz. Eben *jenseits* unseres Vorstellungsvermögens.«

»Warum sind die Informationen auf den Tonbändern manchmal so unverständlich?« wollte der junge Mann wissen.

»Es sind manifestierte Gedanken«, erklärte Jaeger. »Unsere jenseitigen Freunde machen sich mit Hilfe ihrer Gedankenenergie auf Tonträgern bemerkbar. Eine Möglichkeit, die es erst in unserem technischen Zeitalter gibt. Sie haben offenbar beim Senden genauso viele Probleme wie wir beim Empfangen. Aber es gibt schon eine deutliche Verbesserung der Qualität, verglichen mit den Anfängen.«

Herbert Schoeller ließ sich nur schwer überzeugen. Für ihn wurde hier eine Speise gebraut, deren Zutaten aus Wunschdenken, Spiritismus und physikalischen Halbwahrheiten bestanden.

»Ich will niemanden überzeugen«, hörte er Jaeger sagen. »Jeder geht seinen eigenen Weg. Aber wer aus der tiefen Trauer über den Tod eines geliebten Menschen herauskommen möchte, sollte es mal mit den Tonbandstimmen-Experimenten versuchen. Die Toten sind nicht tot. Sie wollen diese Kontakte.«

»Zwei Buletten mit Senf«, rief der Kellner und hielt den Teller hoch. »Wer will noch Bier?«

Niemand meldete sich. Die Leute starrten gedankenverloren auf ihre halbvollen Gläser.

»Kann das jeder?« wollte der bärtige Mann wissen und biß danach in den Fleischklops, den er zuvor in den Senf getunkt hatte. »Ich meine, mit den Toten reden?«

»Jeder«, sagte Elfriede. »Jeder, der sich öffnet. Die Jenseitigen können liebevolles Interesse ganz genau von reiner Neugier unterscheiden.«
»Muß ich dabei irgendwas Feierliches tun?« fragte der Mann und griff nach dem Bier. »Vielleicht eine Kerze anzünden oder die Bibel auf den Tisch legen?«
»Die Experimente mit den paranormalen Stimmen haben nichts mit Religion zu tun«, antwortete Jaeger. »Es ist reine Physik. Jedoch ist es sinnvoll, den Kontakt in einem ruhigen und angemessenen Rahmen zu versuchen. Und nicht mit einem Bierglas in der Hand.«
Der Mann blickte pikiert auf und nahm dann demonstrativ einen tiefen Zug.
Schoeller wurde es immer unbehaglicher zumute. Kein ernstzunehmender Physiker würde sich seiner Meinung nach auf einen solchen Humbug einlassen. Er sah nach seiner Frau und forderte sie mit Blicken zum Gehen auf.
»Wie heißt Ihr Junge?« Die umtriebige Elfriede wandte sich an Agnes Schoeller. »Wir können ja mal versuchen, ihn zu rufen.«
»Frank Schoeller«, antwortete sie hastig und schaute erschrocken zu ihrem Mann, der keine Miene verzog. Er würde ihr später bestimmt Vorhaltungen machen, daß sie sich spontan zu dem Versuch entschlossen hatte.
»Wir werden jetzt den Kontakt zu Frank herstellen«, sagte Elfriede und steckte ein Mikrophonkabel in den Kassettenrecorder. Dann drückte sie auf die Aufnahmetaste.
Herbert Schoeller wurde übel. Dieser unabänderliche Unfall hatte ihn fast um den Verstand gebracht. Jetzt überwältigten ihn sein über Monate unterdrückter Schmerz, die verborgene Trauer und die ohnmächtige Wut über den Tod des Sohnes.
»Frank Schoeller«, sprach die Frau ins Mikrophon. »Ich bin hier bei deinen Eltern. Wenn es dir möglich ist, gib uns

eine Antwort. Daraus würden wir erkennen, daß es dir gutgeht.«
Der dicke Mann hatte die Buletten verzehrt, auf den Tischen standen jetzt leere Gläser. Nur vereinzelt drangen noch ein paar Geräusche aus der Gaststube. Auf der Straße war es ruhig geworden.
Herbert Schoeller sah gebannt auf den Kassettenrecorder und das langsam laufende Band. Niemand sprach mehr. Das Licht der Leuchtstoffröhren an der Decke verwandelte die Gesichter der Menschen in starre Masken. An der Wand hing eine Urkunde: Erster Preis für den Kegelklub »Alle Neune«. Darunter ein paar verblaßte Unterschriften.
Herbert Schoeller griff nervös zu den Bierdeckeln auf der blankgescheuerten Tischplatte, hob ab wie beim Kartenspiel. Im Gesicht seiner Frau zuckte es. Würde sie die heißersehnte Nachricht erhalten, den Beweis, daß ihr geliebter Sohn nicht wirklich tot war, sondern nur für eine Weile abwesend, ausgewandert in ein fremdes Land?
»Frank, bitte gib uns eine Nachricht. Wir wären alle froh darüber«, sprach die Frau fast beschwörend ins Mikrophon. Für Elfriede war die Beschäftigung mit den Tonbandstimmen mehr als nur ein Hobby. Sie verstand sich als Pionierin, eine, die man verlacht, aber die am Ende einen großen Sieg davonträgt. Elfriede ließ das Bandgerät noch ein paar Sekunden weiterlaufen, dann schaltete sie es aus.
»Wir werden jetzt abhören«, bestimmte sie. »Gerade beim ersten Kontaktversuch sind die Stimmen von drüben sehr leise. Deshalb bitte ich um größte Ruhe. *Hören* ist eine große Kunst geworden in dieser lauten Zeit.«
Die Prozedur wiederholte sich, das Band lief auf seine Anfangsposition und wurde von Elfriede gestartet. Ewald Jaeger hatte schon Hunderte solcher Experimente gemacht.

Oft war die Enttäuschung groß, wenn keine Stimmen zu hören waren. Immer wieder kam es vor, daß die Teilnehmer in irgendwelches Knistern und Rauschen Botschaften von der anderen Seite hineininterpretierten. Ewald Jaeger akzeptiere nur deutliche Aussagen, die auch für ungeübte Hörer verständlich waren. Davon hatte er ein ganzes Archiv.
Das Band lief mit lautem Rauschen ab. Die Menschen schwiegen. Konzentriert warteten sie auf ein mögliches Signal aus der anderen Welt, deren Standort sie nicht kannten und über deren Existenz sie so gerne noch mehr gewußt hätten. Paß und Visum für die große Reise dorthin hatte jeder von ihnen ja bereits in der Tasche.
Da - ein Wortfetzen. Deutlich war über dem Rauschen eine Stimme zu hören. Die Frau stoppte die Kassette und ließ das Band zurücklaufen. Auf Wiedergabe geschaltet, fanden sich zwischen all dem Knistern Fragmente einer menschlichen Stimme. Immer wieder ließ Elfriede die Kassette vor- und zurücklaufen, so lange, bis es alle im Raum verstehen konnten. Eine leise Männerstimme hauchte die Wörter »Mami-Baby«.
Agnes Schoeller schluchzte. Ihr Mann drehte sich stumm zur Wand. Er war noch blasser geworden.
»Es war sein Kosename«, sagte Frau Schoeller tonlos. »So hat er sich selbst als Zweijähriger genannt. Mami-Baby. Weil ich ihn immer fragte: Bist du Mamis Baby? Auch als er ein großer Junge war, habe ich es manchmal noch zu ihm gesagt. Kurz vor dem Einschlafen, wenn wir besonders lieb zueinander waren.«
»Nur Sie und Ihr Mann kannten diesen Kosenamen«, sagte Jaeger. Auch er war sichtbar bewegt. »Verstehen Sie es als ein Zeichen von ihm. Er will Ihnen damit sagen, daß es ihn noch gibt, daß er nicht in dem Sinne tot ist, wie die meisten Menschen dies verstehen. Es ist ein Signal für seine

Liebe und die Unzerstörbarkeit des Lebens, ein Codewort, das bisher nur Sie drei kannten.«

Jaeger wandte sich an Schoeller, der noch immer nicht sprach. »Sie sollten es wirklich so sehen«, sagte er eindringlich zum ihm. Wie gerne würde er dem Mann helfen, den Eispanzer aufzubrechen, der sich um seine Seele gelegt hatte. Warum öffnen wir Menschen uns so schwer dem Wunderbaren?

»Selbst wenn Sie es kritisch sehen«, sagte Jaeger zu dem vor sich hin starrenden Schoeller, »so müssen Sie als Techniker akzeptieren, daß das Nichtvorhandensein eines Beweises noch lange kein Beweis für die Nichtexistenz eines Phänomens ist. Stammt übrigens von Einstein.«

»Es mag ein mageres Ergebnis sein«, erklärte Elfriede selbstkritisch. »Aber für den Anfang war es ein Erfolg. Frank will Ihnen mit diesen beiden Wörtern sagen, daß er noch lebt. Das ist doch schon mal was.«

»Es gibt sicherlich attraktivere Plätze als das Hinterzimmer einer Großstadtkneipe. Aber kann sich nicht auch zwischen dem Geruch von schalem Bier und kaltem Zigarettenrauch etwas Großartiges ereignen?« fragte Jaeger pathetisch.

Das junge Ehepaar faßte sich stumm bei den Händen und starrte gedankenverloren auf den Kassettenrecorder. Verlegen drehte das blonde Mädchen an seiner kalten Zigarette, während die Frauen im Hintergrund des Zimmers tuschelten und heimlich auf das Ehepaar schauten, dessen Sohn sich so liebevoll aus dem Jenseits gemeldet hatte. Mami-Baby, wie reizend.

»Beim nächsten Mal versuchen wir es wieder«, sagte Elfriede resolut. »Vielleicht ist Frank dann etwas gesprächiger.«

Ohne ein weiteres Wort zu sagen stand Herbert Schoeller unvermittelt auf, warf in der Eile den Stuhl um und verließ wortlos den Raum. Er durchquerte die Gaststube, in der noch ein paar Männer und Frauen um den Tresen standen und Bier tranken. An der Tür stieß er mit Stefan Zigrand zusammen, der gerade die Kneipe betrat.

»Ich muß hier weg«, hörte der Reporter den verwirrten Mann sagen. »Die sind alle verrückt geworden.«

Antonio Vitali

Religion und Naturwissenschaft – sie schließen sich nicht aus, sondern ergänzen einander. Es ist der nie erlahmende Kampf gegen Unglaube und Aberglaube, den Religion und Naturwissenschaft gemeinsam führen.

Max Planck

Keine Wolke trübte den azurblauen Himmel über Rom, gegen den sich die imposante Kuppel des Petersdoms wirkungsvoll abhob. Wie an jedem Mittwoch würde der Papst in wenigen Stunden zur Generalaudienz erscheinen. Pater Antonio Vitali aus Bozen schritt zwischen den marmornen Säulen der Piazza San Pietro auf den Arco delle Campane zu, den Eingang zur Vatikanstadt.

Ein paar Sekunden nur, dann flimmerte sein Name auf dem Computer-Monitor in der Portiersloge. Er war angemeldet. Ein Soldat der Schweizer Garde führte ihn zu Kardinal Vinossa, dem Sprecher der Kongregation für die Glaubenslehre.

Die Uniform des etwa 20jährigen Mannes, der Vitali voranschritt, stammte aus der Renaissance und trug die Farben der Medici-Päpste. Natürlich ist er ein guter Katholik, dachte der Pater, sonst wäre er nicht hier. Der Geistliche hatte Mühe, dem Tempo des Gardisten zu folgen. Sie durchschritten hohe Gänge, an deren Wänden die Gesichter früherer Päpste unbeteiligt in eine unbestimmbare

Ferne gerichtet waren. Chronologisch aufgereiht die Ahnengalerie des Kirchenstaates. Am Ende die bekannten Porträts der Männer, die Vitali persönlich kennengelernt hatte: Pius XII., Paul VI., Johannes Paul I., Johannes Paul II. Jeder von ihnen hatte sein Charisma. Der Papst ist zwar der Nachfolger Petri - in dieser Weise stand der Pater loyal zu ihm - aber er ist nicht die ganze Kirche.
Antonio Vitali war umgeben von Geschichte. Was mag hinter all den Türen schon alles entschieden worden sein - nicht immer zum Segen der Menschen? Das Papsttum war auch eine Chronik von Gewalt und Haß, von Unterdrükkung und Intoleranz. Vitali erinnerte sich mit Schaudern an die blutigen Urteile der Inquisition, an Übergriffe auf Männer wie Galileo Galilei und Giordano Bruno. Der eine war erst kürzlich rehabilitiert, der andere hier in Rom öffentlich verbrannt worden. Beide waren sie Vordenker der astronomischen Revolution und damit Wegbereiter für den Sturz weltlicher Autoritäten. Die Erde dreht sich um die Sonne, ist nur ein Himmelskörper unter vielen. Mit dieser ketzerischen Erkenntnis schwand auch der Sinn für das Reich Gottes mit seinen Hierarchien, Ebenbild für die feudalistischen Regime auf der Erde. Die Französische Revolution wäre ohne solche Ideen nie denkbar gewesen. Freiheit, Gleichheit, Brüderlichkeit. Vitalis Gedanken durchmaßen Jahrtausende im Eiltempo, als er geistesabwesend und doch aufs äußerste angespannt dem Gardisten folgte.
Einige der vielen hundert Räume kannte der Pater von seinen vielen Besuchen im vatikanischen Palast. Wochenlang hatte er die Sammlung philosophischer Literatur durchgesehen: Römische, griechische, französische oder englischsprachige Denker, aber auch die der Frankfurter Schule, Marx, Hegel, Heidegger, Levinas, Gadamer. Es war eine Leidenschaft des schmächtigen Südtirolers, sich über Jahrzehnte sowohl mit scholastischer als auch mit moderner

Philosophie auseinanderzusetzen. Er war nicht bei Kants Kritik der reinen Vernunft stehengeblieben, sondern hatte auch dessen praktischen Teil studiert. Es gab kaum ein Problem, kaum ein Thema, für das sich hier nicht etwas zum Nachschlagen finden ließ.
Der Gardesoldat hätte einen der nachträglich eingebauten Fahrstühle nehmen können, um in den zweiten Stock zu kommen. Er wählte jedoch die geschwungene Marmortreppe, ein zweifellos effektvollerer Auftritt. Von den 1400 Sälen, Kapellen und Zimmern des apostolischen Palastes waren einige als Arbeits- und Wohnräume für den Papst reserviert. Daneben hatten einzelne vatikanische Kongregationen ihren Sitz.
Antonio Vitali war selbstbewußt genug, sich von der gewaltigen Architektur und der historischen Präsenz nicht einschüchtern zu lassen. Als Redemptoristenpater und Professor an der Lateran-Universität war er ein geachteter Mann. Noch vor ein paar Jahrhunderten hätte er in seiner Situation allen Grund zur Sorge haben müssen, brachte er doch eine neue Erkenntnis in diese Mauern. Die Toten erwartet bei ihrem Abschied von der Welt weder Himmel noch Hölle, sondern ein noch unerforschtes Jenseits außerhalb von Raum und Zeit, eine feinstoffliche Ebene aus Gedanken und Vorstellungen. Den Hunderten von Tonbandstimmen-Aussagen aus vielen Ländern zufolge gab es weder einen göttlichen Richterspruch noch eine Auferstehung. Die Toten leben und sind durch ihren Übergang in die andere Welt keine besseren Menschen geworden. Ihre Persönlichkeit bleibt unangetastet, ihre Hoffnungen und Wünsche sind nicht erloschen. Ja, auch ihre Irrtümer bestehen fort. Sterben bringt keine Erleuchtung.
Der Gardist klopfte an eine hohe Tür aus Eichenholz, die von innen geöffnet wurde. Er nahm Haltung an und ließ Pater Vitali passieren.

»Gelobt sei Jesus Christus, Exzellenz.«
»In Ewigkeit, Amen.«
Der Kardinal erhob sich hinter seinem Schreibtisch und ging mit ausgestreckten Armen auf den Pater zu. Vinossa trug die schwarze Kutte seines Ordens, um die eine Schärpe aus Purpur geknüpft war. Vitali wußte, daß der Mann - wie er auch - aus einfachen Verhältnissen stammte und in der südspanischen Ebene von Guadalquivir aufgewachsen war. Der Vater ein Dorfschullehrer, die Mutter Bäuerin. Es fehlte in seinem Leben die Legende, in der Art von Thomas Manns »Erwähltem«. 17 Jahre auf einem Stein zuzubringen, herabgesetzt zum Murmeltier, um danach auf wunderbare Weise verwandelt zu werden und schließlich auf dem Papstthron zu enden. Und dennoch: Der Aufstieg vom Knaben, der mit der harten Arbeit auf dem Bauernhof vertraut war, zum Theologen und Philosophen, schließlich zum Kardinal und Vorsitzenden der Glaubenskongregation, das war schon kometenhaft.
»Ich hoffe, der Himmel hat Sie heute schon genügend erleuchtet. Sonne gibt es ja in Fülle«, scherzte Vinossa. Er liebte es, wichtige Unterredungen mit einem nichtssagenden Geplänkel zu beginnen.
»Aber kommen wir zur Sache.« Der Kardinal nahm wieder hinter seinem Schreibtisch Platz und wies dem Pater einen Ledersessel vor ihm an. »Es gibt also neue Erkenntnisse über diesen Sprechfunk mit Verstorbenen?«
Dabei blätterte er gedankenverloren in dem Dossier, das Vitali ihm bereits vor ein paar Monaten geschickt hatte. Es enthielt die Protokolle aller Aussagen, die als »Jenseits-Durchgaben« von verschiedenen Experimentatoren stammten.
»Der Deutsche Ewald Jaeger führt über von ihm konstruierte Geräte ernsthafte Dialoge mit längst verstorbenen Menschen«, berichtete Vitali. »Es hat den Anschein, als ob

diese sich weder in einem von uns angenommenen Himmel noch in einer Hölle befinden. Auch vom Fegefeuer ist nicht die Rede.«

»Ach ja?« entgegnete der Kardinal lächelnd.

»Ich möchte Sie nicht belehren, Exzellenz, aber nach den Erkenntnissen der transpersonalen Psychologie stehen Himmel, Hölle und Fegefeuer für besondere Seelenzustände. Wenn es überhaupt solche Orte gibt, dann sind sie in uns und von uns selbst geschaffen.«

Der Kardinal verzog keine Miene. Vitali wußte, daß kaum Mut dazu gehörte, solche ketzerischen Gedanken auszusprechen, waren die Scheiterhaufen der Inquisition doch längst erkaltet. »Es ist außerordentlich schwierig, Zustände eines wie auch immer gearteten Jenseits mit den Ausdrücken unserer weltlichen Sprache zu beschreiben«, fuhr er denn auch fort. »Deshalb bedienten sich auch die Verfasser des Alten und Neuen Testamentes dieser Metaphern. Auch Jesus sprach in Rätseln, als er einem ungebildeten Wüstenvolk theologische Erkenntnisse vermittelte.«

Der Kardinal ignorierte Vitalis Argumente und kam zur Sache. »Bedeuten die Aussagen auf diesen Tonbändern in irgendeiner Weise eine Gefahr für die Lehren der Kirche?« fragte er und schaute dabei an dem Pater vorbei aus dem Fenster.

»Es ist wenig von einem Reich Gottes die Rede«, gab Vitali zu. »Auch Engel und Erzengel kommen nicht vor. Wenn Sie erlauben, Exzellenz, auch von Jesus Christus wurde bisher nie gesprochen.«

»Wie Sie wissen, Pater, ist uns die Existenz der Tonbandstimmen schon seit Jahrzehnten bekannt«, erklärte der Kardinal. »Es waren unsere eigenen Leute, Padre Ernetti und Padre Gemelli, die in den fünfziger Jahren leise Stimmen hörten, ausgerechnet in einer Aufnahme von Gregorianischen Gesängen. Sie haben damals den Heiligen Vater informiert, der später auch den schwedischen Maler Friedrich Jürgenson empfing, der ebenfalls von solchen Stimmen berichtete. Der Mann durfte zum Dank für diese Informationen Pius XII. porträtieren und hat für seine Loyalität gegenüber der Kirche von Paul VI. den Orden des St. Gregor erhalten. Es liegt uns eine Akte vor, nach der Padre Gemelli am 17. September 1952 dem Heiligen Vater angebliche technische Beweise für ein Überleben des Todes vorgelegt hat.«

Antonio Vitali kannte diese Vorgänge genau. Schließlich gab es auch innerhalb der Kirche immer wieder mutige Männer, die sich an einer technischen Kommunikation mit den jenseitigen Ebenen beteiligten. Der Schweizer Pfarrer Leo Schmid hatte über seine erfolgreichen Experimente das Buch »Wenn die Toten reden« geschrieben. Und die Veröffentlichung von Père François Brune, »Les morts nous parlent - Die Toten sprechen zu uns« war in Frankreich ein Bestseller. Die Bücher erhielten zwar keine offizielle Imprimatur, wurden aber auch nicht auf den Index der für Katholiken verbotenen Literatur gesetzt.

»Der Bischof von Parma und einige - augenscheinlich weltoffene - Priester haben die Kommunikation, die von Jenseitswesen ausgeht, das großartigste Phänomen unseres Jahrhunderts genannt«, sagte Vitali.[7]

»Die Mehrzahl unserer Brüder hält es weiterhin für Teufelszeug und üblen Spiritismus«, murrte der Kardinal. »Du sollst die Toten nicht befragen, heißt es in der Schrift. Die Alten wußten, wovon sie sprachen.«

»Du sollst dir auch kein Bild machen von Gott, heißt es. Trotzdem gibt es eine vom Christentum inspirierte Kunst mit unzähligen Gottesdarstellungen«, entgegnete Vitali. »Wir müssen die Aussagen aus dem alten Bund für unsere Zeit interpretieren. ›Laßt die Toten ruhen‹ gilt nicht mehr, weil wir durch die technisch gestützte Transkommunikation wissen, daß es keine Toten gibt. Sie sind lebendig wie Sie und ich, freilich auf einer anderen, feinstofflichen Ebene.«

»Ich weiß natürlich, daß es die von Ihnen beschriebenen Erkenntnisse gibt«, meinte Kardinal Vinossa versöhnlich. »Benedikt XV. hat im achtzehnten Jahrhundert vier Bände über ›Paraphänomene‹ geschrieben. Sie wurden allerdings nie aus dem Lateinischen übersetzt. Aus gutem Grund, wie ich meine.«

Der Disput der beiden Kirchenmänner war auch ein Austausch von Erkenntnissen und Zitaten. Schließlich hatte die Kirche seit alters her das Phänomen des Todes für sich beansprucht, hatte es mit religiösen Riten umgeben: Das Lossprechen von allen Sünden, die Letzte Ölung, die Einsegnung am Grab. Noch immer war das Wissen um den Tod und das Sterben den Theologen vorbehalten.

Dabei ist es längst eine Sache der Physiker, dachte Vitali. Er war lange genug in Rom, um die Gepflogenheiten der Kurie zu kennen. Es ging zwar vordergründig stets um theologische Spitzfindigkeiten, doch letztendlich war es ein Spiel um die Macht. Der Vatikan war der letzte mächtige Priesterstaat auf Erden.

»Sie wissen, Pater, daß die Totenbefragung eine lange Geschichte hat«, nahm der Purpurträger das Gespräch wieder auf. »Auskünfte, Weissagungen und Ratschläge holte sich schon die kanaanitische Bevölkerung aus dem Jenseits. Die Israeliten haben es dann übernommen, obwohl Nekromantie später mit der Todesstrafe geahndet wurde.«

Der Kardinal nannte noch ein paar Fälle aus dem Alten Testament und vergaß nicht, babylonische Texte zum Thema zu zitieren. Auch aus den ägyptischen und tibetischen Totenbüchern kannte er bemerkenswert viele Details.

»Natürlich haben die Alten gewußt, daß solche Kontakte

nicht ungefährlich sind«, stimmte der Pater zu. »Man weiß schließlich nicht immer, von wem auf der anderen Seite die Aussagen kommen. Es wäre töricht, seine Entscheidungen von Erkenntnissen aus paranormalen Aussagen abhängig zu machen und die Jenseitigen als kompetente Partner für alle Lebenslagen zu akzeptieren. Darum geht es auch nicht.«

»Worum geht es denn?«

Der Kardinal stand auf und ging durch den Raum, der mit alten Wandteppichen und einem schlichten Kruzifix geschmückt war.

»Es geht darum, der Menschheit klarzumachen, daß die christlichen Kirchen recht haben, wenn sie von einem Überleben des Todes sprechen. Mit Verlaub, Exzellenz, wer glaubt denn noch an unsere alten Geschichten?«

»Na hören Sie mal, Pater. Für siebenhundert Millionen Menschen ist dieses Haus das Zentrum ihres Glaubens. Die Lehre Christi hat einen beständigen Platz in dieser Welt.«

»Jesus von Nazareth hat einem orientalischen Beduinenvolk vor zweitausend Jahren gepredigt«, ereiferte sich der Pater. »Es waren gute und ewige Wahrheiten darunter. Aber viele dieser Aussagen müssen in die heutige Zeit transformiert werden. Wir leben in einer technischen Epoche. Die Menschen glauben an die Informationen aus ihrem Computer, die sie sich über Datenbahnen aus unterschiedlichsten Quellen erschließen. Unser Bewußtsein wird von den elektronischen Medien bestimmt. Wenn die Menschen mittels dieser Geräte den Beweis für die Existenz einer jenseitigen Welt erhielten, würde dies nicht nur die alten Lehren bestätigen, sie würden auch keine Angst mehr haben vor dem Tod. Sie könnten würdiger und verantwortungsvoller leben.«

»Jesus sieht den Sinn des Lebens auch darin, an dessen Ende

in das Reich Gottes einzugehen und nicht in ein strukturloses Jenseits, in dem mit Tonbandstimmen herumexperimentiert wird!« Der Kardinal war zornig, versuchte sich aber zu beherrschen. Pater Vitali holte ein Dokument aus seinem Aktenkoffer und legte es auf den Schreibtisch.

»Hier ist ein Auszug aus der ›Kongregation für die Glaubenslehre‹ aus dem Jahre 1973. Darf ich zitieren?«

»Zitieren Sie, so lange sie wollen«, antwortete der Kardinal griesgrämig. »Ich kenne die Veröffentlichung.«

Scheinbar gelangweilt betrachtete Vinossa den Siegelring an seiner rechten Hand, der ihm vom Heiligen Vater zu seiner Ernennung überreicht worden war. Das Gespräch mit dem Pater aus Bozen war ihm unangenehm. Leute, die wissenschaftlich argumentieren, gehörten noch nie zu den Freunden der Amtskirche.

»Die Kirche hält an der Fortdauer der Subsistenz eines geistigen Elementes nach dem Tode fest, das mit Bewußtsein und Willen ausgestattet ist, so daß das ›Ich‹ des Menschen weiterbesteht«, zitierte Vitali. »Um dieses Element zu beschreiben, verwendet die Kirche des Ausdruck ›Seele‹. Punktum.«

Vitali legte das Papier wieder zusammen und steckte es zurück in den Koffer. Erwartungsvoll sah er den Kardinal an, doch dieser blickte schweigend aus dem Fenster.

»Dies und nichts anderes sagen die Stimmen aus der anderen Welt«, betonte der Pater, der als Professor an der Lateran-Universität daran interessiert war, seinen Studenten von der Existenz dieses Phänomens zu berichten. Doch dazu brauchte er dessen offizielle Anerkennung, zumindest aber die stillschweigende Duldung. Viel wichtiger aber war ihm, daß die kirchlichen Autoritäten sich mit der Transkommunikation und vielen der daraus erhaltenen Aussagen beschäftigten.

»Die sogenannten Toten behalten ihre Persönlichkeit und

damit ihre Charaktereigenschaften«, fuhr Antonio Vitali fort. »Ja, sie werden noch nicht einmal klüger, nur weil sie gestorben sind. Nur eines erfahren sie mit Sicherheit: Daß sie nicht tot sind«.

»Ich muß Sie darauf hinweisen, Pater Vitali, daß die Mehrzahl der über diese Stimmen informierten Priester das Phänomen ablehnen. Ihnen reichen zum Vorgang des Sterbens die Offenbarungen der Heiligen Schrift«, erklärte der Kardinal. »Die Kirche erkennt die Unsterblichkeit der Seele und die Wiederauferstehung der Toten am Jüngsten Tag.«

»Unsere Priester, die auf der ersten Stufe der spirituellen Erfahrung beharren, halten nicht mehr Schritt mit der Evolution.« Pater Antonio war zornig geworden, zügelte sich aber schnell.

»Wie Sie im Dossier gelesen haben, hat der deutsche Physiker Heim die von mir formulierte Vierfach-Konstruktion des menschlichen Erlebnisraumes in Materie-Leben-Seele-Geist in seine allgemeine Feldtheorie übernommen und die kritische Auswertung der medialen und instrumentellen Transkommunikation empfohlen. Die Zeit arbeitet gegen Sie, wenn sich der Heilige Stuhl nicht zu einer Stellungnahme entschließt.«

Pater Vitali überreichte dem Kardinal ein weiteres, 80 Seiten umfassendes Aktenstück, in dem er die neuesten Erkenntnisse über die Transkommunikation zusammengefaßt hatte. Der Kirchenfürst legte es zu der ihm schon bekannten Arbeit. In seinem Gesicht war keinerlei Regung zu erkennen.

»Es sind nicht nur verstorbene Menschen, die sich über diese Kanäle melden, sondern auch geistige Autoritäten aus höheren Bewußtseinsebenen«, erklärte der Universitätslehrer Vitali. »Ich vermute mal, daß man sie getrost mit den von uns postulierten Engeln gleichsetzen kann, deren Existenz der Heilige Vater ausdrücklich bestätigt.«

»Also – um in Ihrem Sprachgebrauch zu bleiben – geistige Wesen, die niemals in der grobstofflichen Welt inkarniert waren?«

Vitali staunte über die detaillierten Kenntnisse des Kardinals, der sich offensichtlich intensiv mit dem vorliegenden Material beschäftigt hatte. Die Bezeichnung »Inkarnation« – also eine mögliche Wiedergeburt – gehörte längst nicht mehr zum Vokabular der Kirche.[8]

»Diese Wesenheiten«, erklärte der Pater, »sind vielleicht auch Bewohner anderer Welten. Jedenfalls warnen sie in diesen Durchgaben davor, daß die Menschheit Gefahr läuft, kollektiven Selbstmord zu begehen. Nach ihren Aussagen haben wir nicht nur die Erde in einen äußerst bedrohlichen Zustand gebracht.«

»Wissen wir das nicht alles selbst?« fragte der Kardinal spöttisch. »Ein paar Häuser weiter hat der ›Club of Rome‹ gerade seinen neuesten Zustandsbericht über diese Welt herausgebracht. Und sicher ohne Beteiligung irgendwelcher außerirdischer Intelligenz oder längst verstorbener Ratgeber.«

»Die Kirche hat sich in den letzten zweitausend Jahren immer wieder so schön um das Seelenheil ihrer Gläubigen gekümmert«, fuhr der Pater unbeirrt fort. »Es müßte sie deshalb interessieren, daß bei künftigen nuklearen Katastrophen – ausgelöst durch die Bombe oder einen Unglücksfall in Kernkraftwerken – nicht nur der Leib des Menschen zerstört wird, sondern auch seine Seele. Die Toten wären dann wirklich tot. Auf diese Tatsache wird in einigen der Botschaften deutlich hingewiesen.«

»Die unsterbliche Seele geht ein in das Reich Gottes«, erwiderte Vinossa. »So steht es in der Heiligen Schrift. Die Gerechten werden das ewige Leben erhalten.«

»Christus spricht vom Aufwecken am Jüngsten Tag. Auferweckt kann aber nur werden, wer in irgendeiner Form noch da ist.«

»Wie meinen Sie das, Pater?« Der Kardinal hatte sein gespieltes Desinteresse aufgegeben und bemühte sich nun ernstlich, sein Wissen über postmortale Zustände zu erweitern. Auch er war schließlich ein Sterblicher.

»Nun, wir haben allen Grund anzunehmen, daß es außer der physischen Welt und der Welt des Geistes noch eine Zwischenschicht geben muß, ein *corpus subtile,* etwas Feinstoffliches. Eine jenseitige Welt, so wird berichtet, mit Bergen und Tälern, Seen und Meeren, Krankenhäusern und Schulen. Filigraner freilich und auf einer anderen Schwingungsebene, die von unserer Welt durchdrungen wird.«

»Und diese Informationen haben Sie von den sogenannten Jenseitigen erhalten?«

»Die Berichte darüber stammen aus unterschiedlichen Quellen«, klärte Vitali den Kardinal auf. »Der Mystiker Swedenborg spricht von jenseitigen Orten von atemberaubender architektonischer Konzeption, so wunderschön, daß man meinen möchte, dies sei die Heimat und der Ursprung der Kunst an sich.«

»Also leben die Verstorbenen in einer Art Elysium?« hakte der Kirchenmann neugierig nach.

»Personen mit Nah-Todeserfahrung, Yoga-Anhänger und Schamanen beschreiben diese geheimnisvollen Metropolen allesamt mit erstaunlicher Gleichförmigkeit als Städte von himmlischer Schönheit, bevölkert mit Entitäten, die ihren Inkarnationszyklus auf der Erde abgeschlossen haben. Wer diese Wesen auch sein mögen, sie strahlen eine Menschenfreundlichkeit aus, die absolutes Vertrauen schafft.«

Der Kardinal blätterte interessiert in dem umfangreichen

neuen Dossier, das ihm der Pater auf den Schreibtisch gelegt hatte.
»Diese feinstoffliche Welt, angesiedelt auf einer anderen Schwingungsebene, scheint der Gefahr eines atomaren Feuers ebenso ausgeliefert zu sein wie unsere grobstoffliche Ebene«, sinnierte Vitali. »Und dies zu verhindern - verzeihen Sie, Exzellenz - ist doch eigentlich unser Job.«
»Na na, Pater. Klingt das nicht ein wenig banal?«
Antonio Vitali wußte, daß die Gesprächszeit abgelaufen war. Er versuchte ein letztes Mal, den einflußreichen Kirchenmann für seine Idee zu gewinnen.
»In der Heiligen Schrift ist vom ›zweiten Tod‹ die Rede, der endgültig sein wird. Ist damit nicht vielleicht das Verglühen der Seele gemeint, die durch die immense Kraft einer nuklearen Explosion zerstört wird?«
»Bleiben Sie realistisch, lieber Freund«, beschwichtigte ihn der Kardinal gönnerhaft. »Die Großmächte haben abgerüstet, das atomare Potential auf der Erde ist kleiner geworden, die Gefahr eines nuklearen Krieges verringert sich von Tag zu Tag. Schon aus diesen pragmatischen Erwägungen sehe ich keine Probleme.«
Eine typisch römisch-katholische Einstellung, dachte der Pater. Im Verdrängen von Problemen waren wir schon immer Weltmeister.
»Die Kernenergie ist in der Welt, wir können sie nicht hinausdenken«, widersprach er. »Es gibt noch genügend Atombomben in Ost und West und wahrscheinlich auch in kleineren Staaten, die ausreichen, diese und andere Welten hundertfach zu zerstören. Von den Problemen der Kernkraftwerke ganz zu schweigen. In diesem Dossier finden sich Aussagen, die uns aufrütteln sollten.«
»Zitieren Sie, Pater«, befahl Vinossa.
Antonio Vitali griff sich das Schriftstück und schlug eine bestimmte Seite auf.

»Hier heißt es zum Beispiel in einer der Durchgaben: Der Mensch besteht aus dem physischen Körper, der sich aus Atomen und Molekülen zusammensetzt und rund achtzig Jahre bis zu seinem Tod lebt. Dann gibt es eine geistig-energetische Substanz, die den Tod überlebt und immer wieder inkarniert. Unser individuelles Gedächtnis ist Teil dieser energetischen Substanz, die mit dem globalen Gedächtnis, dem Informationsfeld des Planeten Erde, in Interaktion treten kann. Wenn wir sterben, wird unsere geistige Substanz freigesetzt. Sie kann durch extremen Energiebeschuß zerstört werden, wenn dieser stärker ist als die eigene Energie. Das wäre bei einer nuklearen Explosion der Fall.« Vitali blickte den Kardinal direkt an und sah, wie dieser erbleichte.

»Das würde ja bedeuten, Pater, daß im Feuersturm von Hiroshima und Nagasaki nicht nur die Körper der Menschen verbrannt sind, sondern auch deren Seelen? Ausgelöscht für immer und damit der Gnade Gottes entzogen? Eine schreckliche Vorstellung.«

»Sie sehen, Exzellenz, daß man diese Informationen, die uns über die transkommunikative Brücke erreichen, durchaus ernst nehmen sollte. Es sieht so aus, als ob sich die Kirche von einigen traditionellen Vorstellungen lösen muß. Der kleine Berufsschullehrer Ewald Jaeger könnte mit seinen auf glaubwürdige Weise erhaltenen Informationen ganz schön am Marmor dieses altehrwürdigen Hauses rütteln.«

Der Kardinal stand auf und ging auf den Pater zu. Er faßte ihn mit beiden Händen fest bei den Schultern und sah ihm direkt ins Gesicht.

»Ich werde Ihre Arbeit bei der nächsten Zusammenkunft der Kongregation vortragen«, sagte er mit fester Stimme. Seine Umarmung war freundschaftlich. Doch das Gespräch war offensichtlich noch nicht zu Ende.

»Ich habe in Ihrem Dossier gelesen, daß sich Wilhelm

Busch, Wernher von Braun und auch die Brüder Bodelschwingh schon über diese Apparate gemeldet haben. Deshalb ist meine letzte Frage durchaus ernstgemeint, Pater. Gibt es inzwischen auch dokumentierte Aussagen von Verstorbenen - sagen wir mal - aus unserem Bereich?«
»Wenn Sie damit verstorbene Päpste oder Heilige meinen, kann ich nicht dienen, Exzellenz«, lächelte der Pater. »Aber es gibt ein paar frühere Priester, die sich gemeldet haben.«
»Und was sagen sie?«
»Daß viele Aussagen der Religionen falsch sind. Aller Religionen übrigens.«
Der Kardinal versuchte einen Scherz: »Also nichts Neues, Pater.«
»Gestatten Sie mir auch eine Frage, Exzellenz? Gerüchte in diesem heiligen Haus sprechen von Experimenten, die Radio Vatikan unter strengster Geheimhaltung durchführen soll. Sie dienen angeblich der Transkommunikation mit jenseitigen Welten. Die Grundlagen dafür kämen von dem amerikanischen Spiricom-Erfinder George Meek. Ist da was dran?«[9]
»Sie haben eben von Geheimhaltung gesprochen, Pater.« Der Kardinal lächelte vielsagend. »Ein Teil der vatikanischen Faszination besteht seit jeher aus ihren Geheimnissen. Lassen wir es dabei.«
Bei diesen Worten erhob er sich und deutete damit das Ende der Unterredung an. Mit einem flüchtigen Kreuzzeichen entließ er seinen Besucher.
Der Gardesoldat wartete noch immer vor der Tür. Gemessenen Schrittes geleitete er Pater Vitali durch den apostolischen Palast zurück zum Arco delle Campane.
Auf dem Petersplatz hatten sich inzwischen Tausende von Menschen versammelt. Sie warteten auf den Segen des Heiligen Vaters.

Ausserhalb von Raum und Zeit

»Die meisten Menschen reagieren abweisend, wenn sie zum ersten Mal von diesen Kontakten mit Verstorbenen hören«, sagte Ewald Jaeger. Er beugte sich über das Lenkrad nach vorne, um durch den Regen und die sich immer wieder beschlagende Windschutzscheibe die Straße zu erkennen. Das Gebläse arbeitet ineffizient, dachte Zigrand. Jaeger sollte sich mal ein neues Auto kaufen. In einer Steckkonsole war das Handy auf Empfang geschaltet. Ein Mann, der allezeit erreichbar sein wollte. Wer sollte um diese Zeit schon anrufen? Zigrand haßte diese Dinger, mit denen sich viele Leute wichtiger machen als sie eigentlich sind. Er hatte sich schon mal in einem Restaurant beim Geschäftsführer beschwert, weil am Nachbartisch dauernd telefoniert wurde. Befriedigt nahm er in letzter Zeit zur Kenntnis, daß einige Edel-Lokale schon ein Handy-Verbot ausgesprochen hatten.

Nur wenige Autos kamen entgegen. Stefan Zigrand erkannte neben der Fahrbahn die Gleise der Straßenbahn, die Krefeld und Düsseldorf miteinander verbindet. Manchmal fuhren sie an den alten Bahnhöfen vorüber, die zu gemütlichen Kneipen umgebaut worden waren. Nirgends brannte mehr Licht. Auch die standhaftesten Trinker hatten sich getrollt.

»War es wirklich die Stimme seines verunglückten Sohnes?« fragte Zigrand. Er versuchte bei aller Skepsis den Mann am Steuer nicht zu provozieren. Jaeger machte keineswegs einen überspannten Eindruck auf ihn. Eine ehrliche Haut, ein rechtschaffener Familienvater mit Reihenhaus und einer Tiefkühltruhe im Keller. Jaeger blieb geduldig. Er hatte sich an die ständigen Zweifel in seiner Umgebung gewöhnt.

»Ich weiß es nicht genau«, antwortete er nach einigem Zögern auf die Frage des Reporters. »Aber eines weiß ich: Da war eine Stimme, und die sagte für alle ganz deutlich hörbar ›Mami-Baby‹. Es war der Kosename des Jungen seit seiner Kindheit.«

»Ist dieses ›Mami-Baby‹ nicht ein bißchen banal? Hätte er nicht mehr sagen müssen, um seine nachtodliche Existenz in diesem komischen Jenseits zu beweisen?«

»Beweise, immer will man Beweise«, brummte der Mann am Steuer verächtlich. »Wir sind doch nicht bei der Kriminalpolizei! Haben Sie sich eigentlich mal überlegt, daß die wichtigsten Dinge im Leben nicht beweisbar sind - und auch nicht bezahlbar? Liebe zum Beispiel?«

Zigrand schwieg. Er war zu müde für solche Diskussionen. Jaeger schaute kurz auf die Instrumente seines Wagens. Er fuhr nicht schneller, als es die Polizei erlaubt. Gesetzestreu und penibel, fand Zigrand.

»Es sind Hinweise«, nahm der Fahrer nach einer Weile das Gespräch wieder auf. »Für die unglückliche Frau waren diese - wie Sie sagen banalen - Worte eine Art Code, mit dem sie sich Zugang zu der jetzigen Bewußtseinsebene ihres Sohnes verschaffen kann. Wer in dieser Kneipe - außer ihrem Mann - hätte den Kosenamen des Jungen wissen können?«

Diese ganze Geschichte war so weit weg von seiner eigenen Realität, daß Zigrand immer mehr Zweifel kamen. Doch dann dachte er an Franziska, und die Aussicht, sie wiederzusehen, erfüllte ihn mit Zufriedenheit. Sein letztes erotisches Abenteuer lag einige Wochen zurück. Eine junge irische Pianistin, deren Tischnachbar er bei einer fröhlichen Tafelrunde gewesen war, hatte ihn ohne zu zögern auf sein

Zimmer begleitet, ihm die Krawatte gelockert und ihren weichen Körper an ihn gepreßt. Während sie sich liebten, redete sie in einer Sprache, wie sie im Norden der Insel gebräuchlich ist. Er hatte mehr als sonst getrunken und konnte den Whisky noch in ihrem und seinem Mund schmecken. Er biß ihr sanft ins Ohr. Dabei wußte er, daß sein Herz nicht unbedingt seinem Körper folgen würde. Dann hatten sie eine angemessene Zeit nebeneinandergelegen, bis sie ins Bad ging und er das Wasser in die Wanne rauschen hörte. Danach hatte sie ihn kurz auf die Wange geküßt und war gegangen.

»Sie sollten mir schon vorher Bescheid geben, wenn Sie Ihre Fotografen schicken«, bemerkte Jaeger beiläufig, als sie die Hauptstraße verließen und in den Brüder-Grimm-Weg einbogen. »Er hat keinen Winkel in meinem Labor ausgelassen.«

»Welche Fotografen?« fragte Zigrand verblüfft und befreite sich aus seinen erotischen Erinnerungen. »Ich habe niemanden beauftragt, bei Ihnen Bilder zu machen.«

»Er hat sich aber als Mitarbeiter Ihrer Zeitung ausgewiesen«, sagte Jaeger und blickte seinem Beifahrer ins Gesicht. »Sogar einen Ausweis von ›Aktuell‹ hat er mir vor die Nase gehalten.« Die beiden Männer hatten ihr Ziel erreicht. Jaeger öffnete mit einem kleinen Sender das Tor und fuhr in die Garage.

»Was hat er denn in Ihrem Labor alles fotografiert«, wollte Zigrand wissen.

»Ich sagte es Ihnen doch schon«, antwortete Jaeger verärgert. »Alles! Aber lassen Sie uns später darüber reden.«

Sie stiegen aus. Die Straßenbeleuchtung auf der anderen Seite warf ein dürftiges Licht in den Vorgarten. Plötzlich hörte Zigrand ein Geräusch. Es klang wie das Rumpeln eines Steines, der über einen felsigen Abhang rutscht.

»Schnell«, keuchte Jaeger und zog den Reporter unter das

Vordach über der Haustür. Vor ihnen zersprangen zwei schwere Dachziegel, die sich vom First gelöst haben mußten.
Jaeger bückte sich und sammelte die Bruchstücke auf.
»Galt das Ihnen oder war das ein Zufall?« fragte Zigrand.
»Ein Zufall ist, wenn einem etwas *zufällt*«, antwortete Jaeger sarkastisch. Ohne ein weiteres Wort über den Vorfall zu verlieren, gingen sie ins Haus. Ein schmaler Flur, eine Garderobe und dahinter die offenen Türen zu Küche und Wohnzimmer. Reihenhaus-Behaglichkeit.
»Wir gehen in den Keller«, sagte Jaeger und steuerte eine schmale Treppe an. »Da stören wir niemanden.«
Neben der Ölheizung und dem Lagerraum für Getränke und eingemachte Marmelade hatte Jaeger ein Partyzimmer für gelegentliche Wochenend-Geselligkeiten eingerichtet, das jetzt mit allerlei technischem Gerät vollgestellt war. Mit den Freunden vom Kegelklub war hier so manches Glas geleert worden. Und zweimal im Jahr waren auch die Nachbarn gekommen, um die Gastfreundschaft der Jaegers in Anspruch zu nehmen. An Silvester und am Rosenmontag war es immer ganz schön rund gegangen in dem schummrig beleuchteten Keller. Doch das war alles längst vorbei. Wer kommt schon gerne zu Leuten, die mit Toten reden?
»Hier sprechen Sie also mit Ihren jenseitigen Bekannten«, stellte Zigrand fest. »Es scheint mir, daß man sie auf der anderen Seite schon sehnlichst erwartet.«
»Die von drüben werfen keine Ziegel vom Dach«, antwortete Jaeger bissig. »Menschen, die so etwas tun, müssen Sie schon in unserer Welt suchen.«
»Bestimmt waren die Ziegel locker und sind uns einfach nur vor die Füße gefallen«, mutmaßte der Reporter. Eine Verschwörertheorie schien ihm weiterhin absurd.

»Vielleicht ist es so, wie Sie sagen«, antwortete Jaeger und schaltete ein paar der Geräte ein. »Vielleicht ist es aber auch anders. Wie auch immer: Ich habe keine Angst vor dem Tod. Ich bin ganz sicher, daß ich drüben sofort mit meiner Arbeit weitermachen könnte.«
An der Decke hingen vergilbte Girlanden. Vor dem Spiegel an der Bar klebten bunte Bilder von längst vergessenen Partynächten. Lachende Menschen hielten dem Fotografen ihre Biergläser entgegen.
»Ehrlich«, sagte Jaeger. »Ich würde schon ganz gerne noch ein bißchen hierbleiben. Ich habe eine kleine Tochter, und auch meine Frau ist noch zu jung, um die Witwe zu spielen. Warum soll ich also schon verschwinden?« Er hatte inzwischen die »Nagra« eingeschaltet, die Zigrand aus dem Krankenhaus kannte, ein Schweizer Spitzenerzeugnis, das Tontechniker von Fernsehen und Film bei Außenaufnahmen verwenden.
»Sie werden jetzt drei Aussagen hören, die von verunglückten Kindern stammen«, eröffnete Jaeger die Präsentation. »Ihre Eltern haben die Stimmen eindeutig identifiziert.«
Stefan Zigrand setzte sich auf einen Drehstuhl und blickte gespannt auf das Gerät. Eine Digitaluhr an der Wand zeigte ihm, daß es inzwischen fast zwei Uhr geworden war. Normalerweise lag er um diese Zeit im Bett. Er war längst kein Nachtschwärmer mehr, der auf unzähligen Redaktionsparties bis spät in die Nacht trank und dann benebelt in irgendeiner Koje bei einer wenig bekannten Dame landete.
»Ich habe jede Aussage dreimal kopiert, damit es verständlicher wird«, erklärte Jaeger. Er drehte den Regler der Anlage auf die Wiedergabeposition.
»WIR SIND ALLE GLÜCKLICH HIER. WIR SIND ALLE GLÜCKLICH HIER. WIR SIND ALLE GLÜCKLICH HIER.«

Zigrand hörte eine helle Kinderstimme, merkwürdig abgehackt und auch ein wenig atemlos.
»Es sind Stimmen, die nicht mit Hilfe eines Kehlkopfes entstehen«, erklärte Jaeger, der die Ratlosigkeit seines Gastes ahnte. »Tote haben bekanntlich keine funktionierenden Organe mehr. Was Sie da hören, sind die auf Tonträgern manifestierten Gedanken.«
Gegen seinen Willen schauderte Zigrand. Er hatte das Gefühl, in eine technisch inszenierte Geisterstunde geraten zu sein. Doch dann war da wieder diese seltsame Faszination, die er immer spürte, wenn er einer frischen Fährte folgte. Der alte Spürhund hatte wieder einmal Witterung aufgenommen. »Wie heißt das Kind, das da angeblich aus Ihrem Jenseits gesprochen hat?« fragte er seinen nächtlichen Gastgeber.
»Es ist nicht *mein* Jenseits, Herr Zigrand«, belehrte ihn Jaeger geduldig. Wie bei einem vertrauten Ritual hatte er vorher sein Handy auf den Tisch gelegt. Es blieb eingeschaltet. »Es ist eine Parallelwelt, eine andere Schwingungsebene. Und wie Sie hören, sind die sogenannten Toten gar nicht tot.«
Spiritisten aller Länder, vereinigt euch, dachte Zigrand. Die »Nagra« verdrängt das schreibende Tischchen, der Spiritismus feiert fröhliche Urständ. Der Reporter hatte einmal ein Buch über die Geschichte des Okkultismus gelesen, über die merkwürdigen Techniken der Totenbefragungen in fast allen Kulturen bis zur Gegenwart. Das Interesse der Menschen am Reich der Toten war ihm vertraut, wenn er es auch nicht nachvollziehen konnte. Sein eigenes Jenseits konnte noch warten.
»Um Ihre Frage zu beantworten, Herr Zigrand«, ließ sich Jaeger wieder vernehmen. »Tobias, dessen Stimme Sie gerade hörten, ist mit vier Wochen in seinem Bett gestorben. Er hat einfach aufgehört zu atmen.«

Ein Krippentod, vermutete Zigrand. Er hatte erst kürzlich wieder über diese seltsame Todesart gelesen. Niemand weiß, warum gesunde Neugeborene ohne vorherige Anzeichen einer Krankheit einfach sterben. Inzwischen gibt es für besorgte Eltern Sensoren, die Alarm schlagen, wenn das Baby nicht mehr atmet. Wiederbelebungsversuche haben in diesem Stadium meist Erfolg.
»Dieses Kind konnte doch noch gar nicht sprechen«, warf Zigrand ein. »Wie kommt seine Stimme dann auf das Band? Und wie können die Eltern so sicher sein, daß es sich um Tobias handelt?«
»Sie haben ihn angesprochen, und er hat geantwortet«, entgegnete Jaeger schlicht. »Gehen Sie doch davon aus, daß Tobias im spirituellem Sinn kein unbeholfenes Kind ist. Seine wahre Persönlichkeit ist zeitlos.«
So einfach ist das. Ein Kleinkind stirbt und wird prompt zum Weisen. Wie simpel sich das alles anhört, dachte Zigrand. Jaeger schaltete wieder die Anlage ein.
»Sie hören jetzt Monika, die mit acht Jahren nach einer Blinddarmoperation nicht mehr aus der Narkose aufgewacht ist«, erklärte er sachlich. »Ihre Eltern haben die Stimme erkannt und experimentieren nach diesem ersten Kontakt allein mit einem Kassettenrecorder weiter. Sie können sich vorstellen, daß eine große Last von ihnen genommen wurde. Auch wenn Monika nicht mehr körperlich bei ihnen ist, so fühlen sie doch ihre Anwesenheit.«
Im Lautsprecher rauschte es. Dann war da wieder eine Stimme, deutlicher als die vorhergehende.
»Ich hab euch lieb. Ich hab euch lieb. Ich hab euch lieb.«
Szenen aus einer Seifenoper, dachte Zigrand. Und längst noch kein Beweis für ein übernatürliches Geschehen.
»Wir sehen uns wieder. Wir sehen uns wieder. Wir sehen uns wieder.«
Jeder Pfarrer würde diese Aussage bestätigen, sie gehört zu

seinem Repertoire als professioneller Seelentröster. Es gibt ein Wiedersehen bei Gott. Wie glaubwürdig klingt dies heute, wo die meisten Menschen Gott verdrängt, vergessen und in den Himmel des naiven Kinderglaubens abgeschoben haben?
Wieder ahnte Jaeger, was Zigrand dachte. »Von Monika gibt es eine Aussage, die zur damaligen aktuellen Situation ihrer Eltern paßte. Die beiden wollten am nächsten Tag in die Ferien nach Sylt fahren und hatten es mir beiläufig erzählt. Hören Sie mal, wie das Kind von drüben darauf reagiert.«
Ewald Jaeger schaltete wieder das Tonbandgerät ein.
»Ich komme mit - es kostet nichts.«
Die tote Monika gestattete sich einen Scherz. Aber war es wirklich ein verstorbenes Kind, dessen Stimme Zigrand gehört hatte?
»Es gibt viele solcher humorvollen Aussagen«, erklärte Jaeger. »Oft wird drüben auch gesungen und gelacht.«
Wie schön für die Toten! Keine Trauer, keine Verzweiflung, kein Heulen und Zähneknirschen. Zigrand ließ sich nicht überzeugen. Für ihn war der Tod etwas Endgültiges und das Leben nichts weiter als ein Zufall, eine Laune der Natur. Und ebenso zufällig wird es wieder beendet. Binsenweisheiten. Sie gelten für jedes einzelne Leben, aber auch für den gesamten Kosmos. Alles hat seine Stunde. Wenn sie geschlagen hat, ist es aus, vorbei und vergessen. Das ganze Gerede von einem Leben nach dem Tod ist doch nur ein verzweifelter Aufschrei, geboren aus der Angst vor dem Vergessen. Ein Jenseits voller mannaknabbernder Himmelsbewohner ist genauso eine Wunschvorstellung religiöser Schwärmer wie der Gedanke an eine Wiedergeburt. Auf Parties übrigens ein beliebtes Gesprächsthema. ›Bei ihren zierlichen Füßen waren Sie bestimmt mal Marie Antoinette!‹ - ›In meinem nächsten Leben möchte ich in der

Südsee geboren werden.‹ Oder: ›In einem früheren Leben waren wir ganz sicherlich Cäsar und Kleopatra!‹ Aufreißer-Parolen – und nicht mal besonders originell.
»Wie wäre es, wenn Sie mal eine Verbindung zu Elisabeth Berg schalten? Einfach mal fragen, was sie jetzt so macht.« Stefan Zigrand formulierte absichtlich salopp, um sein eigenes Unbehagen zu überwinden.
»Stellen Sie sich ein solches Experiment nicht so einfach vor«, entgegnete Jaeger und spulte das Tonband zurück. Wie oft hatte er ungläubige Besucher von seinen ernsthaften Absichten überzeugen müssen, bis sie schließlich bereit waren, das Unmögliche zu akzeptieren? Zigrand war ein besonders hartnäckiger Skeptiker.
»Es gibt mehrere technische Möglichkeiten der Transkommunikation«, erklärte Jaeger. »Da ist der einfache Kassettenrecorder, die Stimmengenerator-, die Infrarotbrücke und der Feldgenerator. Ich kenne Experimentatoren, die haben eigene Geräte entwickelt. Es gibt sogar ausführliche aufgezeichnete Dialoge, wie wir sie vom Sprechfunk her kennen. Aber kein Apparat funktioniert ohne den medial veranlagten Menschen, der ihn bedient.«
»Wenn ich mein Radio einschalte, spielt es doch auch. Ich bin mit Sicherheit nicht medial veranlagt.«
Vielleicht weiß er es nur noch nicht, dachte Jaeger. Jeder, der sich für die Transkommunikation interessiert, hat seinen Weg zu den Fragen über die letzten Dinge bereits eingeschlagen. Es braucht Zeit, bis sich die Faszination um dieses Wissen überträgt. Im 20. Jahrhundert schien es endlich soweit, daß die Menschen die naturwissenschaftlichen Erkenntnisse über ein Leben nach dem Tod akzeptierten. Die Physiker würden diese ihrer Grundlagenforschung beifügen, und die Welt würde sich verändern. Am Ende müßte deutlich werden, daß alle Naturwissenschaftler Mitwirkende in einem Universum sind, das niemandem er-

laubt, nur ein reiner Beobachter zu sein. Wir sind der Ast, auf dem wir sitzen! Franz von Assisi hatte es noch treffender formuliert: Das, was wir suchen, ist das, was sucht. Jaeger verstand sich als winziger Teil des großen Ganzen, verspürte aber auch das Gefühl von seiner eigenen Bedeutsamkeit. War er einer der letzten wirklichen Forscher dieses Jahrhunderts, dem es vorbehalten war, die wichtigste Entdeckung aller Zeiten zu machen?

»Ein Radio ist ein erprobtes technisches Gerät«, kehrte er zu Zigrands Einwand zurück. »Es dient der Kommunikation zwischen Menschen auf unserer Existenzebene. Es gibt Sender und Empfänger, die auf gleicher Frequenz arbeiten. Bei der Transkommunikation müssen zwei physikalisch unterschiedliche Welten miteinander Kontakt aufnehmen: Wir auf der materiellen Ebene in Zeit und Raum und die anderen auf einer nichtmateriellen Basis außerhalb des Raum-Zeit-Gefüges.«

»Können oder wollen Sie die tote Frau Berg nicht ansprechen?« provozierte Zigrand den Mann.

»Ich bin zu müde«, erklärte Jaeger mit leiser Stimme. »Ob Sie es glauben oder nicht, die jenseitigen Freunde brauchen für diesen Kontakt unsere ungebrochene Energie. Sonst funktioniert nichts.«

Jaeger stand auf, legte das Tonband in den Karton und stellte ihn ins Regal zurück. Eine Sammlung paranormaler Stimmen, aufgezeichnet von Experimentatoren aus der ganzen Welt. Die Jenseitigen melden sich in allen Sprachen dieses Planeten, egal welcher Religion oder Kultur sie angehörten. Ein riesiger Chor gegen das Vergessen.

Spielerisch und ohne Absicht drehte Jaeger an einem der Geräte. Es war ein Radio aus den frühen sechziger Jahren, mit einem magischen Auge zur Feineinstellung der Sender und mit Röhren, die noch vorgeglüht werden mußten.

»Grüße Franziska!«

Da war plötzlich diese Stimme im Raum. Die beiden Männer erschraken. Verblüfft blickten sie sich an.
»Hören Sie auf mit diesen Tricks«, schrie Zigrand. Er war aggressiv geworden, seine Nerven waren überreizt.
Jaeger verlor die Beherrschung. »Das ist kein Trick!« sagte er wütend. Seine Empörung war ganz offensichtlich nicht gespielt. Zigrand beruhigte sich nur zögernd. Es war still im Haus, auch von außen hörte man keinen Laut. Gemeinsam starrten die Männer den Lautsprecher an, aus dem diese Stimme sich wie ein gespenstischer Gast eingeschlichen hatte.
»Elisabeth, kannst du mich hören? Sage uns noch etwas!«
Jaegers Müdigkeit war verflogen. Sekunden vergingen, Minuten vielleicht. Es herrschte eine gespannte Erwartung. Zigrand schauderte. Morgen früh würde er zurück nach Frankfurt fahren, beschloß er. Mit solchen Gespenstergeschichten wollte er nichts mehr zu tun haben. Niemals hatte er sich vor einem Thema gedrückt, geschweige denn gefürchtet. Aber mit diesem Theater war seine Toleranzgrenze erreicht.
»So viel Licht ist hier!«
Da war die Stimme wieder, klar und deutlich. Die Stimme von Elisabeth Berg, die im katholischen Krankenhaus zum heiligen Christophorus in Köln gestorben war. Sie war tot. Endgültig nicht mehr von dieser Welt. Zigrand konnte ihren Tod bezeugen, er war bei ihrem Sterben dabeigewesen. Verwirrt und ohne noch ein Wort zu sagen, stieg er auf der engen Kellertreppe ins Parterre und verließ Jaegers Haus. Er ging ein Stück durch die milde Nacht, bis er langsam von einem Taxi überholt wurde, dessen Fahrer ihn als willkommenen Gast entdeckt hatte. Zigrand stieg in den Wagen und ließ sich zum Hotel fahren. Es regnete noch immer, und er kam sich vor wie in einem der alten französischen Filme, die voller Trauer sind und leiser Melancholie.

TRAUMWELTEN

Die Essenz des Universums ist Leben, ist Bewußtsein. Leben und Bewußtsein sind unvergänglich, unsterblich ... Jeder neue Schritt ist der Tod für das Vorherige ... Der Tod ist der Dünger des Lebens. Angst vor dem Tod ist Angst vor dem Loslassen, ist Mangel an Vertrauen. Deshalb müssen wir, wollen wir leben lernen, sterben lernen.

THORWALD DETHLEFSEN

Franziska schwebte in dem gläsernen Aufzug durch das marmorne Treppenhaus direkt vor ihre Wohnung. Als sie die Tür aufschloß, vertrieb sie mit dem hellflutenden Licht die Düsternis der letzten Stunden. Sie hüllte sich ein in das Weiß des Schwans, der Perle, der Lilie, der Wolken und all der anderen Töne dieser Nicht- und Lichtfarbe. Franziska liebte die schweigende, schwebende, heitere Helligkeit ihres Zuhause. Die funkelnde Küche, das Wohnzimmer mit den sorgsam zusammengestellten Möbeln bildeten ein lichtes Gesamtkunstwerk. Auf dem Glastisch stand eine Miniatur des Tadsch Mahal, auf den Konsolen Vasen und Leuchter aus den vierziger Jahren, daneben eine Fotosammlung mit Meereshorizonten. Im Eßzimmer hatte sie die italienischen Goldstühle mit weißen Kissen beziehen lassen. Das Schlafzimmer - Franziskas Lieblingsraum - war mit halbrunden weißen Holzschränken ausgestattet. Mit dem gemütlichen Clubsessel vor dem großen Spiegel ver-

band sie heitere Kindheitserinnerungen an ihren Onkel Antonio, der sie in den Schulferien stets auf seinen Landsitz in die Nähe von Mailand eingeladen hatte. Den Bruder ihrer Mutter, der eigentlich Anton hieß, hatten glückliche Umstände in Italien reich werden lassen. Der tüchtige Schreinermeister aus Deutschland hatte sich in eine Handwerkertochter verliebt, sie geheiratet und mit ihr die größte Fensterfabrik Norditaliens aufgebaut. Als beide vor Jahren bei einem Flugzeugabsturz ums Leben gekommen waren, ging ihr ganzer Reichtum auf Franziska über. Natürlich hatte sich ihr Leben dadurch verändert. Sie konnte Medizin studieren, eine Heilpraktiker-Ausbildung finanzieren, weite Reisen machen, auch mit ihrer Mutter, die das späte Glück, die Welt zu sehen, sehr genossen hatte.
Franziska ging ins Bad, zog sich aus und streifte den flauschigen Bademantel über. »Ich könnte nie mit einem Mann leben, dessen Möbel mir nicht gefallen«, dachte sie, als sie sich auf der Couch ausstreckte. Weiß, das war für sie die Farbe der Engel, geheimnisvoll und spirituell. Aus gutem Grund sind auch in Klöstern häufig die Wände weiß. Franziskas Wohnung war eine Welt ohne Schatten, in die sie nur selten jemanden hineinließ.
Barfuß betrat sie das kleine Ankleidezimmer, in dem sie den Fernsehapparat plaziert hatte, damit er nicht wie in den meisten deutschen Wohnzimmern die Funktion des Hausaltars einnahm. Als sie sich umdrehte, um sich in dem tiefen weißen Sessel niederzulassen und nach der Fernbedienung zu greifen, fiel ihr Blick auf die Mattscheibe, die bereits bläulich schimmerte und das Testbild eines Kabelkanals übertrug. Franziska war sich sicher, den Apparat ausgeschaltet zu haben, bevor sie das letzte Mal das Zimmer verlassen hatte. Eine seltsame Faszination ging von diesem Bild aus, an dessen unterem Rand die Senderkennung und eine digitale Uhr eingeblendet waren. Fran-

ziska war auf merkwürdige Weise berührt. Sie zog ihre Beine auf den Sessel und starrte zum Bildschirm. Irgendwie ahnte sie, was passieren würde. Das Testbild kippte sekundenschnell nach hinten und gab den Blick frei auf einen kahlen Raum, in dessen Mitte ein Tisch und ein Stuhl standen, auf dem ein Mann saß und in die Kamera blickte. Franziska erschrak nicht, im Gegenteil, sie freute sich, als sie ihn erkannte. Onkel Antonio saß nur da und lächelte sie an. Die junge Frau wußte, daß dieses Fernsehprogramm kein anderer Mensch sehen konnte. Es war ausschließlich für sie bestimmt. Onkel Antonio blickte sie eine Weile stumm an, deutete dann auf das linke Handgelenk und nahm langsam seine Armbanduhr ab, die er auf den vor ihm stehenden Tisch legte. Der Mann im Fernseher und die Frau in dem weißen Designer-Schlafzimmer saßen sich noch eine unbestimmte Zeit lang schweigend gegenüber. Dann verschwand Onkel Antonio, und es erschien wieder das Testbild des Kabelkanals.

Franziska wußte, daß sie eine Botschaft erhalten hatte. Es konnte keine Halluzination oder ein Tagtraum gewesen sein, denn sie schaltete danach bewußt das Gerät aus, ging in die Küche und nahm sich ein Glas Mineralwasser aus dem Kühlschrank. Es war eine Information von drüben. Onkel Antonio will mir damit sagen, daß es eine Ewigkeit gibt und auf seiner Ebene die Zeit nicht existiert. Schließlich hat er auf seine Uhr gedeutet, sie demonstrativ abgenommen und auf den Tisch gelegt. Er braucht sie nicht mehr. Antonios Erscheinen war ein unmißverständlicher Hinweis darauf, daß ich heute alles richtig gemacht habe, als ich den Sterbenden auf der Station von den wunderbaren Möglichkeiten einer unendlichen Existenz erzählte, dachte Franziska. Antonio hatte ihr den Rücken gestärkt.

Franziska wählte aus dem zierlichen Weinregal im eingebauten Vorratsschrank eine Flasche Barbaresco, den König unter den italienischen Rotweinen. Onkel Antonio hatte ihr eine Kiste davon geschenkt, als sie das Bergdörfchen Monforte in Piemont besuchten, eine Landschaft für unverbesserliche Romantiker. Sie konnte sich noch gut an den Wirt erinnern, der »Felicin«, der »kleine Glückliche«, genannt wurde. In seinem Gasthof hatte sich der Duft von Trüffeln und »Fonduta« verbreitet, einem köstlichen Käsefondue. »Kennen Sie das Buch ›Der Name der Rose‹ von Umberto Eco?« hatte Felicin sie gefragt. »Er hat die Abtei da oben in den Monferrato-Bergen angesiedelt, nördlich von Asti. Ich bin mal hinaufgestiegen im Frühjahr, als noch Schnee lag.«

Franziska entkorkte den mächtigen Wein und goß sich das berühmte Granatrot ins Glas. Das volle Bukett erinnerte sie an Rosen im Herbst. Ein Wein zum Abheben und vorläufigen Vergessen.

Ganz gelang es ihr nicht, das schmerzverzerrte Gesicht zu verdrängen, als sie der Kranken den Pulli etwas hochzog und den Fluß des Morphiums beschleunigte. Auf der Palliativstation, auf der sie zwei Tage in der Woche freiwillig und ohne Bezahlung arbeitete, wurden die Leiden der Patienten nicht geheilt, nur noch gelindert. Bei Monika Weber hatte sich der Tumor bereits in die Weichteile des Halses gefressen, war in die Speiseröhre gedrungen und hatte die Atemwege befallen. Essen ist nicht mehr möglich, Trinken nur unter großen Schmerzen. Die Frau wird über eine Sonde ernährt. Nur das Rauchen geht noch. Es ist ihre einzige Freude. Wie lange noch? Der Tumor ist nicht aufzuhalten: Alles, was medizinisch möglich war, ist getan worden. Bei diesem Inferno des Schmerzes verliert selbst das Morphium seine Macht. Aber es verringert den Sturm und schenkt der Frau wenigstens noch einen kleinen Rest vom Leben.

Der Morgen ist für die Kranken auf der Station die schönste Zeit; die Nacht weckt die Angst vor dem Tod. Der Tag

mit seinen ganz normalen Verrichtungen bringt das gewöhnliche Leben zurück, bis die Dämmerung wieder das Entsetzen weckt.
Auf dieser Station ist alles anders. Der Verschleiß an Kraft ist groß, die Arbeit intensiver. Das Leben mit den Menschen, deren Leiden nicht zu heilen, sondern nur noch zu lindern sind, führt auch Franziskas Kollegen an ihre seelischen und körperlichen Grenzen. Alle sind freiwillig hier. Sie überziehen ihre Schichten nicht selten um ein paar Stunden, weil sie die Verzweiflung der Menschen spüren und ihre Furcht vor dem Alleinsein.
Im Dienstzimmer sprechen sie schon mal über die Unerbittlichkeit des Sterbens und die Endgültigkeit des Todes. Behutsam berichtet Franziska von ihren Forschungen mit der Transkommunikation. Lebensverlängerung ist oft nur die Verlängerung des Leidens, sagt sie. Dabei erwartet diese armen Menschen drüben eine Welt von Licht, Liebe und Wärme. Die Schwestern und Pfleger möchten ihr so gerne glauben. Doch manche zeigen auch offenes Mißtrauen gegenüber Franziska und ihren Überzeugungen.
»Vielleicht ist es ja wirklich ein Privileg, gehen zu können«, sinnierte Lernschwester Silvia. »Ich wüßte nicht, warum nette Leute sonst Krebs kriegen.«
Franziska spürte die heilsame Wirkung des Weins, der die Dinge des Tages in ein mildes Erinnern hüllte.
»Ich habe solche Angst«, hatte Frau Weber hervorgepreßt.
»Wovor? Daß Sie gehen müssen?«
»Ja, weil ich nicht weiß, wohin«, sagte die Frau erregt.
»Ich bin mir ganz sicher, daß es dort sehr schön ist, wo Sie bald sein werden«, erklärte Franziska behutsam.
»Ein Zurück gibt es wohl nicht mehr?« fragte die Frau leise.
»Ich weiß nicht, aber ich glaube nein«, antwortete Franziska ehrlich.

Dann hatte sie der Sterbenden von ihren Überzeugungen erzählt, davon, daß es im Leben keinen Anfang und kein Ende gebe und für sie der Tod eine Brücke auf dem Weg ins Licht sei. Nur durch das Sterben gelange man zu dem Leben auf der jenseitigen Seite unseres Bewußtseins. Frau Weber brauche keine Angst zu haben.

Franziska spürte, wenn ein Todkranker gehen mußte. Sie verbrachte dann die letzten Stunden mit ihm, auch wenn sie sich an diesen Tagen nicht zum Klinikdienst hatte einteilen lassen. »Was ich für diese Menschen tue, bekomme ich von ihnen zurück«, erklärte sie ihren Kollegen. »Im Grunde tue ich es für mich selbst.«

Es war still in der Wohnung. Die isolierten Fenster mit den Vorhängen aus weißem Chiffon ließen keinen Laut von der Straße heraufdringen, obwohl Franziska mitten in der Stadt lebte. Behutsam trank sie noch ein Glas Barbaresco und stellte dann die Flasche zurück in die Küche. Nachdem sie lange gebadet hatte, zog sie sich einen weißen Seidenpyjama an und legte sich auf das große Bett. Schon bald löschte sie das Licht.

Franziska Berg bereitete sich auf eine nächtliche Begegnung mit ihrer Mutter vor. Der Schlaf öffnete ihr den Zutritt zu einer anderen Welt, zu einer Quelle der Weisheit, aber auch des Vergnügens. In ihren Träumen war sie tief mit ihrem Wesen verbunden, ihrem wahren Ich, dem stillen und unfehlbaren Begleiter. Ihre nächtlichen Abenteuer pflegte sie stets selbst zu inszenieren, nachdem sie vor dem Einschlafen in Gedanken den Handlungsablauf skizziert und sich auf die Hauptrolle in ihrem eigenen Lebensfilm vorbereitet hatte. In diesen luziden Träumen erfuhr sie viel über ihre Existenz zwischen Raum und Zeit, Wunsch und Wirklichkeit. Wie jeder träumende Mensch überschritt sie dabei die unsichtbare Schwelle zu einer mehrdimensionalen Welt.

Auf Parties sind Träume ein beliebtes Gesprächsthema. Wunschträume, Tagträume, Traumsex, Traummänner, Traumfrauen, Traumberufe. Franziska war eine Traumexpertin. Wenn sie danach fragten, erklärte sie ihren Freunden, daß der Mensch mindestens sechsmal in der Nacht intensive Traumphasen durchlebt, auch wenn er sich nach dem Aufwachen nicht immer daran erinnert. Lesenswert sind dazu die Bücher des Schweizer Psychotherapeuten C. G. Jung, der vom Reichtum des persönlichen Unbewußten spricht, das wiederum an ein kollektives Unbewußtes angeschlossen ist. Jungs Theorien waren einmal Mode gewesen, dann aber durch andere Modelle abgelöst worden. Inzwischen kann die moderne Traumforschung seine Arbeiten wieder akzeptieren.
Jeden Morgen vor dem Aufstehen schrieb Franziska auf, was in ihrer Erinnerung von den nächtlichen Ausflügen übriggeblieben war. Manchmal gelang es ihr, das Traumgeschehen zu illustrieren, doch die Bilder auf dem Papier konnten ihre bizarre Traumwelt nur ungenügend wiedergeben. Je mehr sich Franziska mit ihren Träumen beschäftigte, um so intensiver und aufregender wurden ihre Ausflüge in die anderen Welten. Sie begriff, daß der Traum sich der ältesten Sprache bedient, die die Menschheit kennt: der Sprache der Bilder. Babylonier und Ägypter hatten Bilder zu Hieroglyphen gemacht, seltsame, schwer entzifferbare Orakel geschaffen. Franziska lernte die Vokabeln und die komplizierte Grammatik der Traumsprache, wie sie in der Schule Englisch und Französisch gepaukt hatte. Oft wunderte sie sich, wie leicht verständlich die Symbolik ihrer Träume war und welchen Einfluß das nächtliche Geschehen auf ihr Tagesbewußtsein hatte. Sie verglich die Aufzeichnungen über ihre Träume mit ihren Alltagserlebnissen und stellte verblüffende Zusammenhänge fest. An der Uni hatte sie bei Professor Paul Tholey ein Klartraum-Seminar

belegt. Der Psychoanalytiker galt bei einigen seiner Kollegen als wissenschaftlicher Außenseiter, seine Seminare und Vorlesungen jedoch waren stets überfüllt. Die Studenten saßen auf Treppenstufen, standen in den Gängen und begrüßten den Mann stets mit heftigem Applaus.
Paul Tholey macht seine Studenten mit einer uralten Technik der Schamanen vertraut - dem Klartraum. Das bedeutet nichts anderes, als sich im Traum darüber klarzuwerden, daß man träumt und mit seinem Traum-Gegenüber wie mit einer realen Situation aus dem Wachzustand umgehen kann.[10]
Franziska freute sich auf das nächtliche Traum-Treffen mit ihrer Mutter wie auf ein Rendezvous. Die junge Frau war sich ihrer Verabredung sicher, würde der Austausch von Gedanken auch nicht so sehr mündlicher, sondern eher gefühlsmäßiger Natur sein. Ihre Empfindungen würden sich treffen und miteinander verschmelzen. Beide konnten sie die Trauer des Abschieds und die Kunst des Loslassens üben. Für sie war dieser Tod eine neue Erfahrung, obwohl Franziska wußte, daß sie schon Hunderte Male gestorben und ebensooft wiedergeboren worden war. Das asiatische Denken von der Reinkarnation und dem damit verbundenen Begriff des *Karma* schien ihr logisch und akzeptabel. Ein Mensch, der nach diesen Regeln lebt, wird sich bemühen, niemandem Schaden zuzufügen. Er ist sich dessen bewußt, daß er sich letzten Endes selbst verletzt, wenn er andere verletzt. Denn das unfehlbare Gesetz des Karmas bringt ihm sowohl den Schmerz als auch den Segen zurück, welchen er anderen zuteil werden ließ. Franziska war davon überzeugt, daß es sich bei der Reinkarnation nicht um religiöses Wunschdenken, sondern um ein Naturgesetz handelte. Buddha und Konfuzius und viele der anderen fernöstlichen Lehrer hatten ihre Erkenntnisse lediglich mystifiziert und so mit den jeweiligen spirituellen Strömungen verfloch-

ten. Wenn die Wiedergeburt ein Naturgesetz ist, dann gilt sie für jeden. Egal, ob man daran glaubt oder nicht.
Es war spät geworden. Franziska hatte das Fenster geöffnet und die milde Frühlingsluft genossen. Sie spürte, wie sie sanft hinüberwechselte in jenes Land, in dem sich jeder frei und ungebunden fühlen kann, sorglos wie ein Vogel. Der Mensch kann lernen, Barrikaden gegen den Ansturm wütender Alpträume aufzubauen, die sich in die Seele fressen, Schmerz und eine erbarmungslose Angst erzeugen. Franziska sah einmal auf einer Reise nach Delphi ein Fresko mit dem Antlitz des Gottes Morpheus. Lange hatte sie den bärtigen Alten betrachtet und ihn in ihrer Erinnerung bewahrt. Manchmal, vor dem Einschlafen, glitt sie in seine Arme, wohlwissend um seinen Schutz.
Sie war in einem Stadium, das Wissenschaftler die »REM-Phase«[11] nennen. Jeder Mensch erreicht sie in der Nacht alle 90 Minuten. Man spricht auch vom »paradoxen Schlaf«, weil sich das Gehirn fast wie im Wachzustand verhält und sich aufmerksam den Botschaften aus der Tiefe der Seele öffnet.
Die junge Frau hielt sich bereit, atmete ruhig und gleichmäßig. Vorsichtig näherten sich ihr Traumgestalten, zaghaft enthüllten sie ihre Identität. Freundliche Landschaften tauchten auf, Blumen mit unwiderstehlichen Farben und nicht zu beschreibendem Duft. Von irgendwoher erklang heitere Musik. Franziska wußte, daß sie ihre Traumwelt betreten hatte und spürte, daß diese Welt genauso real war wie jene, die sie eben zurückgelassen hatte. Seltsam befreit verließ sie ihren schlafenden Körper.
Das schrille Läuten des Telefons glich einem chirurgischen Eingriff in diese fremde Welt der Wünsche, in den lustvollen Umgang mit Schlaf und Traum. Franziska geriet ins Taumeln, ihre Seele begann zu trudeln. Verwirrt griff sie nach dem Hörer neben ihrem Bett.

»Ja, hallo?«
»Ich bin es, deine Mutter. Ich hoffe, du kannst mich gut verstehen.«
Die leise Stimme aus dem Telefon schien von weit her zu kommen. Franziska wußte gleich, daß es nicht ihre Mutter sein konnte. Doch sie war zu schlaftrunken, um sofort angemessen zu reagieren.
»Hallo, mein kleines Mädchen«, tönte es in ihr Ohr. »Ich liebe dich!«
»Lassen Sie den Quatsch«, faßte sich Franziska und richtete sich in ihrem Bett auf. Das eingeschaltete Licht machte es ihr leicht, schnell wieder in der Realität des Wachseins Fuß zu fassen. »Ich finde es geschmacklos, was Sie da machen. Wer sind Sie überhaupt?«
Die Frau am anderen Ende der Leitung hatte diese Reaktion offenbar nicht erwartet. Franziska hörte, wie die Sprechmuschel abgedeckt wurde.
Dann war da eine Männerstimme. »Hören Sie, es tut mir leid, daß Ihre Mutter gestorben ist.« Der Mann war nicht unfreundlich. Er klang eher wie ein unbeteiligter Polizist, der mit einem Kriminalfall betraut ist. »Sie ist tot. Ich rate Ihnen und Ihrem Freund Jaeger dringend, Ihre hirnverbrannten Experimente einzustellen. Es könnte sonst nämlich leicht sein, daß Sie selbst bald aus dem Jenseits funken!« Noch ehe Franziska antworten konnte, war das Gespräch unterbrochen.
Was sollte dieses makabre Spiel? Wer könnte ihre Arbeiten mit der Transkommunikation verhindern wollen? Wessen Interessen wurden dabei berührt? Die wissenschaftliche Erkenntnis von einem Leben nach dem Sterben sollte doch die Menschen erfreuen und von der uralten Angst vor dem Tode befreien.
Franziska holte sich in der Küche ein Glas Wasser. Zum ersten Mal seit langer Zeit fühlte sie sich einsam. Ihre Mutter

war auf die größte Reise ihres Lebens gegangen, unerreichbar für ihre Zärtlichkeiten. Susanne, Franziskas einzige Freundin, war nach glänzend absolviertem Studium der Betriebswirtschaftslehre nach Südfrankreich gezogen, um dort als Goldschmiedin zu arbeiten. Da gab es noch die Clique, mit der sie viel unternahm. Gutaussehende, ungebundene Männer waren darunter. Die Flirts mit ihnen waren lustig, unverbindlich, kameradschaftlich. Es hatte ein paar Affären gegeben, Reisen ins Elsaß oder auch mal an die holländische Küste. Weekend-Erotik.
Franziska Berg setzte sich auf die Bettkante. Ihr Herz schlug geschwinder. Sie empfand für Stefan Zigrand nichts, überhaupt nichts, und doch erregte sie der Gedanke an ihn. Sie schlüpfte zurück ins Bett, legte ihren Kopf auf das Kissen und zwang sich, diesen Menschen zu sehen, der ihr beim Sterben ihrer Mutter gegenübergesessen hatte. Durch das offene Fenster drangen gedämpft Geräusche von der Straße in ihren weißen Elfenbeinturm, in dem sie sich wie Rapunzel vor dem Leben verschanzt hielt. Franziskas Herzschlag verlangsamte sich. Sie dachte an den Mann, den sie immer geliebt hatte, noch immer liebte und immer lieben würde, unabhängig vom Getöse der Zeiten.
Es gelang ihr nur schwer, sich wieder in den Rhythmus der Nacht einzuklinken, getröstet vom Schlaf, dem kleinen Bruder des Todes.

Jenseits von Methusalem

Das Leben nach dem Tode ist
für mich keine Frage des Glaubens,
sondern des Wissens. Ich habe
auch keine Angst vor dem Sterben,
im Gegenteil, ich freue mich darauf.
Das Leben ist viel schwieriger als
das Sterben.

Elisabeth Kübler-Ross

Entgegen seiner Gewohnheit erwachte Stefan Zigrand früh. Hinter die Türme des Doms schob sich die rote Scheibe der morgendlichen Sonne. Auf der Straße stauten sich die Autos, hasteten Menschen zur Arbeit, um Geld zu verdienen und ohne darüber nachzudenken, warum sie zur Arbeit gingen, um Geld zu verdienen ... Morgengedanken.

Zigrand schaltete das Frühstücksfernsehen ein, konnte wenig anfangen mit den Tips zu Zahnpflege und Katzenhaltung und erfuhr, warum man im Frühling unbedingt im Garten einen festen Unterschlupf für Hummeln schaffen sollte.

Es klopfte. Zigrand ließ den Zimmerkellner mit dem Frühstückstablett eintreten und nahm die Kunststofftüte vom Türknauf, die mit Zeitungen vollgestopft war. Dabei fand er den Umschlag mit den gefaxten Archivunterlagen aus Frankfurt. »Schick mir die neuesten Veröffentlichungen über Sterben und Tod«, hatte Zigrand den Archivar am Telefon gebeten. Die Lieferung war prompt erfolgt. Das Archiv barg einen unbezahlbaren und oft gerühmten Schatz an Informationen. Natürlich hätte er sich über seinen Laptop und das dazugehörige Modem selbst eine Auswahl zusammenstellen können, aber Zigrand war zu müde gewesen, um sich mit der komplizierten Technik zu beschäftigen. Immerhin hatte er sich von ein paar jüngeren Kollegen überreden lassen, von der elektrischen Schreibmaschine auf das Textprogramm des Computers umzusteigen. Oft genug hatte er danach seinen Entschluß verflucht, aber dann siegten doch seine Neugier und der unverwüstliche Spieltrieb. Seit einigen Wochen schaffte es Zigrand, sich ins Internet einzuklinken, in dessen Datengewirr er sich oft genug verlor.

Er setzte seine schmale Lesebrille auf, die er nicht mochte, weil sie ihn an die Unerbittlichkeit des Älterwerdens erinnerte. Eilig überflog er die Titelseiten von »Welt«, »Bild« und »Frankfurter Rundschau«, blätterte auch im »Kölner Expreß«. Routiniert wühlte er sich durch die Nachrichtenlage des Tages. Am liebsten hätte er dazu noch das Radio eingeschaltet, das aber zu seinem Bedauern mit dem Fernsehapparat gekoppelt war.

Zigrand trank schwarzen Kaffee, ließ Honig aus dem kleinen Glas auf das Brötchen tropfen und nahm eine »Multiple-Vitamin«-Tablette, die er sich regelmäßig aus Amerika mitbringen ließ. Dabei sortierte er das gefaxte Material.

Zeitungen und Textauszüge lagen im Halbkreis um das Tablett. Er würde sich beeilen müssen, um rechtzeitig am Südfriedhof zu sein. Warum war er nicht schon mit Franziska aufgewacht, hier, in diesem breiten, komfortablen Bett mit Blick auf einen Picasso-Druck? Hotelzimmer hatten für ihn stets eine erotische Atmosphäre, waren sie doch Schauplatz von Leidenschaften, die in anonyme Räume besser passen als ins traute Heim.

»Da ist ja die gute Elisabeth«, murmelte Zigrand vor sich

hin und begann zu lesen. Unter der Überschrift »Fröhlich dem Jenseits entgegen« hatte sich ein Kollege über das Buch »Aids – the ultimate Challenge« der Schweizerin mokiert. Die Epidemie, so hatte Kübler-Ross geschrieben, sei ein einzigartiger Lehrer, der Auslöser einer wunderbaren und durchaus möglichen Wende des Weltgeschehens.[12]

»Nicht mal mit Zynismus läßt sich dieses Buch ertragen, das zum Widerwärtigsten gehört, was ich in den vergangenen Jahren gelesen habe«, hatte der Kritiker geschrieben und dabei jedoch gleichzeitig auf die Verdienste der Autorin hingewiesen, die mutig und auf einsamem Posten gegen die Medizin gestritten habe, die sich der Errungenschaft rühme, Tote einfrieren zu können, aber unfähig sei zum Dialog mit Sterbenden. Es war ein ungewöhnlich ausführlicher Artikel über das Buch und die Arbeit der Ärztin, für die das Sterbeerlebnis in seiner Emotionalität fast identisch war mit dem Geburtsgeschehen.

Zigrand stieß auch auf die Abschrift eines Fernsehinterviews mit Hoimar von Ditfurth, Professor für Psychiatrie und Neurologie, der kurz vor seinem Tod festgestellt hatte, daß »unsere Vorfahren in bezug auf die Realität der Transzendenz und des Jenseitigen sehr viel realistischer gewesen sind als die Menschen von heute«. »Das Jenseits«, so hatte der Wissenschaftler erklärt, »ist für mich die ewige Gegenwart des Geistes, von dem ich glaube, daß die Materie im Laufe der Geschichte des Kosmos in ihm aufgeht.«[13]

Zigrand war stets auf der Seite des Professors gestanden, als er heftig gegen die Wirklichkeit parapsychologischer Phänomene zu Felde zog. Um so mehr erstaunte ihn dann später ein Vortrag im Luxemburger Goethe-Institut, in dem von Ditfurth für die reale Existenz eines Jenseits plädiert hatte.[14]

Stefan Zigrand entdeckte seinen eigenen Artikel über die

Veranstaltung in dem Material auf dem Bett. »Die Jenseitshypothese«, so hatte er den Wissenschaftler damals zitiert, »steht nicht nur im Widerspruch zu dem, was wir als Naturwissenschaftler über die Welt zu wissen glauben. Sie erscheint im Licht eben dieses Wissens bei genauer Beobachtung sogar plausibler als bisher.« Der Bischof des Großherzogtums, der Staatsminister und etwa hundert Gäste hatten damals den langen und schwierigen Ausführungen gelauscht, in denen Hoimar von Ditfurth philosophierte, daß »der Mensch in seiner heutigen Gestalt in jener fernen Endzeit der kosmischen Geschichte allenfalls noch eine vage Erinnerung sein wird«.

Der Artikel weckte in Zigrand Erinnerungen an längst vergessene Szenen dieses Abends, der für die Zuhörer bei einigen Gläsern des herrlich trockenen Rivaners endete. Als Schlußpointe hatte Hoimar von Ditfurth ein Zitat aus dem Spätwerk »Jenseits von Methusalem« des alten irischen Zynikers George Bernard Shaw gewählt. Zigrand wußte den Satz noch genau, weil er seinem Weltbild total widersprach: »Am Ende aller Zeiten wird es nur noch den Gedanken geben und der wird dann das ewige Leben sein.«

Stefan Zigrand trank den Orangensaft, rasierte sich sorgsam und kleidete sich an. Er wählte mit besonderer Aufmerksamkeit die Krawatte zum bordeauxroten Blazer aus der Kollektion »easy line«.

Im Foyer begrüßte ihn der Portier mit Handschlag. »Ein Taxi, Herr Zigrand?«

Als er sich durch die Stadt zum Südfriedhof fahren ließ, konnte er sehen, daß der Frühling es inzwischen ernst meinte. Der Himmel war ein Stück näher gerückt und hatte eine bläuliche Farbe angenommen.

Friedhofsordnung

Eines Tages werden wir alle mit einem nachsichtigen Lächeln auf unsere Zweifel und törichten Vorstellungen zurückblicken, die uns so oft in unserem Erdenleben bekümmerten.

Friedrich Jürgenson

Franziska fuhr mit dem Bus zum Südfriedhof. In ihrem Hosenanzug im Vierziger-Jahre-Stil war sie als Trauernde nicht zu erkennen. Die schmale, taillierte Jacke trug sie über einer weiten Hose, die eng auf der Hüfte saß und unten modische Aufschläge hatte. Zartes Make-up verdeckte auf ihrem Gesicht die Spuren der unruhigen Nacht. Was sollten dieser üble Scherz am Telefon und die unverhohlen ausgesprochenen Drohungen? Sie trauerte um ihre Mutter. Daran änderte auch das Wissen um ein Weiterleben nichts. Sie spürte, wie der Schmerz langsam in eine sanfte, wohltuende Melancholie überging. Aus dem Fenster sah sie auf das zarte Grün der Bäume, die nach einem grauen Winter vorsichtig einen prachtvollen Frühling ankündigten.

Franziska hatte gelernt, Bedeutungen zu erkennen. Zu wissen, daß es nicht nur eine erfaßbare, sondern auch eine erfahrbare Welt gab, machte sie zufrieden. Alles, was dir widerfährt, ist eine Botschaft für dich. Glück, aber auch Leid sind Lernprozesse auf dem langen Weg der Entwicklung. Nichts geschieht zufällig, alles ist dir zugedacht, damit du

es wie eine gute Gabe begreifst. Oft genug war es Franziska schwergefallen, solche Erkenntnisse im täglichen Leben zu akzeptieren.
Alles, was dir geschieht, ist eine Botschaft. Manchmal schlug sie ein Buch auf, tippte auf irgendeine Seite und versuchte, den Text als eine Nachricht zu interpretieren, die zu ihrer momentanen Situation paßte. Sie wählte das uralte Spiel des Orakels, des *Zu-Fallens.* Es gab immer eine Antwort.
Die Philosophen sagen, daß es zu den Rätseln des Lebens nur Fragen gibt und keine wirklich zufriedenstellenden Antworten. Indem du fragst, bist du schon auf der richtigen Spur. Was ist der Sinn des Lebens? Was ist der Tod? Wie entstand die Welt? Was ist Glück? Liegt hinter dem, was geschieht, ein Wille? Obwohl diese Fragen alle Menschen angehen, werden nicht alle Menschen Philosophen. Im Alltag haben sie die Verwunderung über das Leben zurückgedrängt und erleben die Welt als etwas völlig Normales.
Franziska hatte sich nie richtig an die Welt gewöhnen können. Für sie blieb sie noch immer geheimnisvoll und rätselhaft. Und sie war sich klar darüber, daß jeder seine eigenen Antworten auf all die Fragen nach dem Sinn finden mußte. Kein Lexikon würde darauf antworten, ob es einen Gott gibt oder ein Leben nach dem Tod. Franziska setzte auf die beiden großen »L« – Liebe und Lernen. Für sie war die Liebe der Schlüssel zum Bewußtsein, dem *bewußten Sein.* Liebe, das ist das Berühren von Haut, die Nähe eines Menschen, Vertrauen, Toleranz. Urbedürfnis und Urgefühl des Lebendigen. Erst kürzlich hatte die junge Frau in dem Magazin »Aktuell« ein Interview mit einem amerikanischen Historiker über unser ausgehendes Jahrhundert gelesen. Noch niemals gab es in der Geschichte so viele Kriege, so viel Folter, Haß und Leid wie in den letzten hundert Jah-

ren, meinte er. Was müssen wir in der Zukunft ändern, fragte der Reporter. Und der Mann, der sich mit der Geschichte der Mächtigen und Ohnmächtigen dieser Welt befaßt, ein vermeintlich kühler, unbeteiligter Historiker, hatte geantwortet: Wir müssen in unserem Gegenüber Bruder und Schwester erkennen. Ein schlichter Rat. Aber kommt die Weisheit nicht immer in kurzen Schritten daher? Und das zweite große »L«, das Lernen? Es hört niemals auf. Wir lernen nicht nur in der Schule oder in der Universität. Mit jeder neuen Erkenntnis legen wir die Welt neu aus. Wer sich stur auf das beruft, was er einmal gelernt hat, verweigert sich dem Abenteuer des Lernens.
Franziska spürte die Wärme des Mannes, der auf sie zukam, fühlte den Druck seiner Hand, noch ehe er sie erreichte.
»Guten Morgen, Franziska«, begrüßte sie Zigrand lächelnd. Indem er sie beim Vornamen nannte, hoffte er die Distanz zu mildern, die entsteht, wenn sich Menschen sympathisch, aber fremd sind. »Schön, daß Sie gekommen sind.«
»Ich freue mich auch«, antwortete Franziska und strahlte. Wie selbstverständlich schob sie ihren Arm unter den seinen. »Gehen wir.«
Sie spazierten durch das Portal aus Sandstein. An der Aussegnungshalle blieben sie stehen. »Friedhofsordnung« stand da in großen Antiqua-Buchstaben.
»Der Friedhof ist mit seinen Gräbern ein sichtbares Zeichen der Vergänglichkeit des Menschen«, las die junge Frau. »Es ist aber auch ein Ort, an dem die Kirche die Botschaft verkündet, daß Christus dem Tode die Macht genommen hat und denen, die an ihn glauben, das ewige Leben geben wird.« Es folgten zehn Paragraphen für die Besucher des Friedhofes.
»Ziemlich viel Bürokratie für eine Deponie«, sagte Franziska salopp. Zigrand ließ sich nicht provozieren.

»Auch an einem solchen Ort wird manipuliert, bis hin zur Erpressung.« Franziska schaute den Reporter herausfordernd an. Die milde Sonne zog gelbe Streifen über ihr Haar.
»Nur wenn du an Christus glaubst, hast du das ewige Leben«, erklärte sie. »Hier steht es, schwarz auf weiß. Dabei sind wir alle eingewoben in eine ewige, zeitlose Existenz, ob wir auf Jesus hoffen oder nicht. Er war ein großer Mensch, dessen Ansichten mir lieb geworden sind. Vieles, was er lehrte, gleicht den Aussagen des Buddha. Sei bereit für die Veränderung. Unser Leben verändert sich ständig, ob wir in eine andere Stadt ziehen, einen anderen Job suchen oder sterben. Stets behalten wir unser Ich.«
»Was macht Sie so sicher?« fragte Stefan verblüfft. »Ich habe in einem Toten noch nie auch nur ein Funken von Leben gesehen.«
»Es sind Hüllen, die man hier begraben hat«, antwortete Franziska und forderte ihren Begleiter durch sanften Druck gegen seinen Arm zum Weitergehen auf. »So wie Schauspieler nach der Vorstellung ihr Kostüm ablegen, das Theater verlassen, ein Bier trinken und sich entspannen, so verläßt auch die unsterbliche Persönlichkeit des Menschen den Ort der Handlung. Sie braucht eine Pause.«
»Eine Pause? Sie meinen, der Tod ist eine Pause?«
»Wenn wir bei meinem Beispiel bleiben, ist er eine Pause.« Franziska lachte. »Irgendwann kommt der Schauspieler wieder, schlüpft in ein anderes Kostüm, legt eine neue Maske an und spielt in einem anderen Stück eine andere Figur.«
Zigrand staunte über ihre Phantasie. Ohne zu zögern, ging er auf das Spiel ein. »Sie meinen, der Schauspieler stirbt nie? Es verändert sich nur die Rolle?«
»Genau so ist es. Neues Spiel, neues Glück. Oder auch Unglück. Das Leben ist eine tragische Komödie.«

»Sie sprechen von der Wiedergeburt, Franziska«, sagte Zigrand. »Ich respektiere die religiösen Gefühle der Menschen, die daran glauben. Es gehört zu ihrem Kulturkreis, ist spirituelle Gewohnheit. Aber für uns sind das doch nur schöne, unglaubliche Geschichten.«
»Die Wiedergeburt ist ein physikalisch-biologischer Vorgang, der sich in nicht allzu ferner Zeit naturwissenschaftlich beweisen lassen wird«, konterte Franziska. »Es gibt die Reinkarnation, ob man daran glaubt oder nicht.«
»Sie meinen, Sie und ich haben schon mehrere Male gelebt, als unterschiedliche Personen in wechselnden Kulturen?« fragte Zigrand ironisch. »Nicht auszuschließen, daß wir uns schon mal begegnet sind?«
»Da bin ich ganz sicher«, nahm Franziska Berg seinen Gedanken auf. »Sie sind auf dem richtige Weg. Lernen Sie, auf Ihre innere Stimme zu hören.«
»Die innere Stimme reicht mir nicht«, reagierte Zigrand ungewollt gereizt. Ohne seinen Willen war er in eine ernsthafte Diskussion geraten. »Ich brauche Beweise. Was ist mit Ihren Stimmen, die aus den Apparaten kommen? Sagen die nichts Näheres?«
»Es sind nicht *meine* Stimmen«, antwortete Franziska sanft und lächelte ihn an. »Es sind die Stimmen von Menschen, die ihre Daseinsebene gewechselt haben. Volkstümlich ausgedrückt: Sie sind gestorben. Können Tote sprechen? Nein, sie können es nicht. Fazit: Sie können sprechen, also sind sie nicht tot.«
Franziska und Stefan gingen den Hauptweg entlang. Über die verwitterten Grabsteine hatten sich grüne Ketten aus Efeu gelegt. Die Gräber hätten längst eingeebnet werden sollen, doch die Erben der wohlhabenden Rheinländer zahlten bereitwillig die Gebühren, obwohl sich kaum noch jemand an die Verstorbenen erinnerte.
»Wer sagt Ihnen, daß Ewald Jaeger nicht ein famoser

Schwindler ist, der aus Geltungssucht uns alle hinters Licht führt?« nahm Zigrand das Gespräch wieder auf.

»Es ist nicht nur Jaeger, der solche Experimente macht«, wandte Franziska ein. Ein plötzlicher Wind ließ sie frösteln. »Seit der Schwede Friedrich Jürgenson das Phänomen der paranormalen Stimmen entdeckte, haben Tausende von Menschen auf der ganzen Welt solche Aussagen auf ihren Tonbändern.«

»Und warum weiß kaum einer etwas davon?«

»Weil es Journalisten gibt, die zwar davon wissen, aber nicht den Mut haben, vorurteilsfrei darüber zu berichten. Es kann eben nicht geben, was es nicht geben darf.«

Trotz ihres Eifers achtete Franziska darauf, daß der Dialog nicht in einen unerfreulichen Disput überging.

»Warum interessiert sich die ernsthafte Wissenschaft nicht für dieses Phänomen?« Zigrand ließ nicht locker.

»Weil es keine Wissenschaft vom Überleben des Todes gibt«, erklärte Franziska. »Die Mediziner interessieren sich für die Erhaltung des menschlichen Lebens, die Biologen für dessen Ablauf, die Anthropologen für die Herkunft des Menschen und die Geologen für seine Wohnstätte. Zu Beginn der Aufklärung haben Männer die Welt aufgeteilt: die Materie den Naturwissenschaftlern, den Geist den Philosophen und die Seele den Theologen.«

Franziska beugte sich über einen Grabstein, auf dem ein Engel stand, der seine Blöße nur unzureichend bedeckte.

»›Alle Lust will Ewigkeit‹«, sagte sie und wies auf die Statue. »Ist nicht von mir, ist von Nietzsche.«

Überrascht stellte Zigrand fest, wie tief Franziska mit dem Thema verwoben war. Er drückte ein paar Birkenzweige nach unten und las die Schrift, die ein Steinmetz vor ein paar Jahrzehnten eingemeißelt hatte.

»Franziska Brinkhoff, geboren am 1. Mai 1895, gestorben

am 14. März 1965«, las Zigrand vor. »Franziska ist tot, seit über dreißig Jahren. Würde man sie ausgraben, fände man nur ein paar vermoderte Knochen. Diese Franziska aber lebt.« Ohne Umschweife griff er dabei nach ihren Händen und zog sie zu sich heran. Die junge Frau schien nicht überrascht.

»Ich spüre Ihre Wärme, sehe den Glanz in Ihren Augen. Es ist ein gewaltiger Unterschied zwischen einem lebenden und einem toten Menschen.«

»Mich können Sie jetzt fühlen, aber die andere Franziska würden Sie genauso spüren, wenn Sie sich in ihrer Welt befänden.«

»›Das Drüben kann mich wenig kümmern, schlägst du erst diese Welt in Trümmern, dann mag was will und kann geschehn.‹ Auch nicht von mir. Ist von Goethe.«

»Er war übrigens wie viele andere Genies auch von der Wiedergeburt überzeugt«, sagte Franziska vergnügt. »Und was ein Genie begreift, wird doch auch in Ihren Kopf passen.«

Stefan Zigrand entspannte sich. War es die Aussicht auf eine interessante Reportage oder der Wunsch nach Franziskas Nähe, der ihn an einem gewöhnlichen Vormittag über einen Kölner Friedhof spazieren ließ?

»Ich werde Ihnen bei Ihrer Arbeit helfen«, sagte Franziska. »Es ist wichtig, daß die heutigen Menschen aus einer seriösen Illustrierten erfahren, daß der Tod nur eine Täuschung ist, mit der wir tagtäglich belogen und betrogen werden.«

»Ich arbeite für ein Nachrichtenmagazin«, korrigierte sie Zigrand. »Unsere Aufgabe ist es, Nachrichten zu hinterfragen, zu analysieren und zu kommentieren. Und nicht biblische Geschichten neu zu interpretieren.«

»Na und«, bemerkte Franziska forsch. »Was kann denn wichtiger sein als die Nachricht: Es gibt keinen Tod!«

»Das ist keine Nachricht, sondern eine Behauptung«, entgegnete der Reporter. »Liefern Sie mir Beweise dafür, dann schreibe ich Ihnen einen Aufmacher. Das Weltbild würde Risse bekommen.«

»Es gibt kein Weltbild«, protestierte Franziska. »Es gibt nur ein Bild, das sich jeder von uns von der Welt macht.«

»Gut gebrüllt, Löwin«, lachte Zigrand. Dann wurde er wieder nachdenklich. »Kennen Sie außer Jaeger noch andere Menschen, die mit Hilfe elektronischer Techniken solche Verbindungen herstellen?« Endlich schien er angebissen zu haben. Franziska schaute ihm in die Augen. Ihre Hände waren noch immer ineinander verschlossen.

»Stefan, ich führe Sie überall hin«, versprach sie eifrig. »Es gibt einen Rentner in Trier, der auf Video die Porträts seiner verstorbenen Angehörigen festhält und parallel dazu deren Stimmen aufzeichnet. In Bühl wohnt ein Mann, bei dem sich unbekannte Wesen aus der siebten Dimension am Telefon melden. Außerdem weiß ich von einer Gruppe in Seligenstadt, bei der sich über eine eigens dafür konstruierte Anlage Wernher von Braun, Wilhelm Busch und die Brüder Bodelschwingh mit Informationen aus der jenseitigen Welt melden.«

Ein bißchen viel auf einmal, dachte Zigrand. Es hört sich an wie die Inhaltsangabe eines Stephen-King-Romans. Stimmen aus dem Reich der Toten.

»Ich kann alles besorgen«, versprach Franziska. »Adressen und Telefonnummern.«

»Sie berichten mir da von ganz alltäglichen Durchschnittsmenschen«, warf Zigrand verstimmt ein. »Wer sagt mir, daß es nicht alles Spinner sind, die sich in eine Idee verrannt haben. Ich frage Sie noch einmal: Wo ist der Wissenschaftler?«

»Es gibt ihn.« Franziska spürte die Verärgerung des Mannes, sein Unbehagen dem Thema gegenüber. »Einer Ihrer wichtigsten Gesprächspartner wird Professor Kleber in Frankfurt sein. Er hat das Phänomen der Transkommunikation mit Verstorbenen untersucht.«

»Und was hat er herausgefunden?« Die Aussicht auf einen kompetenten wissenschaftlichen Gesprächspartner ließ den Reporter hoffen.

»Das Phänomen existiert«, antwortete die Frau. »Es gibt darüber eine vierhundertachtundsechzig Seiten umfassende wissenschaftliche Dokumentation.«[15]

Zigrand überlegte, ob er nicht einige Rechercheure einsetzen sollte, um diese Personen auf ihre Glaubwürdigkeit zu überprüfen. Die jungen Kollegen aus der Redaktion waren auf diese Form journalistischer Detektivarbeit geradezu spezialisiert.

Er folgte Franziska auf einen kleinen Hügel, von dem aus man den Friedhof überblicken konnte. Hunderte von rechteckigen Parzellen, Nährboden für üppig gedeihende Pflanzen. Es war die Ordnung einer deutschen Kleingartensiedlung: Grillen und offenes Feuer verboten!

»Daraus könnte ein herrlicher Kinderspielplatz werden, wenn wir diesen entsetzlich eitlen Totenkult nicht mehr betreiben würden«, sagte Franziska. »Die verblühten Körper sollten verbrannt und auf eine grüne Wiese gestreut werden, wie das schon auf manchen Friedhöfen praktiziert wird.«

»Auf dem Olsdorfer Friedhof in Hamburg, beispielsweise«, erinnerte sich Zigrand. »Oder auf einer Schweizer Alm, wo ein Bauer ein paar Wiesen zu diesem Zweck verpachtet.«

»Kürzlich sah ich in einer Fernsehreportage die verzweifelte Suche eines Mannes nach der Leiche seiner Frau«, erzählte Franziska nachdenklich. »Sie war beim Untergang eines Fährschiffes ertrunken und noch im Wrack eingeschlossen. Der Mann hatte für viel Geld ein Spezialschiff gechartert, um die Tote zu bergen und ordnungsgemäß zu bestatten. Er fand es unwürdig, daß seine Frau kein normales Grab hat.«

»Ich kann das nachvollziehen«, antwortete der Reporter. »Es ist halt Tradition, seine Toten gut aufgehoben zu wissen.«

»Und genau dies ist der Punkt«, sagte Franziska. »Dort unten in der Tiefe der Ostsee liegt zwar ein lebloser Körper, aber sein unsterbliches Bewußtsein, seine wahre Persönlichkeit, ist nicht mehr dort. Wenn der Ehemann davon wüßte, würde er bestimmt anders reagieren.«

»Sie sind eine Weltverbesserin.«

Franziska lachte. Doch ihre Fröhlichkeit konnte nicht verhindern, daß Stefan Zigrand zu seinem Lieblingsthema kam.

»Alles, was Sie da sagen, setzt einen Plan voraus«, murrte er. »Eine göttliche Vorhersehung. Ich dagegen teile die Ansicht vieler nihilistischer Philosophen, daß diese Welt keinen Sinn hat. Alle die Welten sind durch Zufall entstanden.«

»Oho, mein Lieber«, antwortete Franziska spitz. »Um darüber mit Ihnen zu sprechen, reicht ein Vormittag auf einem Friedhof nicht aus. Doch nur so viel: Wenn Sie sich wirklich vorstellen, daß dies alles durch einen Zufall passierte, ist das so, als würde ein Wirbelsturm über einen Schrottplatz fegen und all die dort liegenden Einzelteile zu einem funktionierenden Flugzeug zusammensetzen. Schwer zu glauben.«

»In Ordnung«, beschwichtigte Zigrand. »Für dieses Thema nehmen wir uns einmal mehr Zeit.«

Er legte seinen rechten Arm um ihre Schultern, zog sie zu sich heran und küßte sie. Franziska schien darauf vorbereitet und erwiderte leidenschaftlich seine Zärtlichkeiten. Es

war die vertraute Umarmung von Liebenden, die sich nach langer Zeit wieder getroffen haben.
Alle Lust will Ewigkeit, dachte Zigrand.
Hand in Hand stiegen sie den Hügel hinab und gingen an den Gräbern vorbei dem Ausgang zu. Plötzlich verharrte Zigrand, drehte sich einmal um die eigene Achse und breitete die Arme aus, als wolle er den Himmel ergreifen. »So viel Zukunft, so viel Unendlichkeit«, rief er.
Franziska schaute ihn verwundert an. War das der gleiche Mann, den sie vorhin am Portal begrüßt hatte? War ein Bann von ihm genommen? Die Liebe, dachte Franziska und fühlte sich wieder einmal unendlich alt und weise.
Von der Aussegnungshalle löste sich ein Trauerzug. Ein Ministrant trug den gekreuzigten Jesus, dahinter schritt der Pfarrer. Vier uniformierte Friedhofswärter eskortierten den Sarg. Die jungen Leute in der erste Reihe weinten, eine Frau war schwarz verschleiert. Es war wohl »in der Mitte des Lebens« passiert, wie es in den Zeitungsanzeigen oft heißt. Wie viele Menschen man gekannt hat, zeigt sich erst so richtig an der Größe der Trauergemeinde, dachte Zigrand. Nur kann das dem Verstorbenen relativ egal sein.
Franziska und Stefan traten zur Seite, um die Menschen mit den ernsten Gesichtern vorbeizulassen. Von irgendwoher wehte eine kaum hörbare Musik herüber. Die Trauergesellschaft wurde nicht von einer Kapelle begleitet, wunderte sich Zigrand. Außerdem kam ihm die Melodie bekannt vor. Jetzt erinnerte er sich: der »Blumenwalzer« von Tschaikowskij. Es gab schon seltsame Zufälle ...
»Es wäre ihnen leichter, wenn sie mehr über den Tod wüßten«, flüsterte Franziska ihrem Begleiter zu. Sie kann es nicht lassen, dachte er. Aber dann fand er ihren Eifer auch bemerkenswert. Sie versucht dem Leben Sinn zu geben, in dem sie den Tod als angeblichen Feind relativiert.
»In diesem Sarg liegt ein abgestorbener Organismus, der

schon in Verwesung übergegangen ist«, setzte sie nach. »Erde zu Erde, Staub zu Staub. Die Persönlichkeit, zu der er gehörte, ist längst auf einer anderen Ebene angekommen und lacht sich vielleicht tot.«

»Sie ist doch schon tot«, korrigierte Zigrand.

»Eben nicht. Mein Gott, ist der Mann unbelehrbar«, murrte sie mit gespieltem Entsetzen.

»Könntest du über deine Apparate mit dem Menschen dort in seinem Sarg sprechen?« Zigrand fand seine Frage selbst grotesk.

»Da seine Persönlichkeit nicht in diesem Sarg ist, könnte man es versuchen.«

»Ich begreife nichts.«

»So ein Kontakt funktioniert nicht immer«, klärte ihn Franziska auf. »Die Transkommunikation ist - noch - komplizierter, als es früher ein Telefongespräch nach Übersee war. Dies hat viele Gründe, die du auf Anhieb nicht verstehen würdest. Aber da du ja ein schlaues Kerlchen bist, wirst du es irgendwann begreifen.«

Aus Franziskas Stimme klang ein wenig Spott, aber auch Liebe und Wärme. Zigrand spürte, wie er sich fallen ließ.

Anflug auf Agno

Die junge Frau in dem kurzen weißen Mantel aus Kaschmir drückte ihre Stirn an das Fensterglas und schaute auf die grünen Alpentäler unter ihr, über die der Schatten des Flugzeuges huschte. Schweigsame Seen und tosende Bäche, die sich über bizarre Felsen in die Tiefe stürzten. Eindrucksvoll die mächtigen Dreitausender, deren Kuppen und Grate an diesem Frühlingstag noch mit Schnee bedeckt waren.

Zum letzten Mal war sie mit ihrer Mutter im Herbst nach Malta geflogen. Still hatte die alte Frau vom Meer Abschied genommen, das sie so sehr liebte. Die Krankheit war schon zu weit fortgeschritten, als daß sie sich noch Hoffnung auf weitere Reisen hätte machen können.

Franziska vertiefte sich auf dem kurzen Flug von Zürich nach Lugano in das Gleiten über den Wolken und die Schwerelosigkeit des Augenblicks.

Neben ihr blätterte Stefan Zigrand in den Dossiers, die ihm die Reporter aus den Außenredaktionen zusammengestellt hatten. Detektivarbeit von der besten Sorte. Es waren Berichte über einen Peter Hörich, Rentner in Trier, Ex-Brandmeister bei der Feuerwehr, über Gustav Tender, einen arbeitslosen Statiker aus Bühl, und über Kurt Mühl aus Seligenstadt, einen ehemaligen Lokomotivführer. Unauffällige Leute mit einwandfreiem Leumund, keiner vorbestraft. Die Nachbarn wußten nur Gutes über sie zu sagen. Bis auf diesen dummen Tick, den sie alle gemeinsam hatten: Sie führten Gespräche mit Toten. Das umfangreichste Dossier beschäftigte sich mit Professor Dr.

Erich Kleber aus Frankfurt, Physiker und Hochschullehrer. Von ihm gab es ausführliche Veröffentlichungen zum Thema »Transkommunikation«, Vorlesungen an der Technischen Hochschule, auch einige Interviews in Lokalzeitungen.

Zigrand würde sie alle besuchen müssen. Grosse hatte nach langen Gesprächen seine Zustimmung zu den Recherchen gegeben, wollte das Thema vorerst aber nicht in der Redaktionskonferenz behandeln.

Zigrand und Grosse arbeiteten seit Jahren zusammen. Zwischen ihnen gab es gegenseitigen Respekt und Vertrauen. Sie nannten sich beim Vornamen; Umarmungen oder gemeinsame Besäufnisse hatte es jedoch nie gegeben. Helmut Grosse war seit zwei Jahren Chefredakteur von »Aktuell« und hatte seither über hundert Ausgaben des Magazins verantwortet, die Titelgeschichten abgesegnet, auch die über die alternativen Krebstherapien. Die Kollegen hatten in anthroposophischen Kliniken recherchiert, Bio- und Immuntherapeuten befragt und krebskranke Patienten interviewt, die wie durch ein Wunder geheilt wurden. Die Mehrzahl der Kollegen bestand seinerzeit auf der Titelzeile »Zwischen Hoffnung und Hokuspokus«.

Beim Silvester-Titel »Sehnsucht nach Sinn« war es in der Redaktionskonferenz ähnlich kontrovers zugegangen. Kaum ein Thema konnte die Mannschaft so polarisieren wie Berichte aus den Grenzbereichen des menschlichen Bewußtseins. Die Denkbarrieren, in Jahrhunderten aufgerichtet und durch Erziehung und Lehre zementiert, waren auch unter aufgeklärten Journalisten nicht leicht einzureißen.

Zigrand war stets auf der Seite der logischen Argumentierer, die sich leidenschaftlich gegen Theorien und Methoden aus dem Umfeld esoterischer Denkmodelle und New-Age-Botschaften wandten. Ausgerechnet er kam nun mit dieser Toten-Kiste, dachte Grosse. Kommunikation mit Verstorbenen? Die Geschichte war heißer als der Bericht über die Tagebücher Hitlers, mit dem sich Hamburger Kollegen bis in alle Ewigkeit blamiert hatten. Es war nicht nur ein journalistischer Reinfall, es war eine Katastrophe, daß sich die Kladden als Fälschung erwiesen.

Schließlich einigten sich Grosse und Zigrand, daß erst einmal genügend hartes Material beigeschafft, glaubhafte Zeugen interviewt und wissenschaftliche Gutachten eingeholt werden mußten. Grosse erklärte das Unternehmen zur Chefsache und wollte in Ruhe abwarten, bis Zigrand wieder zur Vernunft gekommen war. Der Reporter würde ohnehin Wochen brauchen, um sich einen Überblick über das Thema zu verschaffen. Noch nie war Zigrand ein selbsterteilter Auftrag so suspekt und die Vorgehensweise so unklar. Unsentimental mußte er vorgehen und seine Gesprächspartner in die Zange nehmen. Würde er dabei auf einen Sumpf aus Aberglauben, Scharlatanerie oder gar Betrug stoßen, so sah er die Titelzeile schon vor sich: »Das Geschäft mit dem Wunder«.

Wie mochte Franziska auf solche Enthüllungen reagieren? Ihre Träume könnten zerplatzen wie die berühmten bunten Seifenblasen. Er griff nach ihrer Hand und drückte sie fest. Sollte allerdings an der ganzen Geschichte etwas dran sein, würde das so manchen Aufschrei auslösen. Für den größten Teil der »Aktuell«-Leser war die Welt längst bis in alle Details erklärbar geworden.

Die Fokker »Friendship« drehte eine weite Rechtskurve über den Luganer See und steuerte von Süden her den kleinen Flugplatz von Agno an.

»Der Monte San Salvatore«, sagte der Reporter und deutete auf den Gipfel, von dem man bei klarem Wetter bis in die oberitalienische Tiefebene schauen konnte. »Das ist der Hausberg von Lugano, der Monte Bré.« Er war dort einmal mit der Seilbahn hinaufgefahren und erinnerte sich an das

glückliche Gefühl, das er beim Blick auf dieses prachtvolle Tal und die Stadt empfunden hatte.
Franziska vertiefte sich in diese Welt aus der Perspektive eines hochfliegenden Vogels. Fliegen bedeutete für sie noch immer einen Ausnahmezustand, die Erkundung der dritten Dimension. Es gehört zu dem mir zugedachten Maß an Freude auf der Welt, dachte sie. Sie scheute sich, das Wort »Glück« zu strapazieren. Ist Glück lediglich die Abwesenheit von Unglück, wie manche Philosophen meinen? Ist es eine Gabe der Götter oder eine Frucht der Tugend? Glück ist vor allem eine Frage des Erkennens. Wie oft erleben Menschen glückliche Momente, ohne sie als solche zu realisieren. Liebe ist eine Schule des Glücks - aber auch der Beginn allen Schreckens?
Franziska fühlte sich wohl an der Seite dieses Mannes, der ihr gleichermaßen kompliziert wie auch sensibel, humorvoll und sinnlich erschien. Sein ausgeprägter Zynismus verwirrte sie. Ein Mann Ende der Vierzig, eingemauert in ein selbsterschaffenes Verließ, mitten im »male aging«, ein Schlagwort, das die »midlife crisis« abgelöst hatte: die Wechseljahre des Mannes. Franziska hatte sich während ihrer Ausbildung zur Heilpraktikerin ausführlich damit beschäftigt. Neue wissenschaftliche Daten zeigen einen deutlichen Abfall des Sexualhormons Testosteron bei Männern ab dem 40. Lebensjahr an. In dieser Lebensspanne sollte der Mann akzeptieren, daß er älter wird. Nachlassendes Interesse am Sex, Müdigkeit, Kreuzschmerzen. Auch die Potenz - ganz oben in der Wertehierarchie des Mannes - läßt deutlich nach. Die meisten Männer wehren sich gegen solche Erkenntnisse, weil sie nicht in ihr Rollenbild passen. Franziska war neugierig darauf, wie sich Theorie und Praxis bei Stefan Zigrand unterscheiden würden.
»Ich liebe ihn«, dachte sie. »Und ich bin neugierig auf seine Reaktionen.« Ein wenig kam sie sich vor wie der von ihr

verehrte Konrad Lorenz. Er liebte seine Graugänse, aber gleichzeitig bedrängte er sie mit der maßlosen Neugierde des Verhaltensforschers.
Bei der Trauerfeier für Elisabeth Berg war Zigrand nicht dabeigewesen. Es war ein stiller Abschied, ohne Pfarrer und anschließenden Leichenschmaus. Ein paar Damen vom Tonbandstimmen-Verein waren gekommen, Ewald Jaeger und seine Familie. Franziska registrierte mit Genugtuung, daß kein übereifriger Trauergast einen Kassettenrecorder mitgebracht hatte, um am noch offenen Grab seine Experimente zu machen. Sie brauchte solche technischen Beweise nicht. Die Unsterblichkeit alles Lebendigen war ihr zur Gewißheit geworden. Es galt eben, Bedeutungen zu erkennen. Der Sonnenstrahl, der im richtigen Moment aus den Wolken bricht, der Vogel, der sich vor dem Fenster niederläßt, das Lächeln eines Kindes als Antworten auf viele Fragen. Die Sprache des unvergänglichen Lebens bedient sich der Bilder, die uns ohne Zahl immer wieder erreichen und darauf warten, entschlüsselt zu werden.
Als die Maschine auf dem Rollfeld aufsetzte, sah Zigrand seinen alten Kollegen Henry Meister, der ihnen über den Platz entgegenkam. Das Flugzeug hielt, die Gangway wurde herangeschoben, die Passagiere stiegen aus.
Meister breitete seine Arme aus und drückte Zigrand fest an sich. »Gruezi, mein alter Freund«, sagte er herzlich. »Willkommen im Tessin.«
Ohne Zögern umarmte der kräftige Mann auch Franziska. »Schöne Frauen bringen zusätzliches Licht in die Sonnenstube der Schweiz«, sagte er lächelnd. »Den Göttern Preis und Lobgesang, daß sie mir den Blick auf einen süßen Vogel Jugend erlauben.«
Weniger wäre mehr, fand Franziska. Aber schließlich war Meister eben ein Dichter. Von Zigrand wußte sie, daß sein

Freund zum Schriftsteller geworden war, nachdem er zuvor zwölf Jahre im Zuchthaus gesessen hatte. Als junger Mann stahl er mit seinen Kumpanen Pelze und überfiel eine Bank. Als die Bande schließlich gefaßt worden war, schrieb Meister in seiner Zelle heimlich auf Toilettenpapier ein Buch. Es wurde ein Bestseller. Der Gefängnispfarrer hatte das Manuskript verbotenerweise einem Verleger zugespielt. So geschah es, daß ein einsamer und von der Welt vergessener Strafgefangener plötzlich reich und berühmt wurde. Ein Grund für den Ministerpräsidenten des Landes, den Rest der Strafe auf Bewährung auszusetzen. Meister hatte anschließend als Journalist gearbeitet und war schließlich zur Schriftstellerei zurückgekehrt. Seitdem hatte er 20 Romane geschrieben, war ins Tessin gezogen und inzwischen 60 Jahre alt geworden.

Auf Franziska wirkte ihr Gastgeber auf den ersten Blick grob und ungelenk, ein Hüne mit wasserblauen Augen, dessen blondes Haar sich fügsam über einen gewaltigen Schädel legte. Sie wußte auch von Zigrand, daß Henry Mühe hatte, sich auf das Schreiben zu konzentrieren, seit er in das Krankenhaus St. Agnese gebracht worden war, wo eine Röntgenuntersuchung ein Aneurysma ergab – eine ausgebuchtete Arterie im Gehirn war geplatzt. Meisters damalige Frau hatte ihren Mann an einem Januarmorgen in einer eigenartigen Haltung vor der Tür ihres Hauses gefunden. Er war ohne Bewußtsein, unansprechbar, ein Organismus, dessen Herz gerade noch schlug. Seine Überlebenschancen standen 1 : 1000. Vier kräftige Männer brachten den Schriftsteller auf einer Trage die 70 Stufen vom Haus auf die Straße hinunter. Stunden dauerte die Fahrt mit einem Spezialwagen ins Züricher Kantonalkrankenhaus, in dem ein talentierter Neurochirurg die Operation wagte. Meister war währenddessen sechs Minuten lang klinisch tot, und niemand dachte daran, daß er jemals wieder eine

Zeile würde schreiben können. Vorausgesetzt, er erwachte überhaupt aus dem Todesschlaf.
Meister lag niedergestreckt, wie von einem Hammer getroffen. Später erinnerte er sich an jede Phase dieser Krankheit und an das konkrete Gefühl, sich aus seinem Körper entfernt zu haben.
Als das Gepäck verstaut war, kletterte Franziska auf den schmalen Rücksitz des alten Mercedes 500 SE Cabrio, den sich der Schriftsteller damals von seinem ersten Honorar gekauft hatte.
»Ihr könnt euch auf einen schönen Abend im ›Romitaggio‹ freuen«, sagte er und steuerte den Wagen auf die Schnellstraße Richtung Bellinzona. Von dort fuhr er über Locarno in das Tal der Maggia, in dem er mit seinem alten Freund Zigrand schon manchen Sommernachmittag verbummelt hatte. »Zu einem Gespräch über die letzten Dinge gehört ein guter Wein und ein herrliches Essen«, erklärte Meister vergnügt. »Wir ehemaligen Todgeweihten treffen uns alle sechs Monate, um der Welt zu sagen, daß das Sterben ganz anders ist. Niemand von uns hat jetzt noch vor dem Knochenmann mit seiner Sense Angst.«
Zigrand hatte seinen Freund Henry gebeten, auch den Architekten Rudolf von Aurich zum Essen einzuladen, der nach einem Autounfall fünf Minuten lang klinisch tot gewesen war.
Meister bog am Ortsausgang von Locarno von der lärmenden Touristenroute ab. Mit jedem Kilometer auf der kurvigen Straße ließen sie Jahrzehnte zurück. Karge Felsen, weiße Kalksteine, winzige Rebgärten und ein paar Ziegen. Im Tal der Maggia ruhte die Zeit. In den kleinen Dörfern wunderte sich Franziska über die geduckten, granitenen Einraumhäuser mit den tonnenschweren Steindächern, die verlassen und leer wirkten.
»Die Menschen hier sind arm, und viele ziehen in die

Täler, wo am Tourismus ein paar Fränkli zu verdienen sind«, wandte sich Meister an seine Mitfahrer.
Tief unter ihnen schlängelte sich die Maggia durch die ausgewaschene Rinne der von der Strömung polierten Granitfelsen. Sie fuhren durch das blühende Someo über Cevio weit hinauf in das Bergnest Fusio, in dessen Nähe der sonst so wilde Fluß nur ein winziges Rinnsal ist. Im Auto wurde wenig gesprochen. Stefan schien ein Gefühl für besondere Stimmungen zu haben, stellte Franziska erfreut fest.
Meister parkte den Wagen unter einer alten Eiche. Die Luft war klar und kühl. »Fusio hat fünfunddreißig Einwohner und einhundertdreißig Kühe«, erklärte der Schriftsteller, als ob er sie selbst gezählt hätte. Die Ankömmlinge gingen ein paar Schritte zu einem Haus, dessen Mauern aus akkurat zersägten Granitplatten bestanden, ineinandergefügt ohne Mörtel und Zement. Eine schwere Tür aus altersschwarzen Balken war mit einem Eisenriegel verschlossen. Davor lagen zwei Ziegen auf den warmen Steinfliesen.
»Ciao, Henry«, begrüßte ihn der kleine, kraushaarige Mann mit dunklem Schnauzbart. Er trug einen wagenradgroßen Käse, den er neben vielen anderen seiner Produkte auf einem Regal im Haus deponierte. Dann schüttelte der Mann seinen Besuchern die Hand.
»Das ist Giorgio Dazio«, stellte Meister vor. »Er ist berühmt für seinen ›Valmaggio‹, einen Hartkäse, der aus zwei Dritteln Kuhmilch und einem Drittel Ziegenmilch besteht.«
Die drei Leute aus dem Tal setzten sich draußen an einen mit Intarsien versehenen Bauerntisch. Giorgio servierte Stücke vom Valmaggio und brachte auch ein Glas voll kleiner Ziegenkäsewürfel, die in Olivenöl eingelegt waren, damit sie das typische Aroma annehmen. Stefan und Franziska berührten sich sanft mit den Händen. Meister sah ihnen lächelnd zu.

»Der Dichter sieht mit Wohlgefallen ein Liebespaar«, kommentierte er und schenkte Weißwein in die Gläser.
»Ein 87er Verdot, eine Rarität. Giorgio hat immer ein paar Flaschen für mich reserviert. So bekommt auch der Käse eine ganz besondere Qualität.«
Franziska fühlte sich getragen von Wohlbehagen. Der kühle Wein, die Sonne auf Gesicht und Armen, der würzige Käse, die schroffen Berge. Und Stefan. Sie begehrte ihn.
»Trinken wir auf die Liebe. Aber erheben wir unseren Becher auch auf das Gelingen unserer allerletzten Reise«, sagte Henry und hob sein Glas.
Er ist so verrückt wie die anderen, dachte Zigrand. Auf welchen absurden Pfaden wanderte sein alter Freund? Die Nähe des Todes mußte ihn endgültig verwirrt haben. Lächelnd hob er sein Glas und trank dem Weggefährten zu.

Über Basel

Ich glaube, daß unser Planet eine Art Schulungsstätte ist. Geübt wird die Seele, nicht der Körper, und die Übung dauert über den Tod hinaus, so daß wir in unserem Leben dasjenige leichter lernen, das wir schon einmal gekonnt haben.

Hermann Oberth

Segen und Fluch liegen an den großen europäischen Flüssen. Tausende von Tonnen Gift sind aus den Fabrikationshallen der Konzerne in Main, Rhein und Donau geflossen, haben das Leben darin vernichtet und sie zu Kloaken gemacht. Ob in Basel oder Frankfurt, in Ludwigshafen oder Leverkusen, in Wien oder Budapest, immer wieder kommt es zu Unfällen und Unachtsamkeiten. In der Welt haben die Unternehmen gemeinhin dennoch einen guten Ruf, repräsentieren das neue Europa mit ihren Mitteln gegen Angina pectoris, Arteriosklerose, Thrombosen oder Diabetes. Glänzende Jahre stehen bevor: Vor allem das Geschäft mit den Lipidsenkern - Medikamente, die den Cholesterinspiegel im Blut auf pharmakologischem Weg verringern sollen - erweist sich als besonders zukunftsträchtig. Die lebensbedrohenden Spuren des Wohlstands wollen schließlich bereinigt werden. Millionenerträge treiben die Bilanzen nach oben. Dabei sind die Produkte umstritten, wie selbst die pharmafreundliche Ärztezeitschrift »Selecta« feststellte: »Alles für die Katz.«[16]

Professor Dr. Gottfried Beckmann ärgerte sich darüber, gegen wieviel Vorurteile er und seine Kollegen von den europäischen Pharmakonzernen kämpfen mußten. Schließlich hatten sie weiß Gott genug Elend aus der Welt verbannt. Als Beutelschneider waren sie verschrien, als Umweltvergifter und gewissenlose Unternehmer gebrandmarkt, die Präparate verkaufen, ohne auf deren zerstörerische Nebenwirkungen für Mensch und Umwelt zu achten.
Eine kranke Menschheit ist nicht mit Pillen zu heilen, hatte ihm seine Tochter Susanne beim Frühstück erklärt. Es gelte, die Ursachen zu bekämpfen, und die lägen in der kaputten Umwelt. Beckmann mußte sich häufig solche Vorwürfe anhören. Nicht nur aus seiner eigenen Familie. Junge Leute griffen mutwillig in Diskussionen ein, randalierten bei Aktionärsversammlungen oder machten die Würde von Ärztekongressen zunichte.
Beckmann schaute aus dem 19. Stock seines Vorstandsbüros auf die Altstadt von Basel, die von den roten Sandsteinmauern des Münsters gekrönt wird. Gemächlich setzte die St.-Johann-Fähre über den Rhein, genau wie damals im ausgehenden Mittelalter, als Theophrastus Bombastus von Hohenheim hier gelebt hatte, der sich Paracelsus nannte. Auf seine Nachfolge konnten sich Beckmann und seine Leute nicht berufen. Dieser Mann hatte sich schon früh von der traditionellen Medizin abgewandt, lag sogar im Streit mit den Ärzten und Pillendrehern seiner Zeit. Da wäre Paul Hermann Müller schon eher sein Mann gewesen. Er hatte in Basel das DDT als Kontaktgift gegen Insekten entdeckt und den Nobelpreis für Medizin dafür bekommen.
»Dr. Kolberg ist da.« Die ruhige Altstimme seiner Vorzimmerdame riß Beckmann aus seinen Gedanken. Der Direktor für Öffentlichkeitsarbeit trat ein, schlank und gewandt, ein Typ aus dem Karrierekatalog. Beckmann hatte ihn

selbst berufen, obwohl viele seiner Vorstandskollegen Kolberg als zu jung und unerfahren einstuften.
Die beiden Männer begrüßten sich.
»An diesem herrlichen Ausblick kann man sich gar nicht satt sehen«, sagte Kolberg und ging zum Fenster. Auf dem Rhein fuhr ein weißes Schiff mit Ausflüglern, in der Ferne schimmerten blaugrau die Vogesen.
»Was machen Ihre Nachforschungen?« erkundigte sich Beckmann, ohne auf den Small talk einzugehen. Kolberg überreichte dem Vorstandsvorsitzenden eine Aktennotiz in Klarsichtfolie.
»Wie Sie wissen, gibt es seit einigen Jahren in ganz Europa, aber auch auf anderen Kontinenten, Menschen, die mit Tonbandgeräten Kontakte zu Verstorbenen aufnehmen. Die seriöse Presse berichtet - wenn überhaupt - nur in sarkastischem Stil über diese Experimente. Für die Journalisten sind die Leute weltfremde Spinner.«
Beckmann studierte das Papier durch seine schmale Lesebrille.
»Ihrem Wunsch gemäß haben wir einige der Experimentatoren in Deutschland von Detektiven observieren lassen«, sagte Kolberg. »Zwei meiner besten Leute haben Bücher und andere sachliche Veröffentlichungen ausgewertet. Es tut mir leid, es sagen zu müssen: Nur die wenigsten dieser Experimentatoren sind Spinner. Einige mögen zwar durch den Tod von Angehörigen etwas verwirrt sein und irgendwelche Stimmen nicht objektiv interpretieren. Aber im ganzen gesehen gibt es dieses Phänomen.«
Beckmann zündete sich eine Zigarette an und schaute nachdenklich aus dem Fenster. Im Zimmer war nur das leise Summen der Klimaanlage zu hören.
»Dieser Jaeger aus Krefeld hat drei unterschiedliche technische Apparate entwickelt, um die Theorie vom Überleben der Seele zu beweisen«, setzte Kolberg seinen Rapport fort.

»Wenn er damit das Interesse ernstzunehmender Publizisten findet, haben wir *die Sensation* der letzten hundert Jahre.«

Beckmann stand auf und ging nervös in dem geräumigen Zimmer hin und her. »Es ist also unseren Leuten nicht gelungen, Jaeger diese Erfindung abzukaufen?«

»Er ist an einer finanziellen Förderung seiner Arbeiten interessiert, gibt aber die Sache nicht aus den Händen«, berichtete Kolberg. »Zusammen mit seiner Assistentin, ausgerechnet einer Heilpraktikerin, arbeitet er weiter an der Entwicklung dieser Geräte.«

Beckmann drehte nachdenklich eine chinesische Teetasse auf seinem Schreibtisch. »Die Pharmaindustrie auf der ganzen Welt hat nur einen wirklichen Feind: den Tod«, sagte er mehr zu sich selbst. »Gegen ihn richten sich unsere Impfstoffe, Kalzium-Antagonisten und Betablocker, unsere Lipidsenker und die Medikamente gegen Diabetes und Tuberkulose. Wenn der Tod seinen Schrecken verliert, weil wir ihn möglicherweise überleben, wird dieses Wissen die Menschen verändern. Warum dann all die Mühsal mit den schmerzhaften Krebstherapien, der Organverpflanzung und künstlichen Lebensverlängerung in den Intensivstationen, wenn uns ein glückliches Weiterleben in einer wie auch immer gearteten jenseitigen Welt sicher ist?«

»Der Sinn des Lebens wird es dann sein, es nicht auf Teufel komm raus zu verlängern und das Sterben möglichst lange hinauszuschieben, sondern es bewußter und angstfreier zu gestalten«, ergänzte Kolberg und machte dabei ein Gesicht, als hätte er gerade den Stein der Weisen gefunden.

»Es klingt absurd«, überlegte Professor Beckmann. »Aber wenn wir ehrlich sind, gibt es in unserer Gesellschaft ein paar seriöse Gruppen, die ein Interesse daran haben müßten, daß alles so bleibt, wie es ist, und der Tod seinen Schrecken nicht verliert.«

»Sie denken sicher dabei auch an die Kirche, die ja das ganze Thema Tod für sich gepachtet hat«, argumentierte Kolberg in saloppem Tonfall. »Wenn alles anders ist, als von ihnen vorausgesagt, werden die geistlichen Herren ihren Einfluß verlieren, ja vielleicht ihren Laden ganz schließen müssen.«

Als PR-Mann bediente sich Kolberg entgegen den sonstigen Gepflogenheiten im Konzern eines recht unkonventionellen Stils. Meist reagierte Beckmann amüsiert auf die Kapriolen seines Schützlings. Beim Thema Tod hingegen war seine Stimmung eher griesgrämig.

»Ich habe Kenntnis über Heilpraktiker, die über den Tonbandstimmen-Effekt vor schwierigen Diagnosen verstorbene Kollegen um Rat fragen«, fuhr Kolberg ungerührt fort.

»Das klingt ja wie aus einem Horror-Roman«, reagierte Beckmann unwirsch.

»Zugegeben, es hört sich verrückt an«, bestätigte ihm Kolberg. »Aber es gibt bereits Ärzte, deren Praxen überfüllt sind, weil sie nachweislich gute Behandlungserfolge mit Hilfe paranormaler Kontakte haben.«

Beckmann war verärgert. Positive Berichte über alternative Heilmethoden, Naturmedizin und Homöopathie waren ihm stets ein Greuel. Außerdem hatten die Gesundheitsreformen der einzelnen EU-Länder den Bilanzen aller Pharmaunternehmen bereits erheblich zugesetzt. Und jetzt auch noch diese Gespenstergeschichten von einem Leben nach dem Tod. »Das ist ja furchtbar«, schimpfte er. »Ein Rückfall ins Mittelalter. Heiliger Bombastus, steh uns bei!«

Beckmann schlug mit der Faust auf den Tisch, so daß die dünne chinesische Tasse leicht vibrierte. Sein Lebenswerk war die Chemie und ihre weltweiten Erfolge. Daß es zu Pannen gekommen war, wollte er gar nicht leugnen. »Es ist doch

unbestreitbar, daß wir mit unseren pharmakologischen Forschungen große Erfolge erzielt haben«, sagte er. »Vielleicht stehen wir sogar vor der Entdeckung eines Mittels gegen Aids. Unsere Aufgabe ist der Kampf gegen den Tod.«
»Wir werden bestimmt nicht arbeitslos«, versuchte Kolberg seinen aufgebrachten Chef zu beruhigen. »Auch in Zukunft wird niemand gerne leiden oder sterben. Deshalb werden wir weiterhin Antibiotika und Cortison verkaufen und auch die vielen anderen Präparate, die den Menschen das Leben erleichtern und sie von Schmerzen und Schlafstörungen befreien.«
»Was ist mit der Konjunktur von Chirurgen, die Bypassoperationen machen, Herz- und Nierenverpflanzungen, den Herstellern von künstlichen Gliedmaßen, Beatmungsmaschinen, Arterien- und Venenkathetern, um das Herz der Patienten am Leben zu halten?«
Beckmann wußte, daß es auf seine Fragen erst einmal keine Antworten gab. Seine Maxime war es, stets vorausschauend zu denken und als Unternehmer zu handeln. Dabei rangierten die Interessen der Aktionäre immer an erster Stelle seiner Überlegungen. Das Wohl der Arbeitnehmer war ihm wichtig, aber angetreten war er, um die Gewinne des Unternehmens zu mehren.
Susanne Beckmann hatte dieser Lebensphilosophie ihres Vaters nie folgen können. Deshalb war sie doch noch Goldschmiedin geworden, obwohl ihr nach dem Betriebswirtschaftsstudium und dem Abschluß an der Londoner »School of Economics« alle Türen im Konzern offenstanden. Beckmanns Gedanken schweiften ab zu seiner Tochter, die nach Südfrankreich gezogen war. Aus Liebe, wie sie sagte. Beckmann hatte Sophie noch nie gesehen, seine Enkelin, über die in der Familie nicht gesprochen wurde. Sekundenlang blickte der mächtige Mann gedankenverloren aus dem Fenster, dann kehrte er zum Thema zurück.

»In Ihren Berichten ist oft von diesem Professor Kleber die Rede. Wie ernst ist dieser Mann zu nehmen?«
Kolberg reagierte mit gespieltem Entsetzen: »Kleber hat die Apparaturen von Jaeger untersucht und keine Manipulationen entdeckt. Er ist als Physiker eine unumstrittene Autorität. Eigentlich wollte er die ganze Sache als großangelegten Schwindel entlarven. Jetzt ist er gewissermaßen vom Saulus zum Paulus geworden und einer der glühenden Verfechter der Transkommunikation!«
»Unsere Strategie gegen solche Methoden muß auf Information aufgebaut sein«, forderte Beckmann. »Der Sieg der wissenschaftlichen Vernunft muß Mittelpunkt aller Veröffentlichungen sein. Wer sich in den letzten Jahren des ausgehenden zwanzigsten Jahrhunderts mit Kontakten zum Jenseits beschäftigt, kann nur ein Scharlatan oder Betrüger sein.«
Beckmann war im Konzern gefürchtet, weil er dazu tendierte, wichtige Entscheidungen allein zu treffen. Auch die Strategie gegen die Jenseits-Forschung erklärte er kurzerhand zur Chefsache.
»So wie Arzneien gegen Herzrhythmusstörungen nicht mehr vom Kräuterweiblein stammen, sondern als ›Cordichin‹, ›Coritrat‹ oder ›Diso-Duriles‹ von der pharmazeutischen Industrie hergestellt werden, so sind alle Zeitgenossen, die Stimmen von Toten hören, als hochgradig schizophren einzustufen.«
Punktum. Kolberg wußte, daß er gegen eine solch radikale Haltung keine Chance hatte. Aus den unliebsamen Erfahrungen mit der Entsorgung der Ölplattform Brent spar und der mühsamen Imagekorrektur hätte die Industrie eigentlich lernen müssen, dem Zeitgeist mehr Bedeutung beizumessen. Beckmann aber war dabei, stures Unternehmerdenken gegen neue Strömungen zu setzen.
»Jimmy Carter wurde nicht wieder zum amerikanischen

Präsidenten gewählt, weil er ein UFO gesehen hat. Wir werden jeden gnadenlos lächerlich machen, der mit Toten spricht, ihre Stimmen hört oder sonstwelchen Quatsch damit veranstaltet.«

Professor Dr. Gottfried Beckmann war trotz seiner Intelligenz ein Manager vom Typ Dinosaurier - zum Aussterben verurteilt. Einsame Entscheidungen und die Betonung hierarchischer Strukturen im Unternehmen hatten ihn bei seiner jüngeren Führungsmannschaft nicht gerade beliebt gemacht.

»Als Direktor unserer Öffentlichkeitsarbeit werden Sie eine entsprechende Strategie erarbeiten«, ordnete er als Vorstandsvorsitzender an. »So wie die Kübler-Ross schon lange nicht mehr ernstgenommen wird, so wird es auch diesem seltsamen Professor Kleber und seinen Vasallen ergehen. Kampf dem Spiritismus!« Beckmann ging immer schneller in seinem Zimmer auf und ab. Dabei war er ungeduldiger und lauter geworden. Das Problem schien ihn mehr zu beschäftigen, als er zuzugeben bereit war.

Kolberg wagte ein letztes Argument.

»Ihre Strategie wird zusammenfallen«, sagte er, »wenn sich ein integrer, seriöser Journalist mit diesem Thema beschäftigt und es ohne Sarkasmus und Emotionen veröffentlicht. Ein objektiver, gut recherchierter Bericht kann eine Weltsensation auslösen. Was Jaeger und Professor Kleber da in ihren stillen Kämmerlein ausprobieren, ist nach meiner Auffassung weder ein Schwindel, noch hat es mit Aberglauben und modernem Spiritismus zu tun. Es ist angewandte Naturwissenschaft. Wie stehen wir da, wenn sich herausstellt, daß wir eine epochale Entdeckung nicht nur ignorieren, sondern sogar bekämpfen?«

»Wir werden solche Entwicklungen lächerlich machen«, grollte Beckmann. Er setzte sich wieder hinter seinen Schreibtisch, schlug die »Basler Nachrichten« auf und ver-

tiefte sich darin. Für Kolberg das Signal, sich mit einem gemurmelten Gruß zurückzuziehen.
Während er die Tür hinter sich schloß und an den beiden Vorzimmerdamen vorbei zum Aufzug eilte, hatte er bereits einen Plan. »Verbinden Sie mich sofort mit Dr. Steiner in Köln«, bat er die Sekretärin, als er in seinem Büro angekommen war.

Crespelle Primavera

Welch ein Glück, wenn es Menschen vergönnt sein könnte, anderen Lebewesen, die man wahrhaft geliebt hat – so wenige das auch sein mögen – noch einmal zu begegnen.

Hans Hellmut Kirst

Der runde Mond breitete sein weißes Licht wie einen Zaubermantel über den See. Franziska spürte seine Kraft in jeder ihrer Zellen. Der warme Abend war einem sonnigen Tag gefolgt, mit blanker Bläue und Hunderten von Schlüsselblumen und Narzissen auf den Frühlingswiesen. Die junge Frau gab sich der Erinnerung an die vom Wein beflügelten Leidenschaften des Nachmittags hin, die zärtlichen Küsse und das tiefe Schweigen, wenn sie sich atemlos und erschöpft aufsetzten und aus dem Hotelfenster der »Casa Berno« auf die Inseln im Lago Maggiore sahen.

Was sich ereignet hatte, war bar aller zögernden Sanftheit. Sie hatten einander gepackt wie Rasende, sich die Kleider weggerissen, die ihre wilde Umarmung behinderten. Sie rangen nach Atem, so sehr wollten sie sich mit Haut und Haar verschlingen, so heftig wühlten sie sich ineinander. Sie öffnete ihre Beine, damit er in sie eindringen konnte und um ihn zu umschließen, im Herzen ein einziger Aufruhr. Als wären sie zwei Hälften, die über Jahrhunderte getrennt waren und sich danach sehnten, wieder zusam-

menzugehören. In dieser ungestümen, schwitzenden Umarmung wurde jeder ein Teil des anderen.
Franziska nahm sein Gesicht zwischen ihre Hände, registrierte das leise Zucken seiner Haut, lauerte auf die geheimen Regungen seiner Seele. Sie standen auf und blickten hinaus auf den See, als sähen sie ihn zum ersten Mal. Dann schlang er ihr von hinten die Arme um die Taille, und sie lehnte den Kopf an seine Schulter. Er atmete den Duft ihres Haares, während sie seine Hände streichelte.
Später lagen sie schweigend nebeneinander. Ihre nackten Körper schimmerten im Licht der milden Nachmittagssonne. Zum ersten Mal in seinem Leben war Zigrand ganz er selbst und doch ein Teil von dieser Frau.
»Ich weiß, daß du mich liebst«, unterbrach sie das Schweigen. Das Interesse an den Rätseln des Todes hatte sie zusammengeführt, jetzt genossen sie das überströmende Geschenk des Lebens. Niemand hätte sich gewundert, wenn ein flammender Komet über den Himmel gezogen wäre und sie in seinen Sog hineingerissen hätte, hilflos taumelnd zwischen sprühenden Garben.
»Ich möchte gerne ein Gedicht über dich schreiben«, sagte Stefan, als sie zur Ruhe gekommen waren. »Ich wollte, ich könnte eine Sonate komponieren oder wie Rodin deinen Körper in Marmor formen. Oder wenigstens in Marzipan. Auf einer rosaroten Torte im Schaufenster einer Konditorei würden dich dann alle bewundern.«
Franziska lachte laut. Sie beugte sich vor und küßte die Innenfläche seines Handgelenks. Er sah auf ihren gebeugten Nacken, dessen zart geformte Höhlung zum Streicheln einlud. Ein Gefühl überkam ihn, das an Traurigkeit erinnerte, eine seltsame Schwermut. Er war in eine herrliche Tiefe getaumelt, die ihn aufzusaugen schien.
Ich lebe, ich bin lebendig! Er preßte Franziska wie ein Ver-

durstender an seine Brust, so daß sie aufstöhnte ob der heftigen Umarmung.

»›Werd' ich zum Augenblicke sagen: verweile doch, du bist so schön...‹«, zitierte er Goethe. »Es ist das alte faustische Verlangen des Menschen, die Zeit anzuhalten, wenn sie ihm besonders gnädig ist.«

Beide spürten, daß sich wieder einmal der Vorhang zu jenem uralten Drama von Liebe, Leid und Lust gehoben hatte. Eigentlich waren die Protagonisten schon mitten im ersten Akt, hatte das Spiel längst begonnen.

Franziska und Stefan standen auf der mit dunkelroter Bougainvillea umsäumten Terrasse des »Romitaggio«. So hatte Joe sein kleines Gasthaus genannt: Einsiedelei. Unter ihnen lagen der Lago und die Ebene von Magadino, der fruchtbare Gemüsegarten der Schweiz, in dem Tomaten gedeihen, herrlich süß und rot, Radicchio, Artischocken, Zucchini, Auberginen und Ruebli, wie die Möhren hierzulande genannt werden.

Henry Meister war nach Locarno gefahren, um den Architekten Rudolf von Aurich vom Bahnhof abzuholen. Franziska und Stefan nippten am Wein, den Joe Pasquetto ihnen eingeschenkt hatte. »Er wächst unterhalb des Hügels«, erklärte er. »Sein Weg zu uns war kurz.«

Joe war einst als Gastwirtssohn Giovanni aus Verona nach Amerika ausgewandert. 20 Jahre später kehrte er zurück und kaufte sich ein Grotto, eine Felsenhöhle zum Lagern des Weins, die zu einer Tessiner Institution geworden war. Nicht nur die Kräuter, Salate und Kartoffeln stammen aus dem eigenen Garten, auch die Würste sind selbstgemacht. Die Schweine leben im Sommer auf den Almen und werden mit Mais und Molke gefüttert.

Franziska hatte es sich abgewöhnt, Fleisch zu essen. Sie wollte als Konsumentin nicht schuldig werden an der Qual der Tiere, die endlose Strecken auf engstem Raum zurück-

legen mußten, um dann würdelos in einem Schlachthaus zu enden. Auch hatte sie sich schon an Aktionen gegen Geflügelfarmen und Zuchtanstalten beteiligt, in denen Tiere zusammengepfercht auf ihren Tod warten, um dann als eingefrorene Ware in einem Supermarkt zu landen.
»Ein Tier, das auf einer Wiese artgerecht aufgezogen und dann geschlachtet wird«, erklärte sie, »hat seine irdische Bestimmung erreicht. Sein Fleisch darf man essen.«
Stefan sah sie überrascht an. Eine junge, moderne Frau, aber eine Träumerin. Er ahnte die Verschiedenartigkeit der Welten, in denen sie lebten.
Der Schriftsteller Henry Meister und der Architekt Rudolf von Aurich traten auf die Terrasse. Sie waren bester Laune. Aurich küßte Franziska die Hand.
»Mein Freund Henry ist ein begnadeter Dichter«, sagte er zur Begrüßung. »Deshalb hat er Schwierigkeiten, die Wirklichkeit korrekt wiederzugeben. Sie sind schöner, als er Sie beschrieben hat.«
Franziska fühlte sich geschmeichelt, obwohl sie den altungarischen Operetten-Charme Aurichs schnell durchschaute. Er war in Budapest geboren und nach dem Aufstand in die Schweiz emigriert. In Zürich hatte er in seinem Beruf schnell Karriere gemacht, bis zu jenem Tag, der sein Leben verändern sollte.
»Ein herrlicher Abend, eine wunderschöne Frau«, gurrte er. »Ein Griesgram, wer das Leben nicht genießt.«
»Und doch war die Nähe des Todes Ihr bisher schönstes Erlebnis?« warf Zigrand ein. Er spielte damit auf Aurichs Erlebnisse nach einem Autounfall an, über die er ein Buch geschrieben hatte.
Der Mann ließ sich nicht aus der Stimmung bringen. Heiter antwortete er: »Vom Tod kann man lernen, wie man leben soll.«
»Große Worte, mein Freund, aber ich stimme zu«, griff

Meister mit gespieltem Wohlwollen in die Unterhaltung ein. »Auch ich habe an der Schwelle des Todes gestanden und sehe ihn jetzt als einen Übergang in eine bessere Welt an. Ich bin mir sicher, daß wir alle das Sterben erleben werden wie das Erwachen aus einem bösen Alptraum.«

Wie geschickt er sein Pathos hinter dem Plauderton versteckt, dachte Zigrand. Gegen Ende ihres Lebens suchen die Menschen nach einer Beschäftigung, die sie zerstreut. Warum spielen die beiden Trottel nicht einfach Golf, wie viele andere auch? Statt dessen veranstalten sie ihre seltsamen Rituale um den Tod und das Leben danach.

»Wir sind auf der Suche nach der Wahrheit«, sagte von Aurich, als hätte er die Gedanken des Mannes gelesen. »Und wir haben herausgefunden, daß es so viele Wahrheiten gibt wie Menschen sind. Jede Minute des Lebens beschert uns eine eigene Wahrheit.« Er nahm Stefan und Franziska am Arm und führte sie zu einem rustikal gedeckten Tisch. »Wie schon die Alten wußten, liegt die Wahrheit auch im Wein«, schmunzelte er. »Zum Beispiel in dem, der hier oben heranreift. Er wächst auf einem in die Jahre gekommenen Kalkstein.«

Rudolf von Aurich hob seine unförmige Keramiktasse, das typische Gefäß für den einfachen Wein der Gegend, und lud die Umstehenden ein, es ihm gleichzutun.

»›Es wird aussehen, als wäre ich tot‹«, deklamierte Henry Meister. »›Aber es wird nicht wahr sein. Man sieht nur mit dem Herzen gut. Das Wesentliche ist für die Augen unsichtbar.‹«

»Antoine de Saint-Exupéry«, lächelte Franziska. »Der kleine Prinz« war eines ihrer Lieblingsbücher.

»Auch ein großer Mann«, sagte Meister. Sie lachten.

Henry hatte ein üppiges Menü bestellt, dessen verlockende Düfte sich bereits über die Terrasse verbreiteten.

»Ich habe ein Buch über meine Erlebnisse geschrieben«,

erzählte von Aurich und blinzelte vielsagend über den Tisch.
»Heute schreibt jeder ein Buch, der nichts zu sagen hat«, kommentierte Meister ironisch. »Früher schrieben nur die ganz Großen. Da war ein Buch etwas für die Gegenwart, das aber auch für die Nachwelt bestimmt war. Meine Bücher werden noch in Jahrhunderten gelesen werden.«
»Haben wir überhaupt noch so viele Jahrhunderte vor uns, großer Meister?« fragte der Architekt beiläufig. Dann nahm er sich Zeit für eine ausführliche Selbstdarstellung. »In meinen Vorträgen versuche ich, diesen faszinierenden Zustand zwischen Leben und Tod zu schildern. Ich habe auch probiert, ihn in meinen Aquarellen einzufangen. Aber es ist schwierig, wenn gar unmöglich, mit unseren Sinnesorganen, die für die materielle Welt geschaffen sind, feinstoffliche Informationen aufzunehmen.«
Meister nickte zustimmend: »Obwohl ich Schriftsteller bin, schaffe ich es nur ungenügend, über mein Nah-Tod-Erlebnis zu berichten«, erklärte er und trank behaglich seinen Wein. »Unsere Sprache ist zu farblos, arm und damit ungeeignet zur Beschreibung eines Zustandes, der jenseits unseres ans Hirn gebundenen Verstandes liegt.«
Er schenkte Wein nach. Stefan und Franziska schauten sich lange an. Das Windlicht auf dem Tisch warf einen zuckenden Glanz auf ihre Gesichter.
»Auch wenn dir gerade die fleischgewordene Aphrodite begegnet ist, möchten wir dich gerne für unser Projekt interessieren«, scherzte Meister. »Es ist an der Zeit, daß endlich ein seriöses Magazin über die Erlebnisse von Menschen im Nahbereich des Todes berichtet. Die Apparatemedizin hat solche Informationen möglich gemacht.«
Er machte eine kleine Pause, um ungeniert aufzustoßen.
»Noch nie wurden so viele tödlich verletzte Menschen ins

Leben zurückgeholt und Herzinfarktpatienten reanimiert«, fuhr er fort. »Fast alle Todgeweihten – ob in Osaka oder hier in Ronco – berichten von identischen Abläufen, während sie auf der großen Schwelle um Einlaß baten und zurückgewiesen wurden.«

»Es scheint in der Tat eine Gesetzmäßigkeit zu geben«, pflichtete ihm von Aurich bei. »Nicht nur Hunderte von gut dokumentierten Fallbeispielen existieren, sondern auch Sprechverbindungen zur jenseitigen Welt mit Hilfe technischer Apparate.«

Zigrand sah auf Franziska, die sich interessiert nach vorne beugte.

»Stefan ist über dieses Thema informiert«, sagte sie, froh darüber, in den beiden Männern so etwas wie Bundesgenossen gefunden zu haben. »Er traut sich nur nicht heran, weil er fürchtet, sich bei seinen Kollegen unglaubwürdig zu machen.«

Zigrand fühlte sich gefordert. Ehe er ernsthaft antworten konnte, servierte Joe Pasquetto in kleinen weißen Keramikschüsseln die Vorspeise: »Crespelle Primavera«, wie Schnekkenhäuser geformte Pfannkuchen, die mit dem quarkähnlichen Ricotta gefüllt waren, in den Joe feingehackte Brennesseln und Spinat gemischt hatte. Mit Olivenöl gewürzt, waren sie im alten Steinofen vor dem Servieren kurz überbacken worden.[17]

»Buon appetito«, wünschte der Wirt.

Stefan Zigrand war in den letzten Jahren zum Feinschmekker geworden. Ein paar Kilo mehr hatte ihn diese Leidenschaft bereits gekostet. Immer wieder gab es diese Arbeitsessen in den Gourmettempeln, beim Edel-Italiener oder Franzosen, aber auch die nächtlichen Stipvisiten an den Currywurst-Buden der Großstädte.

Es war still geworden auf der Terrasse. Die vier einzigen Gäste gaben sich dem kulinarischen Wohlbefinden hin,

das der amerikanisch-italienische Wirt so trefflich zu vermitteln verstand.
Von Aurich spießte seinen letzten Bissen auf und schaute herausfordernd zu Meister. »Wie war das bei dir, Henry, als du nach dieser geplatzten Arterie bewußtlos nach Zürich gebracht wurdest?«
»Der Tag, an dem ich starb, war ein Donnerstag«, antwortete Meister freundlich und nahm einen kräftigen Schluck. Er genoß das Theatralische der Situation: Zwei alte Herren lobten bei einem vorzüglichen Mahl die Qualitäten des Todes.
»Es war mir klar«, fuhr er fort, »daß ich in einem Krankenwagen lag und zu einem bestimmten Platz transportiert wurde. Seltsam war meine innere Übereinstimmung mit allem, was geschah. Ich fürchtete nichts, hatte aber eine bestimmte Ahnung, daß ich in höchster Gefahr schwebte.«
Als ob die beiden Männer sich mit ihren Erzählungen übertreffen wollten, nutzte von Aurich Meisters kurze Pause, um sein Erlebnis darzustellen.
»Nach dem Aufprall des Autos, in dem ich saß, wurde ich durch die Windschutzscheibe auf die Straße geschleudert. Ich sah mich liegen und spürte deutlich: Jetzt sterbe ich. Es war erstaunlich, daß ich es nicht als unangenehm empfand.«[18]
Während Franziska ihm zuhörte und spürte, wie bewegt der Mann noch immer von seinem Erlebnis war, blickte Zigrand unbehaglich auf die Tischplatte.
»Ich hätte nie gedacht, daß man sich so einfach davonmachen kann und plötzlich nicht mehr krampfhaft am Leben hängt«, erklärte von Aurich. »Die Unwissenheit über die Vorgänge beim Eintritt des Todes ist einer der Gründe, warum wir ihn aus dem Leben verbannt haben.«
Joe Pasquetto trug den zweiten Gang auf: »Fegato con Po-

lenta.« In der gußeisernen Pfanne brutzelten in einem Gemisch aus Butter und Olivenöl gehackte Zwiebeln zwischen acht Scheiben dünn geschnittener Leber. Daneben lag goldgelb die Polenta, der leicht geröstete Kuchen aus Mais, dem Grundnahrungsmittel in den südlichen Regionen der Alpen.

Eigentlich hasse ich Innereien, dachte Franziska. Aber diese Leber duftete anders als die in Mutters Küche. Es war alles so herrlich fremd und romantisch. Stefan legte der jungen Frau an seiner Seite das Fleisch auf den Teller. Beherzt griff sie zur Tasse mit dem Landwein und nahm einen kräftigen Schluck.

»Ich hatte mich von meinem Körper gelöst und erkannte mit einer Gelassenheit, die mich heute noch verblüfft: Jetzt wirst du sterben«, nahm Meister zwischen zwei Bissen das Gespräch wieder auf. »Ich kam zu einem Tor, hinter dem ich einen hellen Schein erkannte. Das Gelände schien mir vertraut. Ich sah nur freundliche Farben. Dann hörte ich eine Musik, wie ich sie nie zuvor vernommen hatte. Es waren Tonfolgen von großer Harmonie und Schönheit, eine Musik der Stille, die von niemandem gespielt oder gemacht wurde, sondern die aus sich selber zu wachsen schien.«

Meister geriet regelrecht ins Schwärmen. Zigrand sah ihn aufmerksam an.

»Erinnerte dich diese Musik an eine Melodie, die du vielleicht schon einmal hier gehört hast?« fragte er. Franziska bemerkte die Ernsthaftigkeit in Stefans Stimme. Sie schaute verwundert zu ihm.

»Diese Musik war ganz anders als das, was ich je gehört habe«, antwortete Henry Meister. »Am ehesten könnte ich sie mit einer recht abgehobenen, verspielt klassischen Musik vergleichen. Mit ein paar Sequenzen von Tschaikowskij beispielsweise.«

Der Architekt stand auf und ging zum Küchenfenster. »Bring uns noch einen Krug, Giovanni!«
Franziska geriet ins Schweben. Der Wein, der silbrig im Mondlicht schimmernde See. Die Dimensionen lösten sich auf, Traum und Wirklichkeit verschwammen ineinander.
Stefan versuchte mühsam, Distanz zum Thema zu halten. Es fiel ihm schwer, sich gegen die magische Kraft der Erzählungen zu stemmen.
»Ein tiefer Friede breitete sich in mir aus«, sprach Meister weiter, »eine Sicherheit, angekommen zu sein, einer unvorstellbaren inneren und äußeren Harmonie gegenüberzustehen und langsam zu gehen, auf einem mir vorgeschriebenen Weg.«
Rudolf von Aurich kannte Meisters Berichte und auch die vieler anderer, die wie er einmal an der Schwelle des Todes gestanden und danach eine neue beglückende Einstellung zum Leben gefunden hatten. Übermütig steckte er Franziska eine Kamelienblüte ins Haar. Der Hügel vor ihnen war übersät davon.
»Die schönste Kameliendame, der ich bisher begegnet bin«, sagte er galant. Dann setzte er seinen Bericht fort. »Auch ich hatte kein Interesse mehr an meinem Körper da unten. Ich wollte fliegen – und schon flog ich. Die Töne, die Lichtspiele wurden immer stärker, immer voller und überfluteten mich. Ich spürte eine harmonische Schwingung und fühlte mich eingehüllt in bedingungslose Liebe.«
Zigrand schaute Franziska an, die den Bericht begeistert verfolgte. Er hatte sie noch nie so heiter und entspannt gesehen.
Henry Meister stieß mit neuem Wein an. Zigrand erinnerte sich, daß sein Freund schon immer eine Menge davon vertragen hatte. Damals, in der Frankfurter Redaktion, als sie

Schreibtisch an Schreibtisch gesessen und die Abende in der »Bayerischen Botschaft« verbracht hatten, einer Kneipe, an deren richtigen Namen er sich nicht erinnern konnte.
»Wenn ich alles zusammenfasse, was ich sah und hörte«, fuhr Henry fort, »dann kann ich mein Sterben nur als ein nie gekanntes Glücksgefühl beschreiben. Die Landschaft sah aus wie in gewissen Teilen Griechenlands: sanfte Hügel, glasklare blaue Seen und freundliche Bäume. Es war unbeschreiblich, und ich kann nur mit dürren Worten versuchen, alles einzufangen und sichtbar zu machen.«
»Wie hast du das verkraftet?« fragte Zigrand. »Was hat sich danach für dich verändert?«
»Eines weiß ich genau: Ich habe damals meine Welt verlassen und war in einer anderen, besseren Welt angekommen, nach der ich mich gesehnt hatte, seit ich denken und fühlen kann. Ich habe keine Angst mehr vor dem Tod.«
Der alte Knabe wird sentimental, dachte Zigrand. Er fühlte, wie ihn Franziskas Nähe und der Wein milde stimmten. Die Bereitschaft wuchs, den Geschichten seiner Tischnachbarn unvoreingenommen zu folgen.
»Wie haben Sie reagiert, als Sie feststellen mußten, daß Sie gar nicht gestorben sind?« wollte Franziska von Meister wissen. Er zögerte und suchte nach Worten.
»Im Anschluß an die geglückte Operation erfuhr ich, daß ich so gut wie tot gewesen bin«, antwortete er langsam. »Ob diese Rückkehr aus einer anderen Welt ein großes Glück gewesen ist, wage ich zu bezweifeln.«
Im dunklen Dickicht des Bergrückens flatterte ein Vogel auf, der für einen kurzen Moment die Gäste erschreckte.
»Und wie war das bei Ihnen, Rudolf?«
»Mein Todeserlebnis wurde abrupt beendet. Als ich mich von meinem leblosen Körper zu entfernen begann, sah ich plötzlich einen jüngeren, schlanken Mann, in schwarzer Badehose und barfuß, mit einer kleinen Tasche in der Hand

auf mich zurennen. Er gab mir eine Adrenalin-Spritze direkt ins Herz. Mit einem unheimlichen Ruck schlüpfte ich danach in meinen schwerverletzten Körper zurück. Sofort spürte ich starke Schmerzen, die mich in Ohnmacht fallen ließen, jedoch als wiederbelebter Mensch.«

Der volle Mond verschwand hinter den Wolken. Ein lauer Wind kam auf. Joe Pasquetto trat mit zwei gußeisernen Pfannen aus der Küche. »›Bistecca alle erbe‹«, rief er fröhlich. »Und ein paar wunderbare ›Patate al Rosmarino‹.«

Franziska ahnte, daß dies nur die goldgelben Kartoffeln sein konnten, zwischen die ein paar Zweige Rosmarin gestreut waren.

»Das beste an diesem Kräutersteak ist die Paste«, erklärte Henry und blickte verzückt auf die Schüsseln. »Petersilie, Schnittlauch, Basilikum, Zwiebeln, Knoblauch, Senf, Worcestersauce, Butter und Olivenöl werden in einem Mixer verrührt und in einem Glas aufgehoben. Ein Geheimrezept von Giovanni.«

»Wie schön, daß ich dieses herrliche Mahl beim Ablauf meines Lebensfilms noch einmal genießen werde«, seufzte von Aurich beglückt. Zigrand sah ihn irritiert an. Der Architekt fühlte sich zu einer Erklärung berufen.

»Wenn Sie sterben, erleben Sie ein phantastisches, vierdimensionales Theaterstück, das sich aus unzähligen Bildern zusammensetzt und Ihr ganzes Leben enthält. Jeder Gedanke, den sie dachten, jedes Wort, das sie sagten, jeder Tag erscheint Ihnen im richtigen Zusammenhang. Sie selbst sind aufgerufen, ohne Ausrede und Entschuldigung, Ihr Leben zu bewerten.«

»Haben Sie Ihren Lebensfilm damals auch gesehen?« fragte Franziska und balancierte eine Kartoffel über den Teller.

»Natürlich«, antwortete von Aurich vergnügt. »Der Regisseur hat das Theaterstück über mein Leben seltsamerweise von hinten aufgerollt, so daß ich als erste Szene meinen Tod auf der Straße sah, während der letzte Akt dieser Vorstellung meine Geburt bei Kerzenlicht zu Hause in Budapest zeigte. Ich sah alle Szenen so, daß ich nicht nur Hauptdarsteller, sondern gleichzeitig auch Beobachter war.«

»Was Sie da sagen, ist identisch mit Aussagen aus den Moody-Sammlungen«, kommentierte Zigrand. Er versuchte, den Nebel zu durchdringen, den der Wein in seinem Kopf verbreitet hatte. »Es besteht die Möglichkeit, diese Erlebnisse medizinisch zu erklären – als ausschließlich physiologische Vorgänge. Einige Ärzte meinen, die Visionen der Sterbenden als euphorische Zustände erklären zu können, ausgelöst durch Sauerstoffmangel im Gehirn.«

»Schauen Sie, mein lieber Herr«, sagte von Aurich und nahm einen kräftigen Schluck aus der Keramiktasse. »Wie immer Sie es erklären wollen, Tatsache ist, daß ich es erlebt habe und daß es bei mir Spuren hinterlassen hat. Meine Seele war während dieses Lebensfilms ein hochsensibles Instrument, das mir half, mein bisheriges Handeln zu beurteilen, meine Gedanken und damit mich selbst. Es war übrigens merkwürdig, daß harmonische, positive Erinnerungen auch in jenen Szenen auftauchten, die nach unserer gegenwärtigen Moral als schlechte Taten gelten.«

»Sie waren dabei sozusagen Richter in eigener Sache«, stellte Franziska fest. Diese Aussagen paßten zu ihrer Philosophie vom eigenverantwortlichen, sein Schicksal selbst bestimmenden Menschen: Wir schaffen die Welt mit unseren Gedanken.

»Genau so ist es, meine liebe Dame«, antwortete von Aurich. Er blickte sie verzückt an. »Da steht nicht irgendein Erzengel mit einem großen Buch und schickt Sie entweder in die Hölle oder in den Himmel. Sie selbst schaffen diese Zustände in eigener Verantwortung nach Sichtung Ihres Lebensfilms. Es gibt keine einzige Ausrede mehr für das, was Sie jemals gedacht, gesagt und getan haben. Himmel und Hölle sind Projektionen Ihrer eigenen Vorstellungskraft.«

»Moody hat nach der Auswertung aller von ihm gesammelten Aussagen festgestellt, daß sich dieser Erinnerungsvorgang in außerordentlicher Geschwindigkeit und doch zeitlupenhaft abspielt«, ergänzte Franziska. »Alles taucht gleichzeitig auf. Doch trotz dieses Tempos ist die Rückschau unglaublich plastisch. Ein Augenblick, der alle Augenblicke umfaßt.«

»Sie formulieren das, als hätten Sie es selbst schon erlebt«, wunderte sich Meister.

»Vielleicht ist es so«, antwortete Franziska unbestimmt.

Meister stand auf und ging ein paar Schritte auf der Terrasse, so wie er es zehn Jahre lang in der Strafvollzugsanstalt getan hatte. Drei Schritte vor, drei Schritte zurück.

»Jetzt fehlt nur noch ein selbstgebrannter Grappa«, sagte er und verschwand in der Küche.

»In vielen Berichten reanimierter Patienten tritt auch eine Lichtgestalt auf, die den Ablauf des Lebenspanoramas kommentiert«, bemerkte Franziska. »War das bei Ihnen auch so?«

»Nein«, entgegnete von Aurich. »Aber nach dieser phantastischen fünfdimensionalen Theatervorstellung über mein Leben kam eine Schlußbilanz, die von mir selbst abgefaßt wurde. Ich sah dabei eine sonnenartige, wunderschöne, warme, lichterfüllte Erscheinung. Alles schwang intensiver, pulsierte. Die Schwingungen meiner körperlosen Seele begannen, sich diesen fremden Schwingungen anzupassen. Es war eine Geburt in eine höhere Dimension, in eine Welt, wo Geist und Seele, befreit vom Körper, nach neuen Gesetzen weiterexistieren.«

Henry Meister kam mit einer Grappaflasche und schweren

Gläsern zurück, die er auf dem Tisch verteilte. Er schenkte ein und prostete den anderen zu. »Salute«, sagte er. »Trinken wir auf die Unsterblichkeit!«

Stefan zog seine Geliebte fest zu sich heran und küßte sie lange auf den Mund.

»Bravo«, riefen Meister und von Aurich gleichzeitig. Dann hoben sie noch einmal ihre Gläser.

»Es lebe die Liebe!«

Flötentöne

Ich könnte mir denken, daß Sterben der wesentlichste und entscheidenste Moment unseres Lebens ist. Ich möchte darum, daß sich das Herannahen des Todes natürlich vollzieht. Ich möchte erkennen, begreifen und atmen dürfen, denn vielleicht ist in dieser letzten Phase des Lebens die Ruhe, der wir ein Leben lang nachjagen, zu finden.

Maria Schell

An diesem sonnigen Morgen war Stefan Zigrand ungewöhnlich nervös. Gegen seine Überzeugung hatte er einem Experiment zugestimmt, dessen Verlauf und Ausgang offen waren. Vielleicht würde es ihm dabei gelingen, Ewald Jaeger und seinen Totenfunk als Taschenspielertrick zu entlarven. Ein solcher Ausgang könnte unwillkürlich zu einer Krise in der Beziehung zwischen ihm und Franziska führen. Daran wollte er aber im Moment nicht denken.
Die junge Frau warf ihm einen argwöhnischen, forschenden Blick zu. Das Licht des anbrechenden Morgens hatte sie schon früh geweckt. Es gehörte zu ihren Gewohnheiten, den neuen Tag dankbar zu begrüßen, sich auf die Stunden zu freuen, die vor ihr lagen. Heute würde sich ihr von Zweifeln geplagter Stefan endlich von der Glaubwürdigkeit der Experimente überzeugen kön-

nen. Es schmerzte sie tief, daß er ihr in dieser Sache mißtraute.
Über den Hof des Studios schlenderte Ralph Wesseling, mit dem Zigrand vor einigen Jahren im Bonner Büro von »Aktuell« zusammengearbeitet hatte und der nun Produzent des privaten Fernsehsenders »Kanal 8« geworden war. Wie zu Meister, unterhielt Zigrand auch zu ihm eine freundschaftliche Beziehung, die sich nicht nur auf gelegentliche Telefonate beschränkte. Wesseling hatte ein Haus auf Mallorca, und sie genossen dort stets ein paar gemeinsame Wochenenden im Jahr, um nicht nur von alten Zeiten zu reden.
»Ein herrlicher Tag für eure Geisterstunde«, grinste er. »Deine Totenbeschwörer bauen gerade ihre Apparate auf. Ein so verrücktes Ding ist bei uns noch nicht gelaufen.«
Zigrand hatte seinen ehemaligen Kollegen überzeugen können, Jaegers obskure Versuche auf Video aufzuzeichnen, um für seine Story eine einwandfreie optische Dokumentation in der Hand zu haben. Falls sich das Experiment jedoch als Betrug erweisen sollte, gäbe es auch dafür einwandfreie Beweise.
»Ein solches Spektakel ist allemal gut für unser Archiv«, meinte Wesseling und zwinkerte Franziska zu. Ein tolles Mädel, das Zigrand da aufgetan hatte. Wesseling war bekannt für seine chaotischen Beziehungen, die er zu Frauen unterhielt. Gerade war er einer Maskenbildnerin aus dem eigenen Team auf eine Weise zugetan, die er ein »flapsiges Verhältnis« zu nennen pflegte. Dabei fand er es besonders originell, ihr Notizzettel mit seinen Liebesschwüren an den Schminkspiegel zu heften.
Franziska gab sich reserviert. Macho-Typen wie Wesseling konnte sie nicht ausstehen, obwohl er – wie sie fand – auch eine nette, kumpelhafte Art hatte.
»Bis jetzt haben meine Jungs nichts Verdächtiges gefunden,

mit dem manipuliert werden könnte«, sagte er. »Kein verstecktes Modul in den Apparaten, kein verborgener CB-Sender oder ein Mikrochip. Aber das sagt natürlich nicht viel.«

Am Abend zuvor hatten sich Stefan und Franziska in einem Restaurant der Kölner Altstadt mit dem Frankfurter Physiker Erich Kleber getroffen und während eines reichhaltigen Essens über die Technik der *Instrumentellen Transkommunikation* gesprochen, eine Bezeichnung, die er für diese technisch geprägten Kontakte zu einer anderen Welt gefunden hatte. Der Professor machte auf Zigrand den Eindruck eines informierten und kritischen Mannes, der als Hochschullehrer schließlich einen Ruf zu verlieren hatte. Kleber kannte viele der Experimentatoren in Deutschland, Italien und den Vereinigten Staaten persönlich und versuchte, sich dem außergewöhnlichen Phänomen auf der Basis seiner naturwissenschaftlichen Untersuchungen zu nähern. In zahlreichen Publikationen beschrieb er »die Evolution des Erscheinungskomplexes zu dialogfähigen direkten elektroakustischen Stimmen aus Radios, Fernsehgeräten oder speziell konstruierten Apparaturen«, wie dem Stimmengenerator und der Infrarot-Brücke des Ewald Jaeger.

Professor Kleber sollte das geplante Studio-Experiment kommentieren. Er war ein freundlicher und humorvoller Herr, der den kulinarischen Genüssen eifrig zugesprochen hatte. Auch nach dem dritten Himbeergeist ließ er sich nicht zu einer abfälligen Bemerkung über die Transkommunikation und ihre Macher verleiten.

Aus der Maske trat Evelyn Kaufmann, eine Frau mittleren Alters, die als Angestellte in der Verwaltung einer Kleinstadt im Sauerland arbeitete. Ihre Tochter Sylvia war im Alter von 16 Jahren mit ihrem Freund Thomas tödlich verunglückt. Der Schmerz über den Tod des Kindes hatte die

Frau in eine innere Isolation getrieben, bis sie in einer Radiosendung von der Existenz paranormaler Stimmen erfuhr und sich dem Kreis um Ewald Jaeger anschloß. Seitdem gehörte sie zu den eifrigsten Mitstreitern des Mannes, der mit einer geradezu leidenschaftlichen Besessenheit an seinem Lebenswerk arbeitete.

»Sylvia ist für uns eine wichtige Kontaktperson auf der anderen Seite«, erklärte sie Zigrand, den Franziska ihr vorgestellt hatte. »Ohne sie wären viele Verbindungen gar nicht zustande gekommen. Sie meldet sich oft bei mir auf dem Kassettenrecorder. Aber auch über die Geräte von Ewald Jaeger.«

»Hallo, Frau Berg.«

Franziska schaute verblüfft zu Dr. Steiner, dem Krankenhausarzt, der ihre Mutter in den letzten Stunden betreut hatte. »Was machen Sie denn hier?«

»Nun, das Experiment mit Ihrer toten Mutter hat mich neugierig auf die Tonbandstimmen gemacht«, antwortete der Mann beflissen. »Ich habe mir Literatur besorgt und Herrn Jaeger bereits in seinem Labor besucht. Er berichtete mir von dem heutigen Experiment - und hier bin ich.«

Steiner war ihr anfangs recht sympathisch gewesen, bis seine wiederholten Anrufe ihr auf die Nerven gingen. Unter dem Vorwand, sich mit ihr über die paranormalen Experimente unterhalten zu wollen, hatte er immer wieder um ein Treffen gebeten. Am ehesten schien ihm dafür ein verschwiegenes Restaurant geeignet, das er besonders schätzte.

»Bitte alle Beteiligten an dem PSI-Experiment ins Studio vier«, tönte es aus dem Lautsprecher. Der Hof leerte sich. Nach einem kurzen akustischen Signal deutete das Aufleuchten einer roten Lampe auf den Beginn der Produktion.

Zigrand setzte sich neben Wesseling an das Regiepult. Der

Produzent nahm sich vor, die Aufzeichnung selbst zu fahren, ohne Regisseur und Bildmischerin. Bei privaten Sendern senken solche Improvisationen wesentlich die Herstellungskosten.

»Da sind ja unsere Geisterbeschwörer«, lachte Wesseling und deutete auf die Bilder aus dem Studio, die auf die Monitore übertragen wurden. Jaegers Infrarot-Brücke hob sich eindrucksvoll vor dem blauen Hintergrund ab: Eine Anzahl miteinander vernetzter technischer Geräte mit Skalen und Leuchtdioden, kugelköpfigen Lautsprechern und Richtmikrophonen. Zigrand entdeckte die vertraute »Nagra«, doch die Bedeutung der anderen Apparate war sowohl ihm als auch den Fernsehleuten unklar. Jaeger hatte ihnen jedoch detaillierte Schaltpläne zur Einsicht angeboten.[19]

»Wir beginnen gleich mit der Aufzeichnung«, sagte Wesseling über die Standleitung ins Studio. »Sie, Herr Jaeger, erklären kurz den technischen Aufbau und beginnen dann mit dem Versuch. Viel Glück!«

Wesseling lächelte verschwörerisch Zigrand an, der neben ihm vor dem Mischpult saß. Dabei pfiff er kaum hörbar durch die Zähne. »Sie kommt gut über den Schirm«, stellte er beim Anblick von Franziska auf dem Monitor anerkennend fest.

Zigrand spürte eine merkwürdige Distanz. Die junge Frau wirkte aus dieser Perspektive fremd und unnahbar. Aber noch andere Gedanken schossen ihm durch den Kopf. Er fühlte sich unbehaglich. Das ganze Experiment kam ihm abstrakt und unseriös vor. Es paßte einfach nicht in seine Welt.

»MAZ ab«, rief Wesseling in sein Studiomikrophon. »Und bitte!«

Ewald Jaeger kam ins Bild. Ohne eine Spur von Nervosität stand er vor seinen Apparaten. »Wir werden jetzt mit

Hilfe dieser Infrarot-Brücke versuchen, unsere jenseitigen Freunde zu erreichen«, erklärte er. Auch in der Großaufnahme wirkte er souverän. »Dabei werden sechs Sendedioden über eine Strecke von zwei Metern auf einen Infrarotempfänger gestrahlt. Unsere Partner drüben - also in einem nicht näher zu definierenden Jenseits - können dann mit ihrer Energie dieses Kontaktfeld beeinflussen. Aber bestimmt können Sie es besser erklären, Herr Professor Kleber.«

»Nun, das bezweifele ich«, lächelte der angesprochene Experte. »Sie sind schließlich der Experimentator und Konstrukteur dieses Systems.«

»Nicht so viel quatschen«, quengelte Wesseling ungeduldig.

»Erfahrungsgemäß dauert es ein paar Minuten, bis der Aufbau der Verbindung abgeschlossen ist und der Informationsaustausch beginnen kann«, kommentierte Professor Kleber. »Wir wissen nicht, woher diese Verzögerungen kommen. Darüber kann ich nur Vermutungen anstellen. Der Geist - oder wenn Sie so wollen, das Bewußtsein - existiert jenseits von Raum und Zeit. Diese Situation können wir uns auf der materiellen Ebene nicht vorstellen. Um eine Verbindung zwischen den Ebenen herzustellen, braucht es eine Art ›Zeitloch‹.«

Evelyn Kaufmann stand schweigend neben den beiden Männern. Ein leichtes Zucken im Gesicht verriet ihre Anspannung.

Franziska wußte, daß Jaeger sich bisher stets geweigert hatte, derartige Versuche in der Öffentlichkeit zu machen. Der daraus entstehende Erfolgszwang auf beiden Seiten konnte ein optimales Ergebnis gefährden. Zigrand jedoch schien der richtige Mann zu sein, um die Sache der Transkommunikation in der Öffentlichkeit glaubhaft darzustellen. So hatte sich Jaeger von seinen Mitstreitern schließlich

dazu überreden lassen, sein außergewöhnliches Experiment in einem Fernsehstudio zu wagen.[20]
Er betätigte mehrere Schalter an den Instrumenten und stellte eine Frequenzkombination ein, mit der er bei früheren Experimenten positive Resultate erzielt hatte. Eine Kamera fuhr auf den Oszillograph, der die zu erwartenden Signale als Impulse sichtbar machen würde. Franziska hatte schon erlebt, daß sich die Jenseitigen auch in französischer, englischer, ja sogar in japanischer Sprache gemeldet hatten, je nachdem, wer sie gerade anredete. Auch auf ganz persönliche Fragen gab es manchmal eine treffende Antwort.
Ewald Jaeger begann den Dialog mit fester Stimme. »Hallo, Freunde. Wir bitten um Kontakt.«
Es war ungewöhnlich still in dem großen Studio. Die Kameraleute arbeiteten konzentriert, waren gleichzeitig aber auch neugierig auf den Verlauf des Experiments, das so gar nicht zu ihrer täglichen Routine gehörte.
»Sylvia, vielleicht kannst du uns helfen«, sprach Evelyn Kaufmann lächelnd ins Mikrophon. »Du weißt ja, hier ist die Mama. Es wäre schön, wenn ich etwas von dir hören würde.«
In der Regie blickten die beiden Journalisten gespannt auf die Monitore. Bei all ihrer professionellen Burschikosität konnten sie sich der Faszination des Geschehens nicht entziehen.
»Wenn ihr da seid, gebt bitte ein Zeichen«, bat Jaeger seine unsichtbaren Partner. »Wir haben die Infrarot-Brücke aufgebaut. Versucht, sie zu modulieren.«
Hinter einem grauen schweren Vorhang saß Dr. Steiner. Gespannt betrachtete er die Vorgänge auf dem Bildschirm, die ihn hierher geführt hatten und an deren Ausgang nicht nur er ein ausgeprägtes Interesse hatte. Seine Gedanken schweiften bisweilen zu Franziska, die er sich nicht aus dem Kopf

schlagen wollte. Warum verhielt sie sich ihm gegenüber so zurückhaltend? Ihr Desinteresse an seiner Person irritierte ihn. Was war schon gegen eine Verabredung einzuwenden? Auf seine Telefonate hatte sie bisher abweisend reagiert. Er würde sicherlich nicht aufgeben, schon wegen der Sache hier, in die sie offenbar tief verstrickt war.
Aus dem Lautsprecher der von Jaeger konstruierten Anlage rauschte es leise. Eine Digitaluhr, die am unteren Bildrand der Monitore mitlief, dokumentierte die Dauer des Versuchs.
»Wenn Jaeger tricksen würde, müßte er jetzt aus psychologischen Gründen etwas anbieten«, murrte Wesseling. »Die Spannung flacht nämlich ganz schön ab.«
»Ich warte auch schon auf einen Trompetenstoß aus dem Jenseits«, flachste Zigrand. Acht Minuten und 27 Sekunden waren vergangen, ohne daß ein einziger Ton aus den Apparaten zu hören gewesen wäre.
»Ich weiß, ihr seid hier bei uns«, sagte Evelyn Kaufmann beschwörend. »Melde dich, Sylvia.«
War da nicht ein fernes Flüstern? Die Anzeige auf dem Oszillograph zitterte leicht.
»Es sind ganz leise Stimmen«, erklärte Jaeger ruhig. »Unsere Freunde von drüben bereiten das Kontaktfeld vor. Ich kenne den Ablauf.«
Die beiden Männer am Regiepult sahen sich verblüfft an. Wesseling beugte sich zu Zigrand hinüber: »Wie Sie hören, hören Sie nix!«
»Versucht euch deutlicher zu artikulieren«, bat Evelyn Kaufmann auf dem Monitor.
Professor Kleber spürte die wachsende Ungeduld im Studio.
»Gespräche mit Astronauten im Weltall oder Freunden in Australien sind längst kein Problem mehr«, erklärte er. »Aber hier müssen wir unser vertrautes Raum-Zeit-Ge-

füge verlassen und den Kontakt mit anderen Bewußtseinsebenen versuchen. Ein bisher einmaliger Vorgang.«
»Die größte Schwierigkeit dabei ist die Zeitsynchronisation«, meinte Ewald Jaeger und tupfte sich mit einem Papiertuch die Schweißperlen von der Stirn.
Franziska fuhr sich nervös durch die Haare. Das großangelegte Experiment sollte Stefan die Existenz der Transkommunikation demonstrieren. Wenn es unwiderlegbare Resultate gab, mußte er den Artikel schreiben. So wunderbar die Zeit im Tessin auch gewesen war, aber die Erzählungen ihrer weinseligen Gesprächspartner über Erlebnisse an der Schwelle des Todes hatten ihn nicht überzeugt. Die bekannten Protokolle über ein Leben nach dem Tod, die Moody und seine Kollegen zusammengestellt hatten, lieferten dem Reporter nur subjektive Zustandsberichte, die sich der Recherche entzogen und damit für den Journalisten nicht existierten. Stimmen von nachweisbar verstorbenen Menschen wären beweiskräftigere Indizien für ein Leben nach dem Tod.
Die Digitalanzeige stand inzwischen bei 23 Minuten und 51 Sekunden. Im Studio begann es unruhig zu werden. Auf Zehenspitzen schlich sich die Maskenbildnerin hinaus. Der Aufnahmeleiter sah immer öfter auf die Stoppuhr.
»Der Erwartungsdruck wirkt sich psychisch auf die Experimentatoren aus«, ließ sich Kleber vernehmen. »Er ist auch körperlich spürbar. Wir sollten eine Pause machen.«
Wesseling stoppte das MAZ-Band und ließ die Scheinwerfer ausschalten, die eine große Hitze verbreitet hatten.
»Paranormale Phänomene haben die Eigenschaft, sich dem neugierigen Zugriff der Außenwelt zu entziehen«, erklärte Professor Kleber freundlich lächelnd. »Die Nervosität der auf unserer Seite beteiligten Menschen hat mit Sicherheit

auch auf unsere jenseitigen Kommunikationspartner störenden Einfluß.«

»Bisher hatten wir bei unseren Einspielungen fast immer Erfolg«, sagte Ewald Jaeger mit hochrotem Kopf. »Man kann nichts erzwingen. Geduld, Freunde, nur Geduld hilft da weiter.«

Mit diesen Worten verließ er das Gebäude, um sich im Hof die Füße zu vertreten und etwas zu entspannen. Zigrand beobachtete, wie er sein Handy aus der Tasche zog, eine Nummer wählte und sichtbar erregt auf jemanden einredete.

»Ein neuer Versuch vor Ablauf einer ausreichenden Wartezeit ist erfahrungsgemäß erfolglos«, versuchte Professor Kleber die wachsende Ungeduld zu dämpfen. »Bei meinen Untersuchungen habe ich festgestellt, das positive Ergebnisse auch vom Ort des Geschehens abhängen. Es gibt sicherlich ansprechendere Plätze für solch ein störanfälliges Experiment als diesen Betonbau.«

Kleber war von Mitarbeitern des Studios umringt, die ihm schweigend zuhörten. Jaeger kam zurück. Die entspannenden Minuten in frischer Luft hatten ihm gutgetan.

»Ich denke, daß wir jetzt weitermachen können«, sagte er und drückte seine Zigarette in einen festinstallierten Aschenbecher. Über der Studiotür leuchtete die rote Lampe auf. Der zweite Versuch begann.

»Gebt uns wenigstens ein Zeichen«, bat Jaeger fast flehentlich. Das Aufnahmegerät lief, in den Apparaturen spiegelte sich das Licht der Scheinwerfer. Der Oszillograph zeigte wie gewohnt eine durchgehende weiße Linie an.

»Sylvia, mein Kind. Es wäre wunderbar, wenn du dich mit deinen Freunden melden würdest.«

Zigrand starrte auf die Monitore. Unbewußt hoffte er auf irgendein Geräusch aus einem der vielen Lautsprecher.

»Zu Weihnachten muß ich bei Muttern zum Gänsebraten sein«, scherzte Wesseling. Kurze Unschärfen auf den Monitoren waren Anzeichen einer beginnenden Konzentrationsschwäche der Kameraleute. Auf der Stirn von Ewald Jaeger bildeten sich wieder winzige Schweißtropfen. Evelyn Kaufmann hatte ihr Lächeln verloren. Franziska blickte beschwörend auf die Apparaturen. Mutter, schoß es ihr durch den Kopf. Wenn wenigstens sie ein Zeichen geben könnte! Ein einigermaßen verständlicher Satz.

Als die Digitaluhr 52 Minuten und acht Sekunden anzeigte, unterbrach Wesseling erneut die Aufzeichnung. Der Aufnahmeleiter servierte Cognac. Alkohol war sonst im Studio verboten, aber Wesseling spürte die ungewöhnliche Anspannung der Experimentatoren. Zigrand und er griffen ebenfalls zu.

»Zur Feier des Tages«, sagte Wesseling und stieß mit dem alten Kollegen an. »Noch ist alles im grünen Bereich.«

Franziska Berg und Evelyn Kaufmann unterhielten sich leise. Ab und zu nippten sie an ihrem Orangensaft.

»Sylvia ist mittlerweile in der fünften Dimension«, erklärte die Mutter. »Sie wissen ja, daß es viele feinstoffliche Welten gibt, die durchaus mit der unseren vergleichbar sind. Alles spielt sich nur auf einer anderen Schwingungsebene ab.«

»Und so, wie wir diese Welt mit unseren Gedanken gestalten, so ist es auch mit den anderen Ebenen«, stimmte Franziska zu. »Überall herrscht die Freiheit des Willens.«

»Dabei treffen wir immer nur auf Gesprächspartner im Jenseits, die mit uns auf gleicher Schwingungsebene sind«, fuhr Evelyn Kaufmann fort. »Da die spirituelle Entwicklung schon auf unserer irdischen Ebene beginnt, be-

darf es nicht unbedingt eines Reifeprozesses in anderen Sphären, um eine bestimmte Stufe des Erkennens zu erreichen.«
Die beiden Frauen hatten von Anfang an Vertrauen zueinander gefaßt. Unbeirrt von dem sie umgebenden Trubel tauschten sie ihre Erfahrungen aus.
»Auch wir beide haben die gleichen Schwingungsmuster«, lachte Evelyn und hakte sich bei Franziska unter. »Ich hoffe nur, wir haben heute Erfolg. Langsam werde ich nämlich nervös.«
15 Minuten vergingen. Im Studio herrschte das übliche Stimmengewirr einer Pause. Hin und wieder ertönte ein lautes Lachen. Der Produktionsalltag war zurückgekehrt.
»Wir machen jetzt weiter«, rief der Aufnahmeleiter. »Bitte alle Beteiligten auf ihre Plätze.«
»Der Tragödie dritter Teil«, sagte Wesseling sarkastisch und startete das magnetische Aufzeichnungsband. Langsam bereute er, sich auf dieses Spektakel eingelassen zu haben. »Action, bitte!« rief er aufmunternd in sein Regiemikrophon.
Ein bißchen wie Hollywood, dachte Zigrand. Bestimmt wäre dieser Stoff etwas für die Amerikaner. Steven Spielberg und ein spiritistischer Jurassic-Park.
Ewald Jaegers stoische Gelassenheit war zurückgekehrt. Monoton wiederholte er immer wieder die gleichen Sätze. »Freunde, gebt uns ein Zeichen. Meldet euch bitte!«
Die Digitaluhr registrierte den zähen Fluß der Zeit. Zigrand dachte daran, daß Einstein wohl recht gehabt hatte mit seiner Relativitätstheorie. Hier verging die Zeit relativ langsam, wie im Wartezimmer des Zahnarztes. Franziska schaute beunruhigt auf Jaeger. Warum passierte nichts? Seine ständigen gebetsmühlenhaft vorgetragenen Beschwörungen begannen auch an ihren Nerven zu zerren.
Die digitalen Zahlen der Studiouhr standen bei einer

Stunde und 22 Minuten. Da knisterte es im Lautsprecher: eine Stimme, hektisch und merkwürdig verzerrt.
»Kontaktfeld für Evelyn Kaufmann und Ewald Jaeger.«
»Da war was.« Wesseling rutschte näher an den Monitor mit dem Ausgangsbild, neben dem Kontrollautsprecher. »Es war kaum zu verstehen, aber da war was.«
Auch Zigrand hörte die Stimme. Ihm war die seltsame Automatik paranormaler Sätze aus Jaegers Archivaufnahmen vertraut. Die stakkatohaft ausgestoßenen Worte klangen unpersönlich und ohne menschliche Anteilnahme. Wie Stimmen aus einem Automaten.
»Hallo, Freunde. Wir hören euch.«
Evelyn Kaufmann und Ewald Jaeger atmeten auf. Ein Knoten war zerschlagen, ein Hindernis beseitigt. Franziska Berg lächelte befreit.
»Der heutige Versuch entspricht genau dem Verlauf früherer Experimente«, erklärte Professor Kleber ruhig. »Die Aufbauphase scheint heute jedoch besonders schwierig für die andere Seite zu sein.«
Ewald Jaeger veränderte mit ein paar Handgriffen die Frequenz. Sekunden später hörten es alle: »Sylvia wird sprechen.«
Ohne Übergang erklang eine zarte Mädchenstimme: »MAMA, HALLO, KONTAKT.«
Evelyn Kaufmann strahlte. Ihre Augen leuchteten. Die Freude ist nicht gespielt, dachte Zigrand verblüfft. Hört die Frau tatsächlich ihre tote Tochter?
»Hallo, mein Mädchen. Schön, daß du da bist«, rief die Mutter selbstvergessen. In diesem Moment waren ihr die Kameras gleichgültig.
»Mama, Ewald, ich grüße euch!«
Der Oszillograph verwandelte die empfangenen Sätze in grelle Zacken, registrierte die gehauchten Worte wie ein Seismograph das leise Beben der Erde.

Es muß für die Jenseitigen anstrengend sein, sich auf diese Weise verständlich zu machen, überlegte Franziska. Sie wußte, daß es auf der anderen Seite Gruppen gab, die sich um die Kommunikation mit der materiellen Ebene des Bewußtseins bemühten. Kontakte wie dieser kamen nicht unvorbereitet zustande.

»Wir werden nach der Aufzeichnung die leisen Stimmen aus dem starken Hintergrundrauschen herausfiltern. In der Wiederholung sind sie auch für ungeübte Ohren verständlich«, versprach Jaeger.

»Astrid ist auch hier!« Da war wieder eine deutliche Stimme, die von den Anwesenden sofort verstanden wurde.

»Astrid ist meine Schwester, die nach einer Gehirnhautentzündung in geistiger Umnachtung gestorben ist«, erklärte Frau Kaufmann. »Sie gehört im Jenseits zum Kreis um Sylvia. Astrid ist völlig gesund und hat sich schon oft bei mir gemeldet.«

»Es gibt immer wieder Aussagen, daß kranke Menschen – auch geistig Behinderte – ihre Gebrechen nicht mit hinübernehmen«, ergänzte Professor Kleber. »Mit ihrem Körper sind sie von jedem irdischen Ballast befreit. Sie sind im besten Sinne neu geboren.«

Wieder knackte es im Lautsprecher. Eine männlich klingende Stimme schnarrte: »HELFEN FÜR KONTAKTBRÜCKE.«

Ohne erkennbaren Abstand folgte die von Evelyn Kaufmann identifizierte Stimme der verunglückten Sylvia: »MAMA, SENDE MEINE LIEBE!«

Glücklich lächelnd lehnte sich die Frau an die Schulter des Physikers. Professor Kleber nahm sie freundschaftlich in den Arm. »Ich sende dir auch meine Liebe«, antwortete sie spontan. Ihre Freude war ehrlich.

»Gibt es etwas, was ihr uns mitteilen wollt?« fragte Jaeger. Die Anspannung der letzten Minuten war von ihm abgefallen.

»SAGT ALLEN MENSCHEN, DASS WIR LEBEN.«
Da war er, der entscheidende Satz, auf den Franziska ungeduldig gewartet hatte. Er kam von einer tiefen männlichen Stimme. Für Franziska war diese Aussage so etwas wie ein Fanal, ein Bekenntnis zur ewigen Existenz. Stefan mußte damit restlos von einem Weiterleben nach dem Tode überzeugt sein.
»Wer war das? Er soll sich doch zu erkennen geben«, rief Franziska laut. »Wer bist du, der du so wunderbare Dinge sagst?«
Die Experimentatoren schauten irritiert zu ihr. Diese heftige Reaktion hatten sie von Franziska nicht erwartet.
»Eine tolle Show«, begeisterte sich Wesseling in der Regie. »Wenn das alles nicht getürkt ist, finde ich es sogar sensationell. Dann sende ich es auch.«
Auf dem Bildschirm sagte Professor Kleber versonnen lächelnd: »Es ist wirklich erstaunlich, daß solche Aussagen in letzter Zeit immer häufiger kommen. Die andere Seite scheint großes Interesse daran zu haben, auf sich aufmerksam zu machen. Ich denke, solche Informationen gehören zu einer Evolution unseres Bewußtseins. Was wir hier erleben, ist ein Quantensprung des Wissens. Die Zeit scheint gekommen, in der der Tod seinen Schrecken verlieren wird. Die Beweise häufen sich, daß es den von vielen meiner Kollegen vermuteten Hyperraum wirklich gibt. Vielleicht ist er sogar identisch mit dem Jenseits der Theologen.«
Zigrand spürte ein körperliches Unwohlsein, das er nur mühsam beherrschte. Was redet der da eigentlich? Muß ich wirklich umdenken? Und mit mir die Kollegen und die Leser und überhaupt wir alle, die wir ständig den Gedanken an den Tod verdrängen? Melden sich da wirklich die Verstorbenen? Und wird es eines Tages einen unwiderlegbaren Beweis für ein Leben nach dem Leben geben?
Der Satz aus dem Lautsprecher war wie eine Antwort auf

Zigrands Überlegungen: »WIR BRAUCHEN EUREN KONTAKT.« Der unbekannte Sprecher blieb seltsam unbeteiligt.
»Das Kontaktfeld steht«, begeisterte sich Jaeger.
»Warum sind diese Kontakte so wichtig für euch?« wollte Evelyn Kaufmann wissen.
Doch die erhoffte Antwort blieb aus. Minutenlang kam kein Geräusch aus den Lautsprechern. Auch das seltsame Hintergrundrauschen war verschwunden.
Zigrand trommelte nervös auf das Regiepult. Er hatte Mühe, seine Ergriffenheit zu verbergen. Wieder einmal merkte er, daß es in einem Journalistenleben nicht immer leicht ist, die nötige Distanz zum Thema zu wahren: »Immer dabeisein – nie dazugehören«, war sein beruflicher Leitsatz. Er spürte verärgert, wie sich die Grenzen zu verwischen begannen.
»Sie sollen ihre Namen nennen«, knurrte er. Wenn sich die fremden Stimmen identifizieren ließen, könnte man die dazugehörigen Personen ausfindig machen, ihren Lebensweg verfolgen, Verwandte und Bekannte aufspüren und vor allem feststellen, ob sie wirklich tot waren. Erst dann würde eine solche Story authentisch.
»VERGESST UNS NICHT.«
Da war wieder die Stimme. Doch war es keine Antwort auf Evelyns Frage, dachte Franziska. Die Aussage aber war wichtig, zieht sie sich doch durch die Botschaften aller Religionen: Die Verstorbenen erhoffen ein liebevolles Gedenken, als Nicht-Tote bestehen sie auf ihrer Lebendigkeit.
»Wir wissen, daß das Leben bei euch weitergeht«, sprach Evelyn in den Raum hinein. »Aber dieser Versuch wird für das Fernsehen aufgezeichnet und ist dazu bestimmt, andere davon zu überzeugen. Habt ihr deshalb eine Botschaft für alle Menschen?«
»FRIEDE DURCH ERKENNTNIS UND LIEBE.« Der Satz rauschte

herein wie ein plötzlicher Windstoß durch ein weitgeöffnetes Fenster.
Es wird ja immer schöner, grübelte Zigrand. Jetzt fangen sie auch noch an zu philosophieren.
Liebe - dieses magische Wort - ist der Sinn und das Ziel unserer Existenz. Franziska hätte am liebsten einen Luftsprung gemacht.
»MAMA, DEINE LIEBE ZU MIR IST FÜR MICH EINE GROSSE HILFE.«
Die Kameraleute zeigten das Gesicht der Mutter in Großaufnahme. Sie lachte, während ihr die Tränen über die Wangen liefen.
»Erfahrungsgemäß wird dieser Kommunikationskanal nach zehn oder fünfzehn kurzen Passagen wieder geschlossen«, kommentierte Professor Kleber ohne sichtbare Gemütsbewegung. »Fast immer mit einem kurzen, mechanisch gesprochenen ›Kontaktende‹.« Er drehte verwundert den Kopf. »Hören Sie es auch?«
Niemand von den Umstehenden antwortete.
Da war eine leise Musik. Ein kurzes, einfaches Stück. Die schlichten Intervalle einer Flöte. Zigrand begann zu schwitzen. Das darf doch nicht wahr sein, dachte er, als er in den wenigen Takten das hilflose Bemühen erkannte, den »Blumenwalzer« zu interpretieren.
Die Kameraleute nahmen ihre Kopfhörer ab. Die seltsame Musik schwebte durch das Studio wie ein verirrter Vogel. Kam sie aus der Dimension jener geisterhaften Stimmen, die dort aus den Lautsprecher tönten?
»WIR MACHEN MUSIK UND SPIELEN.«
Die Worte kamen schnell, ohne Pause, als stünde die Sprecherin unter dem Diktat der Zeit. War es Sylvia, das verunglückte Mädchen, das im Jenseits auf der Flöte für ihre auf der Erde zurückgebliebene Mutter ein Ständchen spielte? Zigrand blickte irritiert zu Wesseling.

»Ich bin für diese Schnulze nicht verantwortlich«, sagte der Produzent hilflos. »Text und Musik sind nicht von mir.«
»Wir machen Musik und spielen.«
Evelyn Kaufmanns Augen füllten sich mit Tränen. Sie hatte keinen Zweifel. Die Botschaft stammte von ihrer über alles geliebten Sylvia, deren leblosen Körper sie einst in den Armen gehalten hatte.
Wie zur Bestätigung schnarrte es wieder aus den Apparaten: »Das Kind spielt für die Mutter!«
Als würde ein Dakapo gefordert, eine letzte große Verbeugung vor den betroffen lauschenden Menschen in dem sachlich kühlen Fernsehstudio, tönte nochmals die schnarrende Stimme: »Wir sind alle glücklich hier!«
Die Musik verebbte leise wie ein klarer Bergbach, der in einer Wiese versickert. Die unmittelbar darauf folgende Frauenstimme klang unbeteiligt, künstlich und fremd, so als käme sie aus einem Computer. »Muss Schluss machen. Kontaktfeld zu Ende.«
Eine männliche Stimme bestätigte knapp: »Kontakt Ende.«
»Ich bin sicher, meine Tochter hat mir ein Ständchen gebracht«, jubelte Evelyn Kaufmann. »Sie war schon zu ihren Lebzeiten hier bei uns eine begeisterte Flötenspielerin.«
Glücklich umarmte sie den hilflos dastehenden Ewald Jaeger, küßte Professor Kleber auf die Wangen und ging zu Franziska. Die beiden Frauen drückten sich freundschaftlich aneinander und lachten sich an. Die Aufführung war beendet, der Vorhang hatte sich geschlossen.
Stefan Zigrand verstand zwar die Begeisterung im Studio, konnte aber sein Mißtrauen noch immer nicht überwinden. War alles ein abgekartetes Spiel zwischen Evelyn Kaufmann, Jaeger und Kleber, in das die ahnungslose

Franziska mit hineingezogen wurde? Wer sollte mit diesem relativ großen Aufwand getäuscht werden? Und zu welchem Zweck?
Jaeger schaltete seine Infrarot-Anlage ab, doch Wesseling ließ das MAZ-Band weiterlaufen. Vielleicht konnte er ja noch eine verräterische Bemerkung aufzeichnen oder eine bisher versteckte technische Manipulation an den Geräten entdecken.
Evelyn Kaufmann brachte noch einmal eigene Erfahrungen ein. »Meine Tochter hat über das Tonband zu mir gesagt: ›Habe neue und andere Sinne hier‹! Doch als ich um nähere Erklärung bat, sagte sie mir glatt: ›Du würdest es nicht verstehen.‹«
»Ich möchte noch einen Satz zum Abschluß zitieren, der ebenfalls aus einem Tonbandstimmen-Protokoll stammt«, ergänzte Professor Kleber. »Er lautet: ENERGIE IST LIEBE UND LIEBE IST ENERGIE!«
»Schluß jetzt«, knurrte Wesseling am Regiepult und blendete das Bild aus. »Da haben wir eine Menge Holz zum Hacken!«
Die Kameraleute schalteten ihre Geräte ab und bildeten mit den Kabelhilfen und den Toningenieuren einen Kreis um Jaeger. Ihre zahlreichen Fragen galten der Funktion der einzelnen Geräte, ihrer Konstruktion und deren Interaktion zueinander. Die Tatsache, daß aus diesen Apparaturen längst verstorbene Menschen sprechen sollten, war für die Umstehenden schwer zu begreifen.
»Kannten Sie diese Leute zu ihren Lebzeiten?« wollte ein Kameramann wissen.
»Nein«, antwortete Jaeger. »Anfangs war mir auch Sylvia unbekannt, die sich schon sehr früh bei mir meldete. Zufällig habe ich dann ihre Mutter kennengelernt und erfuhr die Lebensgeschichte dieses Mädchens und Einzelheiten über ihren Tod. «

»Können Sie jeden Verstorbenen erreichen?« fragte ein Student, der bei der Produktion als Kabelhelfer arbeitete.
»Leider nein«, gab Jaeger zu. »Ich weiß auch nicht, warum das so ist.«
»Würden Sie die Anlage von einem technischen Institut untersuchen lassen?« erkundigte sich einer der Toningenieure, der sich vor der Aufzeichnung auf Bitten von Wesseling die Apparate genau angesehen hatte. Daß er keine versteckten Geräte entdecken konnte, mit denen vielleicht manipuliert wurde, war für ihn längst kein Beweis für Jaegers Glaubwürdigkeit.
Doch der versuchte die Bedenken zu zerstreuen. »Ich habe schon mehrmals öffentlich angeboten, die Infrarot-Brücken technisch untersuchen zu lassen. Aber es interessiert sich niemand dafür«, sagte er und hob hilflos die Arme.
Der Aufnahmeleiter verteilte Fruchtsaft auf einem Tablett. Zigrand und Wesseling waren inzwischen ins Studio gekommen, ebenso ratlos und verblüfft vom Ablauf des Experimentes wie die Kollegen von der Technik.
Ewald Jaeger lehnte den ihm angebotenen Saft ab und bat um einen Cognac. Die Anspannung wich nur langsam. Vor Fernsehkameras hatte er einen so schwierigen Versuch noch niemals gewagt. Undenkbar, wenn die jenseitigen Freunde ihn dabei im Stich gelassen hätten. Eine Katastrophe! Nicht nur, daß Zigrand keine Reportage geschrieben hätte, auch Jaegers Glaubwürdigkeit bei seinen Freunden wäre gefährdet gewesen.
»Ich werde später die Aufzeichnung abhören und die Jenseits-Stimmen protokollieren«, versprach er. »Das Resultat ist ja mehr als zufriedenstellend.«
»Bei der Endbearbeitung können wir die Stimmen untertiteln«, schlug Wesseling vor. »Damit verdoppeln wir den Effekt. Schrift und Ton zusammen vertiefen die Aussagekraft.«

Franziska war froh. Liebevoll schmiegte sie sich an Stefan, ahnte, wie aufgewühlt er in diesem Moment sein mußte. Alle seine Vorurteile, die mühsam gesammelten Erfahrungen und vor allem sein altes Weltbild mußten zusammengebrochen sein.
»Wie denkst du über das Experiment?« fragte sie ihn.
»Es war nicht uninteressant«, antwortete er ausweichend. »Wir müssen ausführlich darüber sprechen. Es sind noch viele Fragen offen.« Wunder haben bei mir keine Chance, dachte er, und Liebe allein ist kein Argument. Verstört suchte er nach dem verlorenen Gefühl der Zuneigung, sehnte sich nach der Wärme ihrer Umarmungen. War er unfähig geworden, zu lieben? War dies der Preis für ein langes Vagabundenleben, für die vielen unwiederbringlichen Begegnungen mit bedeutenden Menschen, betörenden Landschaften und Stunden der Lust?
»Dem Peter ist übel«, rief unvermittelt ein Kameramann und löste unter den Umstehenden heftige Unruhe aus. Abrupt brach der Kreis um Jaeger seine Gespräche ab, und die Techniker umringten einen jungen Kabelhelfer, der zusammengesunken auf dem Studioboden lag. Einer von ihnen hob den Kopf des jungen Mannes, dessen Gesicht aschfahl geworden war.
Franziska eilte zu ihm, fühlte den Puls und versuchte, Reaktionen in seinen Pupillen festzustellen. Als Heilpraktikerin war sie in Erster Hilfe ausgebildet. Der Junge war leblos. Während der Aufnahmeleiter nach dem Notarzt telefonierte, begann sie, fest und regelmäßig den Brustkorb des Ohnmächtigen zu massieren. Ein Kollege preßte seine Lippen auf Mund und Nase des jungen Mannes, versuchte, ihm wieder Leben zu geben.
Nach einigen Minuten richtete sich Franziska auf. »Wo ist Dr. Steiner?« rief sie laut. Sie wiederholte den Namen

mehrere Male. »Er ist Arzt. Ich habe ihn vorhin noch gesehen.«
Einige der Techniker liefen auf den Flur, um nach ihm zu suchen. Doch auch in der Kantine konnten sie ihn nicht finden.
»Er war hier«, sagte Franziska zu dem verblüfften und gleichzeitig hilflosen Zigrand. »Er hat das Experiment die ganze Zeit über verfolgt.«
»Was ist eigentlich geschehen?« fragte Wesseling seine aufgeregten Kollegen. Als Studioleiter trug er die Verantwortung für seine Mitarbeiter.
»Er hat von dem Orangensaft getrunken und ist plötzlich umgefallen«, antwortete der bärtige Kameramann, der die Mund-zu-Mund-Beatmung inzwischen eingestellt hatte. »Er reagiert nicht.«
Ewald Jaeger, der bisher wortlos das Geschehen beobachtet hatte, wurde bleich. Er begann zu zittern. Evelyn Kaufmann führte ihn zu einem Stuhl. »Es war mein Glas«, sagte er tonlos. »Jemand hat versucht, mich zu vergiften.«
Im Hof tönten die Sirenen des Notarztwagens. Die Sanitäter, die den jungen Mann auf einer Trage nach draußen brachten, hatten ihm eine Atemmaske auf das Gesicht gedrückt. Zusätzlich ließen sie aus einem Tropf ein Herz-Kreislauf-Mittel in seine Venen fließen.
Zigrand schaute ihnen verwirrt nach. Es gab keine Ausreden mehr. Jetzt mußte er die Story schreiben.

FEDJA BILYAKOW

Es lebe der Krieg, o Mütterlein«, sang der Mann mit zitternder Stimme. »Es lebe der Krieg, meine Freunde! Kommt, laßt uns unsere Brüder töten, damit auch ihre Söhne ausziehen, um zu kämpfen.«

Fedja Bilyakow gab sich an diesem Morgen den Anschein, gehörig dem Wodka zugesprochen zu haben. Seit dem Morgen durchwanderte er Moskau, verschlang die Dinge mehr, als daß er sie sah. Sein schwarzer Bart verriet, daß er noch ziemlich jung war, aber die schmalen, eingefallenen Wangen ließen ihn alt und müde erscheinen. Absichtlich hatte er sich unter die Penner gemischt, war in der Menge untergetaucht.

Schwankend ging er die 21 Stufen am Ende der Metrostation »Arbatskaja« hinunter und ließ die drängelnde Menge hinter sich, die eine Duftwolke von Zimt, Knoblauch, Tabak und frischgebackenem Brot ausstieß.

Für viele Moskowiter ist es ein offenes Geheimnis, daß am Ende der belebten Bummelmeile, direkt am Verteidigungsministerium und wenige hundert Meter vom Kreml entfernt, die Ober- auf die Unterwelt trifft. Gewöhnliche U-Bahn-Benutzer dürfen nur den vorderen Zugang zum Bahnhof betreten. Für den hinteren Teil ist ihnen der Zutritt verboten.[21]

Fedja Bilyakow schritt zügig dem geheimen Ausgang zu. Er schaute kurz zurück, um sich zu vergewissern, daß ihn niemand beobachtete, und drückte dann auf eine Kachel in der Wand, die nach hinten klappte und eine Metallplatte freigab. Der Mann legte seine rechte Hand auf die kalte

Oberfläche und nannte seinen Namen. Kurze Zeit später öffnete sich mit einem Summen die Stahltür und ließ ihn ein.
Fedja Bilyakow war nun ein Teil jener verborgenen Leitzentrale der einstigen Supermacht. Auch nach dem Zerfall der Sowjetunion war diese Stadt unter der Stadt nicht geschlossen worden. Gorbatschow hatte entschieden, daß die unterirdischen Bunkeranlagen, Fabriken, Einrichtungen der Armee und der Geheimdienste funktionsfähig bleiben sollten. Seine Nachfolger bezogen das System in ihren politischen Alltag ein. Der Präsident benutzte schon mal seinen – unter Breschnew gefertigten – Luxuswaggon, um bis in die Vorstadtsiedlungen der russischen Führungselite zu fahren, wo er dann von seiner Limousine abgeholt und in die komfortable Regierungsdatscha gebracht wurde.
»Die da oben haben sich immer ihre Spezialwelten geschaffen«, sagte jüngst ein Passant, der nach seiner Meinung gefragt worden war, im Fernsehen. »Spezielle Siedlungen, spezielle Krankenhäuser, spezielle Läden. Warum nicht eine eigene Metro?«
Bilyakow mußte an ihn denken, als er jetzt als einziger Passagier in einen Zug einstieg, der sich äußerlich in nichts von den gewöhnlichen U-Bahnen unterschied, die täglich Tausende von Werktätigen transportieren.
Der Zug fuhr wieder an, und der einsame Fahrgast sah auf der Wölbung über der Tür die Streckenkarte. Die einzelnen Stationen waren mit blauen Ziffern gekennzeichnet.
Die unter Stalin begonnene geheime Metro war zur »Unterstützung der Arbeit des Zentralkomitees der KPdSU« bestimmt gewesen, wird jedoch unaufhörlich ausgebaut. Jeder der 8500 Beschäftigten ist zu absoluter Geheimhaltung verpflichtet, wußte Bilyakow. Er setzte sich nicht, sondern hielt sich an einer der Halteschlaufen fest, während die schallgedämpfte Metro durch die unterirdische Welt rauschte. Mit-

unter folgte sie auf separaten Gleisen herkömmlichen Linien, zuweilen gab es auch eine eigene Streckenführung.
Als eine blaue Fünf in der Tunnelröhre aufleuchtete, gab er über einen Halteknopf dem Lokführer ein Zeichen und stieg aus. Fedja Bilyakow war stocknüchtern und aufs höchste gespannt, als er wenig später in einem weißgetünchten Raum saß und auf eine Leinwand blickte. Langsam erlosch das grelle Licht und der ehemalige Geheimagent blickte in das strenge Gesicht eines Mannes in mittleren Jahren, das ihn von der Leinwand ansah.
»Er heißt Ewald Jaeger«, sagte die Stimme aus dem Lautsprecher. »Unsere Auftraggeber mögen ihn nicht. Lassen Sie sich Zeit, bis Sie von uns endgültige Befehle erhalten. Nach erfolgtem Abschluß der ›Operation Blumenwalzer‹ erhalten Sie fünfzigtausend Dollar in kleinen Scheinen. Der Mann ist Zivilist, lebt in Krefeld und ist nicht bewaffnet.«
Es folgten etwa 20 Dias, die Jaeger in den verschiedensten Situationen zeigten: beim Einsteigen ins Auto, während des Einkaufs im Supermarkt, mit seiner Tochter auf dem Spielplatz. Auch das Labor war zu sehen.
Bilyakow stellte keine Fragen. Ihm war bekannt, daß er bei Akzeptanz des Auftrages nähere Instruktionen erhalten würde. Der Einsatz schien ihm wenig kompliziert, hatte er doch jahrelang als KGB-Agent in der Deutschen Demokratischen Republik gearbeitet und von dort aus auch mehrmals West-Berlin, Bonn und Köln besucht. Er sprach perfekt Deutsch und wußte den Komfort des Landes zu schätzen. Nach Auflösung seiner KGB-Einheit war der Ukrainer von der »Speznas«-Sondermiliz ausgebildet worden, hatte dann aber aus noch ungeklärten Gründen abgemustert. Kurz danach war er wegen Vergewaltigung erstmals verhaftet worden. Es gelang ihm die Flucht aus dem Gerichtsgebäude. Wieder eingefangen, brach er erneut aus einer Sträflingskolonie an der Wolga aus.

»Prägen Sie sich folgende Gesichter aus dem Umfeld der Zielperson ein«, befahl die Stimme. »Noch ist über sie nicht entschieden.«
Nacheinander erschienen auf der Leinwand die Porträts freundlicher, zufriedener Menschen. Momentaufnahmen aus einem unbeschwerten Leben.
»Evelyn Kaufmann!«
»Franziska Berg!«
»Professor Erich Kleber!«
Die Bilder waren mit Teleobjektiven aus einem Versteck gemacht worden. Harmlose Bürger, die ihren Verrichtungen nachgingen. Wer immer sie waren, mit den ehemaligen Gegnern aus den Zeiten des kalten Krieges hatten sie nichts gemein.
»Sie werden in Deutschland von unseren Kontaktpersonen in Ihr Zielgebiet eingeführt, Genosse Bilyakow«, sagte der Mann aus dem Lautsprecher. »Sie bleiben für die ›Operation Blumenwalzer‹ so lange untergetaucht, bis Sie den Befehl zur Ausführung bekommen. Es ist ohnehin besser, wenn Sie sich im Moment nicht in Rußland aufhalten. Sie verstehen?«
Der Mann nickte stumm. Er wußte, daß jede seiner Reaktionen mit versteckten Kameras auf Monitore übertragen und aufgezeichnet wurde. Es waren die alten Methoden.
»Nehmen Sie den Auftrag an?«
»Ich nehme den Auftrag an«, entschied er ohne zu zögern. Die größte Schwierigkeit würde sein, Moskau unbehelligt zu verlassen. Jeder, der den Mann mit dem Allerweltsgesicht erkannte, konnte sich eine Belohnung verdienen. Mit Steckbriefen, Razzien auf Bahnhöfen und an Stadtausfahrten sowie dem Einsatz einer Sonderkommission machte die russische Miliz Jagd auf Fedja Bilyakow, einen der gefürchtetsten Berufskiller Rußlands, der in der Nacht zuvor aus dem Moskauer Untersuchungsgefängnis »Matro-

senstille« ausgebrochen war. Die Umstände der Flucht hatten in der russischen Presse bereits zu heftigen Spekulationen geführt. Die Haftanstalt, in der einst auch die gescheiterten Putschisten gegen den damaligen Staatschef Michail Gorbatschow einsaßen, galt als eines der sichersten Gefängnisse Rußlands. Offenkundig hatte einer der Wächter dem Killer die Türen geöffnet. Der Schließer, vermutete die Zeitung »Kommersant Daily«, sei zuvor von der Mafia in die Wachmannschaft eingeschleust worden.

Die spektakuläre Flucht über die Gefängnismauer, durch einen ebenfalls verschwundenen uniformierten Wärter ermöglicht, hatte der russischen Bevölkerung einmal mehr die Hilflosigkeit ihrer Rechtsschutzorgane vor Augen geführt.

»Stehen Sie nun auf und gehen Sie durch die Tür mit der Nummer Zwei«, sagte die Lautsprecherstimme. Bilyakow folgte gehorsam. Er betrat einen weiteren Raum, der nur mit einem Tisch, einem Stuhl und einem Schrank ausgestattet war. Darin fand er zwei westliche Designer-Anzüge, Hemden, Schuhe, Unterwäsche und Kosmetikartikel.

»Bitte quittieren Sie den Erhalt«, befahl die Stimme, die ihm gefolgt war.

»Die alten KGB-Bürokraten«, dachte der Exagent grimmig, als er den Zettel unterschrieb. Immer noch mußte alles seine Ordnung haben, während draußen das Land im Chaos versank.

Auf dem Tisch fand er ein brauchbares Arsenal Miniwaffen aus den Geheimlabors seiner ehemaligen Einheit: schnell wirksame Giftkapseln, eine Minipistole mit Schalldämpfer, Injektionsspritzen, eine winzige Fernsteuerung zum Zünden von Bomben und ein mit Sprengstoff präpariertes tragbares Telefon.

»Sie können wählen, Fedja Bilyakow«, sagte die Lautsprecherstimme in verbindlichem Ton. »Nachdem Sie schon mehrmals mit der Handy-Methode Erfolg hatten, raten wir Ihnen auch diesmal dazu. Sie hat den Vorteil, in Deutschland relativ unbekannt zu sein. Außerdem ist Ihre erste Zielperson Handy-Besitzer.«

Fedja Bilyakow hatte diese Methode zusammen mit Technikern der »Speznas« noch während der Perestroika entwickelt: Weil jedes Mobiltelefon Radiosignale aussendet, gerät sein Besitzer schnell ins Fadenkreuz professioneller Fahnder. Über Funk wird sein Handy gestört, so daß er glaubt, es sei defekt. Ein Strohmann nimmt es zur Reparatur und tauscht es gegen ein präpariertes Leihgerät aus – mit einer Mini-Bombe in der Ohrmuschel. Wenig später ruft der Killer sein Opfer an und läßt die Stimme von einem Kleincomputer identifizieren. Ist es die gesuchte Zielperson, wird der Sprengstoff per Funk gezündet.

Inzwischen töten auf diese Weise gedungene Mörder im Auftrag der russischen Mafia unliebsame Bankiers, Geschäftsleute, Journalisten und Politiker. Wen wundert es, daß nur noch wenige Emporkömmlinge mit einem Handy in Moskaus Straßen zu sehen sind. Nur Ausländer benutzen es noch, weil sie ohne das technische Wunderding kaum eine Chance hätten, ungestört zu telefonieren.

Nachdem Bilyakow ein paar der unvermeidlichen Formalitäten erledigt und die Telefonnummer seiner deutschen Kontaktperson auswendig gelernt hatte, verließ er das Gebäude. Als modisch gekleideter Herr mit kurzen dunklen Haaren und frisch rasiertem Gesicht tauchte er kurze Zeit später an der Metrostation »Arbatskaja« im Getümmel des Moskauer Feierabendverkehrs unter. Auffällig war nur der große Alluminiumkoffer, an dem er schwer zu tragen schien. Darin befanden sich lediglich die persönlichen Sachen des Killers. Die Instrumente zum Töten würden auf sicheren Wegen und unter Umgehung von Grenzbehörden zum Zielort gebracht werden. Viele der alten Seilschaften

funktionierten noch, auch wenn sie jetzt anderen Herren dienten.
Um 19.50 Uhr verließ die Lufthansamaschine LH 3211 den Moskauer Flughafen Scheremetjewo, um nach einer weiten Kurve über die erleuchtete Hauptstadt Kurs Richtung Westen zu nehmen. Der Passagier auf Platz A in Reihe 7 ließ sich einen Whisky servieren und wartete auf das Abendessen. Während er in der »Frankfurter Allgemeinen Zeitung« blätterte und zufällig auf einen Artikel über das westsibirische Erdölzentrum Tjumen stieß, dachte er kurz und ohne Bedauern an die dunklen, wenig erstaunten, dafür um so traurigeren Augen von Maxim Gurjakoff, den er dort vor ein paar Wochen erschossen hatte.

Vergissmeinnicht

Trau deinen Augen nicht.
Was sie dir zeigen,
es ist nur Begrenztheit.
Trau deinem Verstand,
hebe ins Bewußtsein,
was in dir ist, und du
wirst wissen und fliegen.

Aus: »Die Möwe Jonathan«
Richard Bach

Ein Fluß gehört zu einer Großstadt. Er setzt ihr die Akzente des Beständigen; an seinen Ufern ruht die Stadt aus, spiegeln sich Türme, Brücken und Wolkenkratzer in der Unergründlichkeit des Wassers. Die schmale Parkanlage mit den gefälligen Bänken zwischen Untermain- und Friedensbrücke nennen die Frankfurter das Nizza, weil sich dort, wie an der Côte d'Azur, der Frühling stets besonders früh zeigt und es immer ein wenig wärmer ist als zwischen der Häuserschluchten der Innenstadt.

Mandel- und Magnolienbäume säumten das Flußufer. Die Äste standen in üppiger Blüte, und die Wege waren von Blütenblättern gesprenkelt. Eine Großstadt ist eben nicht nur ein Meer der Steine, der zyklopenhaft getürmten Riesenbauten. Manchmal ist alles märchenhaft optimistisch, sonnendurchwirkt und blumenbekränzt.

Der Nachmittag war mild und angenehm, und in den gelben Forsythiensträuchern lärmten die Spatzen. Franziska dachte an ein Gedicht von Erich Kästner, das sie so liebte: »Besagter Lenz ist da.« Sie hatte es auswendig gelernt, weil sie die Bilder darin so mochte: »Die Bäume räkeln sich. Die Fenster staunen. Die Luft ist weich, als wäre sie aus Daunen.«[22] An den zahlreichen Stauden hatten sich die Blätter entrollt wie kleine grüne Fahnen, und zu beiden Seiten des Weges schoben sich frische Sprößlinge durch das Gestrüpp des Vorjahres.

Stefan Zigrand saß unweit der bronzenen Sonnenuhr auf einer Bank und sah Franziska in ihrem weißen Kunstfellmantel mit den goldglänzenden Metallknöpfen schon von weitem.

»Hast du auf mich gewartet?« fragte sie kokett, als sie auf seiner Höhe angekommen war.

»Ein Leben lang«, antwortete Zigrand und wußte selbst nicht, ob er es ernst meinte. Sollte er ihr nicht endlich sagen, daß er sie liebte?

»›Es ist zwar jedes Jahr dieselbe Sache‹«, zitierte Franziska. »›Doch es ist immer wie zum ersten Mal.‹«

»Hübsch«, flachste er. »Von dir?«

»Nein, von Erich Kästner«, gab Franziska zurück. »Du müßtest ihn kennen. Deine Generation.«

Hand in Hand gingen sie weiter. Franziska entdeckte eine Gruppe von Vergißmeinnicht, und sie knieten sich nieder, um die hellblauen Blumen genauer anzusehen.

»Vielleicht sind sie ein gutes Omen«, sagte Franziska leise. Sie zog die Hand aus der seinen. Eine Möwe stieß aus den Wolken und ließ sich auf dem Geländer am Ufer nieder.

»Jonathan«, stellte Franziska das Tier vor. »Die Möwe, die den Himmel berührte und dabei das Wunder erfuhr.«

»Ich kenne das Lied von Neil Diamond.« Zigrand nickte zustimmend. »Eine schöne Ballade.«

»Weißt du eigentlich, daß dieser Vogel eine Seele in einem Tierkörper ist, so wie wir Seelen in Menschenkörpern sind?« fragte Franziska unvermittelt und gab

sich gleich selbst die Antwort. »Natürlich weißt du es nicht!«
Stefan kannte Franziska noch nicht lange genug um zu wissen, ob sie es ernst meinte oder ihn nur herausfordern wollte.
»Du lebst bestimmt nach dem alten Motto: Hier die Menschen, dort die Tiere. Ich betrachte Pflanzen, Tiere, Steine, Wasser, Luft, ja alles, war wir wahrnehmen als etwas Ganzheitliches. Wir alle wirken zusammen wie die Musiker eines großen Orchesters und spielen die gleiche Musik. Eine Symphonie, die sich über Jahrtausende immer neu entfaltet.«
»Nach den deutschen Gesetzbüchern sind Tiere eine Sache, und nach den Lehren der katholischen Kirche haben sie noch nicht einmal eine Seele«, warf Zigrand ein. Sie waren stehengeblieben und sahen der Möwe ins Gesicht. Auch das Tier beobachtete sie aufmerksam.
»Zum Glück gab es zu allen Zeiten viele Menschen, die ihre Mitgeschöpfe respektierten und als spirituelle Brüder und Schwestern ansahen«, sagte Franziska ernst. »Denke nur an meinen Namensvetter Franz von Assisi, an Albert Schweitzer oder Mahatma Gandhi, die stets gegen den Mißbrauch und die Grausamkeiten gegenüber Tieren kämpften.«
Franziska, Stefan und die Möwe bildeten jetzt ein Dreieck, so daß es schien, als ob der Vogel in das Gespräch mit einbezogen wurde.
»Die meisten von uns halten diejenigen Tiere für intelligent und liebenswert, die in ihrem Verhalten den Menschen am nächsten kommen«, setzte Franziska die Unterhaltung fort. »Schimpansen und Delphine werden deshalb besonders geschätzt. Andere Tiere wie Spinnen oder Insekten gelten als minderwertig.«[23]
Die Möwe trat von einem Bein auf das andere, schaute

noch einmal versonnen auf die beiden Menschen und erhob sich mit elegantem Flügelschlag in die Luft.

»Vor kurzem staunten die Fernsehzuschauer aus der ganzen Welt über eine Gorillafrau in einem amerikanischen Zoo, die einen kleinen Jungen beschützte, der in das Freigehege gefallen war. Sie trug das bewußtlose Kind zum Ausgang, wo es von den Wärtern in Empfang genommen wurde«, erzählte Franziska. »Tage später erhielt die Affendame Geschenke und Briefe. Sie war zu einer Botschafterin des besseren Verständnisses für Tiere geworden.«

»Ihr angeborenes mütterliches Verhalten regte sie zu dieser Tat an«, widersprach Zigrand. »Sie handelte ganz sicher nicht aus Liebe zum Menschen.«

»Ich kenne die Argumente«, antwortete Franziska ernsthaft. »Aber auch in der Verhaltensforschung bahnt sich ein Umdenken an. Die Erkenntnisse darüber häufen sich, daß Tiere eine reiche Gefühlswelt, Intelligenz und ein Bewußtsein besitzen, das weit über ihr artentypisches Verhalten hinausgeht.«

»Jawohl, Frau Doktor«, reagierte der Reporter ironisch. »Du bist einfach nicht zu überzeugen.«

»Doch, durch Tatsachen, du störrischer Esel«, lachte sie. »Und was ich dir da sage, ist nachprüfbar!«

»Es lebe das Informationszeitalter«, knurrte Zigrand. »Die Welt ist nicht mehr überschaubar. Wir haben es tagtäglich mit sich total widersprechenden Aussagen zu tun.«

»Übrigens, mein lieber Stefan«, sagte Franziska sanft und ihre Augen strahlten. »Auch Tiere sterben nicht wirklich.«

Dabei kuschelte sie sich eng an ihn. Ihre Gesichter berührten sich und sie spürten die Wärme ihrer Haut.

»Wenn eine Baum gefällt oder ein Weizenhalm gemäht wird, so existiert er auf der feinstofflichen Ebene weiter«, versuchte Franziska ihrem verblüfften Geliebten deutlich

zu machen. »Dabei folgen sie dem ewigen Gesetz der Veränderung. Genau wie du und ich existieren sie im Unendlichen.«
»Eine gräßliche Vorstellung«, widersprach er. »Wenn ich tot bin, will ich meine Ruhe haben und nicht noch auf einer jenseitigen grünen Wiese herumhüpfen.«
Das Paar hatte das »Interconti« erreicht. Der Fahrstuhl brachte sie auf ihr Zimmer im obersten Stock des Hotels, von dem aus sie den Main und das gegenüberliegende Museumsufer sahen. Auf dem Sachsenhäuser Berg besaß Zigrand ein geräumiges Appartement, doch er hatte es vorgezogen, sich mit Franziska in der anonymen Behaglichkeit eines komfortablen Hotelzimmers einzunisten.
»Ich werde lesen und denken und auf dich warten, so wie die Königin auf ihren Gemahl, der in die Fremde gezogen ist«, antwortete Franziska auf seine Frage, wie sie die schrecklich lange Zeit ohne ihn aushalten werde.
Stefan Zigrand fuhr mit dem Taxi zu seiner Redaktion. Eilig durchquerte er das helle Foyer. An einer Wand waren in goldenen Lettern die Standesregeln seines Berufs in den weißen Rauhputz geschlagen: »Mehr als das Gold hat das Blei die Welt verändert, und mehr als das Blei in der Flinte das Blei aus dem Setzkasten.«
Eine Huldigung an den alten Gutenberg. Längst werden Nachrichten elektronisch erfaßt. Die bleiernen Buchstaben aus den Setzmaschinen haben ausgedient. Für ein paar Sekunden dachte Zigrand an die großen Säle mit den Männern in ihren ledernen Schürzen, Metteure, mit denen er Abend für Abend an den wuchtigen Metallrahmen den Umbruch für die neue Zeitung gemacht hatte. Seite für Seite. Und nicht immer war so viel Satz da gewesen, wie gebraucht wurde. Dann hatten er und seine Kollegen auf den nassen Fahnen mit dem Bleistift einfach ein paar Zeilen angehängt – oder auch gestrichen, wenn ein Artikel zu lang

geworden war. Die Mühen mit der Schwarzen Kunst wurden stets mit ein paar Flaschen Bier aus der Kantine belohnt.
»Hallo, Herr Zigrand«, lächelte die rotblonde Frau an der Rezeption. »Lange nicht gesehen.«
Der schmale Gang zu seinem Zimmer schien ihm merkwürdig fremd. Der Entdecker einer unwirklichen Welt war zurückgekehrt in den Alltag seines kleinen Büros mit dem Schreibtisch am Fenster und der müden Stechpalme davor. Er blätterte in der Postmappe und schob den Stapel Zeitungen und Zeitschriften zur Seite. Im bläulichen Licht seines Computerbildschirms fahndete er nach E-Mail. Leserzuschriften, Kollegenanfragen, der übliche Datenschrott wanderte erst einmal in die Dateiablage. Er würde es später in Ruhe lesen.
Aus dem braunen Aktenkoffer nahm er die Diskette seines Laptops und überspielte die Aufzeichnungen der letzten Tage auf die Festplatte des PC. Mit einem Tastendruck aktivierte er die Verbindung zu seinem elektronischen Fach im hauseigenen Archiv.
»Material zu thanatologischen Forschungsergebnissen«, las er auf dem Bildschirm. Die Menge konnte er an dessen linken unteren Rand ablesen: 83 Seiten Auszüge aus Zeitungen, Zeitschriften und internationalen Magazinen. »Visions of life after death - The ultimate mystery«, hatte das amerikanische Magazin »Life« seine Titelstory aufgemacht. Der »Spiegel« berichtete gleich in mehreren Folgen über Erlebnisse im Grenzbereich des Todes. Auch auf den weltumspannenden Datenbahnen des Internet war das Thema häufig vertreten. Endlos verbreiteten sich Experimentatoren, Kommentatoren und Spaßmacher über *spirit voices*. »This work is of great importance, not only to our present society, but also to the countless generations yet to come«, las er.[24]

In Neuss kamen 2000 Besucher zu einem Kongreß »Leben nach dem Tod«, und Tausende zog es jeden Herbst in die Basler Mustermesse, weil dort Wissenschaftler und Laien über den Tod und das Leben danach debattierten.
Zigrand griff zum Telefon.
»Hallo, Franz«, sagte er, als sich Berger meldete. »Ich bin wieder im Lande.«
»Zurück aus dem Hades«, lästerte der Kollege, der als Chef vom Dienst den Überblick über die in Vorbereitung befindlichen Themen hatte. »War es wenigstens schön im Jenseits?«
Ohne auf die Flachsereien einzugehen, bestand Zigrand auf einem möglichst baldigen gemeinsamen Termin beim Chefredakteur.
»Ich will sehen, was sich machen läßt«, brummte Berger. »Deine Toten können wohl nicht warten?«

Wildrosenduft

Noch rufen von drüben
die Stimmen der Geister,
die Stimmen der Meister:
Versäumt nicht zu üben
die Kräfte des Guten.

Johann Wolfgang von Goethe

Die meisten Menschen vergeuden viel zuviel Zeit damit, unglücklich zu sein, überlegte Franziska. Sie verstrikken sich in Gedanken an ihre Vergangenheit, die ohnehin nicht mehr verändert werden kann, bemitleiden sich oder erwarten Mitleid von anderen.

In den flauschigen Hotelbademantel gehüllt, die nackten Füße auf einen der Sessel gelegt, lauschte sie dem Rauschen des Badewassers, das langsam die Wanne füllte. Ein Hauch von Wildrosenöl wurde vom Luftbefeuchter im Zimmer verteilt. Franziska wählte die Nummer des Zimmerservice, um sich ein Clubsandwich zu bestellen. Dabei sah sie auf die alten Bürgerhäuser und die würdigen Fassaden der Museen am gegenüberliegenden Mainufer. Im Städel hing das berühmte Bild des jungen Goethe, behaglich ausgestreckt auf einem Hügel in der Campagna, zu der er sich mehr hingezogen fühlte als zu seiner Heimatstadt Frankfurt. Von hier war er den Fluß entlang in Richtung Offenbach gewandert, um sich mit Lili Schönemann zu treffen, seiner ersten und einzigen Verlobten. Als Geheimrat und längst berühmt, zog es ihn wieder an den Main. In der Gerbermühle gab es manch heimliches Stelldichein mit der jungen Marianne von Willemer, der Frau des alten Bankiers und Freundes. Unsterblich wurde sie, das »verlorene schöne Kind«, weil der Dichter sie in eine seiner Figuren verwandelte, die Suleika aus dem »West-östlichen Diwan«.

Franziska kannte ihren Goethe, seitdem sie als Zwölfjährige gebannt im Düsseldorfer Schauspielhaus den »Faust« gesehen hatte, der dem Teufel seine Seele verpfändet. Heute nachmittag waren sie im Geburtshaus des Dichters am Großen Hirschgraben gewesen, und Stefan hatte sich gewundert, wie umfangreich Franziskas Wissen über das metaphysische Denken Goethes war.[25]

Im Südosten ragte das klobige Silo einer Brauerei in den sich langsam verfärbenden Himmel. Wie von einer unsichtbaren Schnur gezogen reihten sich die in der Abendsonne glitzernden Flugzeuge zur Landung auf dem nahen Flughafen ein. Dort war ein paar Stunden zuvor mit einer Maschine aus Moskau ein Mann eingetroffen, der ungewöhnlich rasch die Zollkontrolle passieren konnte und mit dem Taxi in den Ziegelhüttenweg gefahren war, wo er in einer unscheinbaren Pension Quartier bezog. Er verließ das Haus erst am darauffolgenden Nachmittag, um sich am Goetheturm mit einem Menschen zu treffen, den er nicht kannte, den er nie wieder treffen sollte und der ihm die Details seines Auftrages erklären würde.

Franziska wollte die Zeit mit Stefan gerne verlängern, diese Augenblicke der Fülle, in denen sie spürte, daß sie lebte. Dennoch würde sie unbeirrt ihrem selbstgewählten Weg folgen, Kranken, Verzweifelten und Sterbenden Rat, Trost und Hilfe anzubieten. Bald schon mußte sie nach Köln fahren, um einem kleinen Jungen beizustehen, der an der seltenen Krankheit Adrenoleukodystrophie, kurz ALD, litt. Seit Franziska den Thriller »Lorenzos Öl« gesehen hatte, wußte sie von dieser seltenen, vererbbaren Stoffwechsel-

störung, die fast nur bei Jungen zwischen dem fünften und zehnten Lebensjahr auftritt. Vor drei Jahren war der heute neun Jahre alte Daniel daran erkrankt. Er trug sein Schicksal mit bewundernswerter Würde.
Es klopfte. Franziska drehte den Hahn im Badezimmer ab und ließ ihre Hand prüfend durch das Wasser gleiten. Umhüllt von seiner Wärme würde sie gleich in der Wanne sitzen und zufrieden das Sandwich essen. Sie zog den Gurt ihres Bademantels fester und öffnete die Tür.
»Guten Abend, Franziska!« Dr. Matthias Steiner trug einen hellen Staubmantel. In den Händen hielt er einen schwarzen Hut. Er grinste verlegen. »Störe ich Sie?«
Franziska erstarrte. Eigentlich hatte sie geglaubt, endlich Ruhe vor Steiners Nachstellungen zu haben. Seit dem Zwischenfall bei »Kanal 8« war sie dem Arzt nicht mehr begegnet.
»Was wollen Sie von mir«, fragte sie verärgert. »Und wie kommen Sie überhaupt hierher?«
»Zwei Fragen auf einmal«, meinte Steiner forsch. »Darf ich sie da drin beantworten?«
Er wies mit einer Kopfbewegung auf das Zimmer hinter ihr. Ohne auf die Antwort zu warten, drängte er in den Raum, registrierte beiläufig das aufgeschlagene Bett und die geöffnete Badezimmertür mit der vollen Wanne.
»Es duftet nach Wildrosen«, stellte er fest, warf seinen Mantel und den Hut auf einen der Sessel und schaute sich weiter um. »Schön haben Sie es hier!«
Franziska fand, daß es intelligentere Bemerkungen auf der Welt gibt. Aber das war es nicht allein. Steiners ungeniertes Auftreten machte sie wütend.
»Herr Dr. Steiner«, sagte sie laut. »Ich weiß nicht, was dieser Auftritt soll. Ich fühle mich von Ihnen auf eine wenig schöne Art überrumpelt!«
»Ich muß mit Ihnen über die Instrumentelle Transkommu-

nikation sprechen«, insistierte er. »Ich war inzwischen bei Ewald Jaeger und diesem Peter Hörich, der auf seinen Videos angeblich seine ganze tote Verwandtschaft aufmarschieren läßt. Irgend etwas stimmt da nicht. Ich mache mir Sorgen um Sie.«

»Um mich muß man sich keine Sorgen machen«, entgegnete Franziska aufgebracht. »Ich finde es, gelinde gesagt, unpassend, wie Sie mich hier bedrängen.«

»Franziska«, antwortete er und trat nahe an sie heran, so daß sie einen Schritt zurückwich. »Seit ich Sie das erste Mal sah, bin ich von Ihnen fasziniert. Es wäre schön, wenn Sie diese Begeisterung erwiderten.«

Nichts an dem Mann vor ihr erinnerte Franziska noch an den zurückhaltenden Stationsarzt, der nach dem Tod ihrer Mutter so gefühlvoll über Leben und Sterben gesprochen hatte. Sie wollte ihn auf Distanz halten, konnte sich aber seiner fordernden Körpersprache nicht entziehen.

Steiner streckte beide Arme aus, griff den Stoff ihres Bademantels und zog sie an sich. Entsetzt versuchte sie zu entweichen und spürte zu ihrem Schrecken, wie ihr der Mantel entglitt. Vollkommen nackt konnte sie gerade noch ins Badezimmer flüchten.

»Es ist doch wunderbar, wie sich die Dinge entwickeln«, keuchte Steiner erregt. Wieder einmal kam er sich vor wie im Film, so wie damals, als er vom Fenster seines Büros aus das Auto auf Franziska Berg zurasen sah. »Bleib doch ruhig«, rief er von außen.

Franziska drückte verzweifelt von innen die Badezimmertür zu. Steiner hatte den Knauf außen fest gepackt und lehnte sich mit aller Gewalt dagegen. In dem Moment summte es laut. Erschrocken ließ der Mann die Tür los, so daß Franziska sie rasch verriegeln konnte.

»Wer ist da?« rief Steiner irritiert in Richtung Eingangstür.

»Room-Service«, hörte er eine männliche Stimme vom Flur her. Er öffnete und ließ den Kellner mit einem Tablett eintreten.

»Guten Abend«, sagte der junge Mann. »Sie hatten ein Clubsandwich bestellt?« Er stellte das Tablett auf den Tisch vor dem Fenster. Steiner bedankte sich, holte umständlich eine Münze aus der Tasche und drückte sie dem Kellner in die Hand.

»Danke und guten Appetit!«

In diesem Moment öffnete Franziska die Badezimmertür. Sie hatte sich ein Tuch um den nackten Körper gewickelt.

»Helfen Sie mir«, bat sie den Zimmerkellner. »Dieser Mann bedroht mich.«

»Aber Liebling«, lächelte Steiner verkrampft. »Ich bedrohe dich doch nicht. Es ist alles schon wieder in Ordnung.«

»Duzen Sie mich nicht«, fauchte ihn Franziska an. »Verschwinden Sie endlich!«

»Wir hatten eine kleine Auseinandersetzung und sie ist deshalb ein wenig außer sich«, wandte sich Steiner an den ratlosen Kellner, der zur Tür drängte. »Meine Frau ist nervlich ziemlich strapaziert.«

»Ich bin nicht seine Frau«, versuchte Franziska Berg erregt den Kellner aufzuklären. »Helfen Sie mir, den Mann aus dem Zimmer zu schaffen!«

»Wir haben Anweisung, uns aus Streitereien der Gäste herauszuhalten«, sagte der junge Kellner und schielte ungeniert auf die Frau, die Mühe hatte, sich notdürftig mit dem Badetuch zu bedecken. »Ich gehe dann lieber.«

»Dann rufen Sie wenigstens den Hausdetektiv«, bat Franziska verzweifelt. »Ich fühle mich von diesem Mann verfolgt und bedroht. Bitte!«

Der Kellner öffnete die Tür und trat auf den Gang. Die verängstigte Franziska machte noch einen Vorstoß, ihm zu folgen, doch Steiner packte sie heftig am Arm und zog die sich wehrende Frau ins Zimmer zurück.

»Komm, Liebling, beruhige dich«, zischte er ungehalten. Dann versperrte er von innen die Tür.

Hyperwelten

Es war für Helmut Grosse keineswegs von Vorteil, daß er seine Kommandobrücke mit der ISDN-Telefonanlage, dem PC und dem ständig ohne Ton laufenden Fernsehapparat verlassen und sich an der Stirnseite des Konferenztisches plaziert hatte. Der von Statur zierliche Mann gewann an Ansehen, wenn er hinter seinem imposanten Schreibtisch hantierte. Doch zur »kleinen Lage« - wie er interne Redaktionsgespräche zu bezeichnen pflegte - mischte er sich unter seine Leute.

»Kein Zweifel«, sagte er. »Naturwissenschaft ist bei uns längst kein Nischenthema mehr. Hirnforschung, Urknall, Anti-Materie oder Bakterien vom Mars verkaufen sich prächtig.«

»In den siebziger Jahren hatten wir die Pädagogik und Psychologie«, diagnostizierte Petra Weinberger vom Wissenschaftsressort. »In den Neunzigern liefern dagegen die Natur-, Computer- und Neurowissenschaften den Rahmen für die allgemeinen Diskussionen.« Sie konnte sich noch genau erinnern, wie der Boom begann. Am Anfang stand Stephen Hawkings »Kurze Geschichte der Zeit«, der größte Bestseller der wissenschaftlichen Literatur. Da nur wenige das anspruchsvolle Werk verstanden, diente sich das Magazin »Aktuell« als sachkundiger Führer durch den astrophysikalischen Dschungel an.

»Aber was wir hier haben, ist doch keine Wissenschaft, sondern reiner Hokuspokus«, sagte die Redakteurin spitz. »Wieso ist ausgerechnet unser Chefreporter auf so etwas hereingefallen?«

»Moment mal, Petra«, griff Franz Berger ein, ehe Zigrand antworten konnte. »Noch ist hier niemand auf etwas hereingefallen. Wir haben lediglich Informationen über ein Phänomen, das, gelinde gesagt - ich gebe es zu -, ungewöhnlich ist.« Berger bezog als Chef vom Dienst bei den oft stürmischen Themenbesprechungen eine angenehm ruhige und sachliche Position.

»Wir müssen hier mehrere Dinge unterscheiden«, stellte Zigrand fest. »Da gibt es die durch empirische Forschungen gestützten Ergebnisse der Nahtodforschung. Darüber wurde von ›Spiegel‹ bis ›Newsweek‹ weltweit berichtet. Ob das ein Hinweis auf ein Überleben des Todes ist, wurde nicht entschieden. Jetzt sind wir mit einem Themenkreis konfrontiert, den der Frankfurter Physiker Professor Erich Kleber Instrumentelle Transkommunikation nennt. Er definiert dies als eine paranormale, also bisher ungeklärte Beeinflussung technischer Kommunikationssysteme wie etwa Radio- und Fernsehgeräte, die Stimmen oder Bilder als Antwort auf zuvor gestellte Fragen vermitteln. Er schließt dabei aus, daß es sich - zum Beispiel - um Überreichweiten irgendwelcher Sender handelt.«

»Das ist ein ganz normaler Schwachsinn.« Petra Weinberger blieb unbeeindruckt. Die blonde Frau im Hosenanzug und der Kurzhaarfrisur überragte die Runde mit ihren 184 Zentimetern an Größe. Bei »Aktuell« wurde sie als brillante Autorin geschätzt, die wissenschaftlich komplizierte Sachverhalte leserwirksam darzustellen verstand.

Zigrand mochte die Kollegin, hatte aber mit ihrem Widerstand gerechnet. Er konnte ihre Haltung sogar verstehen, war er doch selbst von seinem Thema nicht restlos überzeugt.

»Auch wenn dieses Phänomen dem Unbeteiligten zunächst tatsächlich phantastisch erscheint, so gibt es dennoch Tausende von Menschen, die es erfahren haben«, sagte er.

»Ebenso existiert eine Fülle von wissenschaftlich orientierter Literatur zu diesem Thema, vermutlich sogar in unserem Archiv.«

»Nur weil eine Story nicht in das eigene Weltbild paßt, sollten wir fehlende Sachkenntnis nicht durch Ironie und Polemik ersetzen«, kam Grosse seinem Chefreporter zu Hilfe. »Außerdem ist eine Menge sauber recherchiertes Papier über deinen Totenfunk von den Außenredaktionen eingelaufen. Angesichts dessen sollten wir uns nicht hinter unseren Schreibtischen verschanzen und so tun, als gäbe es das alles nicht.«

»Wenn es keine solchen paranormalen Phänomene geben darf, dann darf es natürlich auch keine sachliche Berichterstattung darüber geben«, argumentierte Zigrand süffisant und griff nach einem Orangensaft, der in kleinen Flaschen auf dem Konferenztisch stand.

»Aber bitte nicht in meinem Ressort.« Petra Weinberger sperrte sich standhaft. »Vielleicht ist dies ja was für die Kollegen von der Kultur- oder Gesellschaftsredaktion?«

»Möglicherweise wird es eine Titelstory, wenn wir genug Material finden«, überlegte Franz Berger für alle hörbar. »Schließlich müssen wir unser Blatt auch am Kiosk verkaufen. Und die letzten Titel zum Beispiel über Anti-Materie oder Leben im Kosmos liefen hervorragend.«

»Die kamen ja auch aus meinem Ressort«, triumphierte Petra Weinberger und blickte versöhnlicher gestimmt in die Runde der Kollegen.

»Seien Sie ehrlich, Petra«, ließ sich der Chefredakteur vernehmen. »Wenn Ihnen jemand vor einem Jahr noch über Planeten außerhalb unseres eigenen Sonnensystems oder gar über die Entdeckung von Anti-Materie etwas erzählt hätte, Sie wären an einem Lachanfall erstickt. Die Informationsflut unserer Tage spült eben manch liebgewonnenes Vorurteil einfach in den Gully.«

»Hat diese Informationsflut den Menschen verändert?« warf Zigrand ein. »Die meisten von uns benehmen sich so wie vor hunderttausend Jahren, als wir noch in unseren Höhlen hockten. Ich fürchte das Internet, das für mich die wahre Informations-Sintflut darstellt, mehr als die Anti-Materie.«

»Noch vor ein paar Jahrhunderten waren sich die Wissenschaftler einig, daß die Erde nur ein paar tausend Jahre alt ist und vier Körpersäfte das Verhalten des Menschen bestimmen«, ereiferte sich Franz Berger. »Heute wissen wir, daß das mit den Säften absoluter Quatsch und die Erde vier Milliarden Jahre alt ist. Jetzt glauben wir an die Existenz von Photonen und Elektronen, die kein Mensch bisher gesehen hat. In nicht ganz fünfzig Jahren werden die Leute über solchen Blödsinn lachen, weil sie nämlich wieder andere und – wie sie glauben – bessere Theorien haben.«

»Theoretisch wurde sowohl die Existenz von Anti-Materie als auch von Planeten außerhalb unseres Sonnensystems längst angenommen«, erklärte die Wissenschaftsredakteurin. »Nur hat niemand damit gerechnet, daß wir so schnell handfeste Beweise dafür in der Hand halten.«

»Gerade diese beiden naturwissenschaftlichen Beweisführungen lassen sich doch wunderbar ausspinnen«, schwärmte der Chefredakteur. »Diese läppischen zwei Planeten im Sternbild von Pegasus 51 bedeuten doch nur, daß es noch mehr von dieser Sorte geben muß. Und wenn Hunderte von Millionen dieser Himmelskörper existieren, wird auch die Vermutung immer wahrscheinlicher, daß einige davon so wunderbar sind wie unsere Erde. Das bedeutet unter Umständen, daß wir im Weltall nicht alleine sind.«

»Denken Sie nur an unseren Marsmeteoriten, der Einschlüsse enthält, die ernsthafte Forscher für Spuren außer-

irdischen Lebens halten«, ergänzte Berger. »Ein schimmernder Brocken, der schlappe 15 Millionen Jahre durch das Sonnensystem irrte.«
»Die meisten Astronomen sind sicher, daß es im Universum von Leben nur so wimmelt«, bestätigte Petra Weinberger. »Nur dürfte es wegen der irrsinnigen Distanzen unmöglich sein, Kontakt aufzunehmen.«
»Das Wort ›unmöglich‹ ist bei der heutigen rasanten Entwicklung von Wissenschaft schlichtweg ›unmöglich‹«, mäkelte Berger. »Aber selbst wenn: Für Stories über mögliche Außerirdische dürften selbst wir uns bald nicht mehr zu schade sein.«
»Das Fernsehen - auch die stinknormale ARD - schaufelt gigantische Quoten mit Berichten über UFOs und UFO-Entführungen ein«, stellte Berger fest.[26] »Noch halten wir das in diesen heiligen Hallen für ausgemachten Blödsinn. Aber vielleicht kommt auch für uns bald die Zeit des Umdenkens. Und dies nicht nur aus populistischen Gründen.«
»Die Entdeckung von Anti-Materie im Genfer Kernforschungszentrum läßt ernsthafte Wissenschaftler darüber nachdenken, ob womöglich ein bislang verborgenes Schlupfloch in einer anderen, geheimnisvollen Gegenwelt existiert«, spekulierte Zigrand.[27]
»Da gibt es doch auch einen deutschen Physiker, der über eine Art Hyperwelt spekuliert«, begeisterte sich Berger und wühlte in dem Stapel Papier aus dem Archiv. »Hier habe ich ihn. Professor Burkhard Heim postuliert eine Hyperwelt, die aus zwölf Dimensionen besteht.«
Petra Weinberger zündete sich eine Zigarette an, während Zigrand das zweite Fläschchen Orangensaft öffnete.
»Die Existenz einer Hyperwelt«, las Berger aus dem Material vor, »erklärt die Realität aller PSI- und UFO-Phänomene, nachtodlicher Zustände sowie zahlreicher anderer physikalischer Ungereimtheiten.«

»Davon habe ich noch nie etwas gehört«, ließ Petra Weinberger nicht locker. »Wo steht das?«
»Das ist ein Auszug aus einem Vortrag, den Heim in Basel gehalten hat«, wies Berger auf das Papier und zitierte weiter. »Ich vertrete die heute von namhaften Wissenschaftlern unterstützte Auffassung, daß sich unser völlig reales, immaterielles und daher unzerstörbares Bewußtsein in jene höherdimensionalen Gefilde absetzt, sobald beim Tod die Körperfunktionen enden.«
»Ich bin Agnostikerin«, sagte Petra und bekannte sich damit zu einer Weltschau, die Gott nicht vorsieht. »Dies bedeutet für mich aber nicht, daß der Mensch so gebaut ist, daß er alles versteht. Es gibt Abläufe in der Quantenwelt, die wir absolut nicht begreifen.«
»Anfang des Jahres hatten wir doch die Titelstory ›Wer ist Ich‹ über das Bewußtsein und diesen Kongreß in San Diego. Wenn ich mich recht erinnere, wurde dort die Theorie von der ewigen Existenz unserer Persönlichkeit positiv aufgenommen«, überlegte der Chefredakteur.[28] »Darüber will ich mehr wissen. Ich gehe davon aus, daß wir Petra nicht als Verbündete gewinnen. Also bildet Berger einen Stab zur Auswertung des vorhandenen Materials, möglicherweise zur Verwendung als Titelthema.«
»Jetzt habe ich auch das Jenseits entdeckt«, grinste Berger. »Hier steht es schwarz auf weiß: ›Die Hyperwelt ist ein für uns geometrisch unvorstellbares Gebilde jenseits unserer vierdimensionalen Raum-Zeit-Welt. Sie ist nur mathematisch und erweitert physikalisch erfaßbar.‹«
»Und Sie sind der Meinung, daß sich die Verstorbenen aus dieser Hyperwelt über Tonband, Computer, Kassettenrecorder oder was auch immer aus diesem Jenseits melden und mit uns quatschen?« Petra Weinberger setzte ihre freundschaftlichen Attacken fort. Es schien, als habe sie Gefallen an der Thematik gefunden.

»Ich habe dazu keine endgültige Meinung«, widersprach Zigrand. »Ich sehe nur, was ich sehe, und ich höre, was ich höre. Woher diese Informationen wirklich kommen, wissen noch nicht einmal die an dieser Sache arbeitenden Experimentatoren. Und noch etwas: Wie Sie alle aus dem Material ersehen können, gibt es da nicht nur diesen ominösen Totenfunk, sondern offenbar auch gewaltige kriminelle Energien. Anschläge auf Ewald Jaeger zum Beispiel. Dies sind nicht zu leugnende Tatsachen.«

»Warum ist eigentlich in Bonn so wenig los«, seufzte Berger. »Der Lafontaine ist zahm geworden, der Kohl eine uneinnehmbare Festung. Kein Starfighter fällt mehr vom Himmel, und von Onkel Alois sind wir Lichtjahre entfernt. Das waren noch Zeiten, als der Augstein wegen einer Reportage ins Gefängnis marschieren mußte. Heute müssen wir uns mit Stimmen aus dem Jenseits herumschlagen!«

»Ich habe eine Idee«, griff Petra Weinberger den ursprünglichen Gegenstand der Diskussion wieder auf. »Wenn wir die realisieren könnten, bin ich mit von der Jenseits-Partie.«

»Und die wäre, verehrte Frau Kollegin?« fragte Berger neugierig. Auch die anderen Kollegen blickten sie erwartungsvoll an.

»Wenn ich Sie richtig verstehe, empfängt dieser Ewald Jaeger seine Stimmen über eine von ihm konstruierte Anlage?«

»Genau so ist es«, bestätigte Zigrand und wunderte sich, wie gut die Kollegin informiert war. Sie hatte das umfangreiche Material wohl doch aufmerksam gelesen.

»Und dann gibt es da noch diese Videobilder von verstorbenen Angehörigen, die ein gewisser Peter Hörich aus Trier regelmäßig erhält?« resümierte Frau Weinberger. »Warum schreiben wir nicht einen Forschungsauftrag für eine Tech-

nische Hochschule aus, die diese Geräte untersucht und uns danach einwandfrei die Frage beantwortet: Woher kommen Bilder und Stimmen?«
»Exzellent, Petra«, rief Grosse begeistert. »Genau das machen wir. Damit kann uns keiner an den Karren pinkeln. Entweder die Wissenschaftler dort entdecken einen ausgemachten Schwindel oder ...«
»... so etwas wie den Stein der Weisen«, ergänzte Berger.
Es war schon spät geworden und das große Redaktionsgebäude ziemlich verlassen. Durch die Scheiben zuckten bunte Neonreklamen. Die vier Journalisten legten eine Strategie fest, wie sie das umfangreiche Material in den Griff kriegen und die Leute von den Hochschulen überzeugen könnten.
Plötzlich klingelte das Telefon auf Grosses Schreibtisch. Der Chefredakteur hob ab, meldete sich mit einem knappen »Hallo« und reichte den Hörer weiter an Zigrand.
»Für dich, Stefan.«
»Ja, bitte?« Zigrand lauschte angestrengt. Dann legte er auf. Seine Hände zitterten und die Kollegen sahen, wie ihm der Schreck im Gesicht stand.
»Ich muß nach Hause«, sagte er kurz. »Es ist etwas Unangenehmes geschehen.«

Baden-Badener Frühling

Fjodor M. Dostojewskij ließ hier den Rubel rollen. Gespannt verfolgte der russische Dichter gegen Mitternacht den Lauf der Kugel, die sein Schicksal bestimmte: Sein oder Nichtsein. Wie oft hatte er geradezu besessen das Glück herauszufordern versucht. Wie im Rausch schrieb er den Roman »Der Spieler«, Aufzeichnungen seiner eigenen verwirrten Seele.

Die Spielbank gibt es noch heute. Unweit davon, in der Altstadt von Baden-Baden, hat sich in den zwei oberen Etagen eines Jugendstilhauses der Radiosender »Caracalla« eingerichtet, eine von vielen hundert privaten Stationen, die sich vom Goldrausch des Informationszeitalters beflügelt fühlen. An den Wänden im Flur hängen die Fotos der Besucher: Schauspieler-Stars auf der Durchreise, Schlagersänger und Popmusiker. Das fahrende Volk macht hier Rast, um sich ausfragen zu lassen.

Ewald Jaeger und Evelyn Kaufmann waren schon den Abend vorher nach Baden-Baden gekommen, um in einem der Nebenräume des Kongreßgebäudes den Vortrag von Professor Kleber zu hören: »Der Tod und das Jenseits«. Darin war der Physiker auch auf ihre Arbeit eingegangen. Zu Klebers großem Erstaunen war der Saal bis in die letzten Reihen besetzt, meist ältere Herrschaften, Kurgäste wohl, die sich vom Thema angezogen fühlten. Ein Reporter der »Badischen Nachrichten« hatte während der anschließenden Diskussion noch ein paar Fragen gestellt, dann waren alle ohne große Aufregungen auseinandergegangen.

»Guten Morgen, die Herrschaften«, rief Kleber fröhlich, als er seine beiden Mitstreiter gewahr wurde. »Wünsche wohl geruht zu haben!«

Mitten ins Begrüßungsritual schlitterte ein forscher Endzwanziger, blondgelockt und froh, der sich als der für sie zuständige Moderator bekannt machte. »Ich heiße Tobias, einfach Tobias«, stellte er sich mit einem breiten Lächeln vor. »Wir haben unsere Show in den vergangenen Tagen schon heftig angetrailert. Ist ja auch ein tolles Ding: Sprechstunde zum Jenseits! Na, dann wollen wir mal!«

Tobias ging voran, winkte gutgelaunt ein paar Kollegen zu, die über den Flur kamen, und öffnete die Tür zu einem Selbstfahrer-Studio, einer Art Ein-Mann-Werkstatt, in dem die Radiomoderatoren an ihrem Regiepult gleichzeitig die CDs starten, Werbung einspielen und Jingles fahren, die akustischen Erkennungszeichen des Senders, die – elektronisch vorfabriziert – die Hörer oft mehr nerven als die professionelle Fröhlichkeit der Sprecher.

»Hier ist er wieder, Ihr blonder, blauäugiger, blubbernder Tobias«, gluckste Tobias ins Mikrophon, nachdem er seine Erkennungsmusik mit dem Regler heruntergezogen hatte, um sie dann lauter als zuvor wieder einzuspielen. Selbstverliebt bemerkte er nicht, wie seine Gäste erschrocken zusammenzuckten.

»Akustische Umweltverschmutzung«, grinste Kleber. »Da haben wir uns auf etwas eingelassen!«

»Das hat es noch nirgendwo gegeben, liebe Hörer: eine Sprechstunde zum Jenseits! Sie sagen uns, mit welchem Ihrer geliebten Verstorbenen Sie Kontakt aufnehmen wollen. Wollen Sie wissen, wie es ihm geht, wo er gerade ist, kein Problem für uns!«

Als er den ersten Titel seines Musikprogramms gestartet hatte, nahm Tobias den Kopfhörer ab und sah seine Gäste erwartungsvoll an: Na, wie habe ich das gemacht?

»Moment mal, junger Mann«, sagte Kleber betont väterlich. »Was Sie da versprechen, müssen Sie erst einmal halten. So einfach, wie Sie sich das vorstellen, funktioniert die Instrumentelle Kommunikation nicht.«

Im Verlauf des Vormittags stellte Kleber beruhigt fest, daß der unerschütterliche Spaßmacher Tobias so oberflächlich nicht war, wie er ihn anfangs eingeschätzt hatte. Er hatte begriffen, daß er das Thema nicht so flapsig präsentieren konnte wie die neuen Spargelrezepte oder die aktuelle CD der Kelly Family.

Aus dem anfänglichen Chaos entwickelte sich bald eine Ordnung, die Kleber »Chronologie der Ereignisse« nannte. Die Studiogäste berichteten, daß bereits zu Beginn des Jahrhunderts Wissenschaftler und Experimentatoren gezielte »Dimensions-Brücken« errichteten, um die akustischen Bedingungen von spiritistischen Sitzungen zu verbessern. Namen wie der des genialen Erfinders Thomas Alva Edison wurden genannt oder auch der des Physikers Guglielmo Marconi, der schon 1895 mit der Übermittlung von Radiowellen begann und dafür den Nobelpreis erhielt.

»Aber wer hat denn die ersten Stimmen von Toten nun wirklich aufgezeichnet?« wollte Tobias wissen.

»Diese Ehre gebührt wohl den italienischen Geistlichen Ernetti und Gemelli«, antwortete Kleber. »Sie hörten im Jahre 1952 nach einer Aufzeichnung von Gregorianischen Gesängen die Stimme von Gemellis verstorbenen Vater auf ihrem Tonband und informierten sofort Papst Pius XII.«

Der Schwede Friedrich Jürgenson blieb nicht unerwähnt, der auf seinen Tonbändern Stimmen von ihm bekannten Verstorbenen fand, darüber ein Buch schrieb und damit das Tonbandstimmen-Phänomen in Europa bekanntmachte.

Inzwischen waren im Sender zahlreiche Telefonanrufe eingetroffen. Die Hörer interessierten sich vor allem für die

Methode, mit der solche Experimente durchgeführt werden.
»Eigentlich braucht man nur einen einfachen Kassettenrecorder, viel Geduld und ein liebevolles Interesse am Schicksal seiner verstorbenen Gesprächspartner«, erklärte Evelyn Kaufmann und präsentierte gleich ein solches Gerät. »Ich schalte auf Aufnahme, stelle meine Frage und lasse eine Pause für die Antwort«, erklärte sie. »Nach einer Pause höre ich dann die Kassette ab. Dabei muß ich die entsprechenden Stellen mehrmals abspielen, denn die Stimmen sind meist sehr leise. Man sollte also viel Zeit und Geduld aufwenden.«
Ewald Jaeger hielt sich wie immer bei öffentlichen Präsentationen zurück. Es würde das ohnehin schwierige Thema unnötig komplizieren, wenn er von seiner Infrarot-Brücke berichtete oder von den Experimenten mit Ultraschall, die wesentlich bessere Ergebnisse brachten als die noch recht einfachen Tonband-Kontakte.
»Die Versuche mit dem Kassettenrecorder haben den Vorteil, daß jeder sie ohne großen Aufwand selbst durchführen kann«, erklärte er. »Inzwischen gibt es Tausende von Menschen in der ganzen Welt, die so mit ihren Verstorbenen kommunizieren und danach davon überzeugt sind, daß es ein Leben nach dem Tod geben muß.«
»Ich möchte unseren Hörern gerne einmal die Stimme meiner Tochter Sylvia vorspielen, die für mich drüben fast jederzeit erreichbar ist«, griff Evelyn Kaufmann in die theoretischen Ausführungen ein. »Sie hat mir schon viele schöne Dinge gesagt!«
Tobias richtete das biegsame Gästemikrophon auf den Lautsprecher des Kassettenrecorders und drückte die Wiedergabetaste. Kleber waren die ersten Reaktionen von Gesprächspartnern bekannt, die noch nie zuvor eine paranormale Aussage gehört hatten.

»Die Tonbandstimmen wirken unpersönlich, fast getaktet«, versuchte er zu vermitteln. »Denken Sie daran, daß es manifestierte Gedankenenergie ist, die Sie da hören. Unsere Freunde im Jenseits verfügen nicht über einen Kehlkopf. Die Verständigung untereinander geschieht offenbar telepathisch!«
Die Tonbandkassette lief.
»WIR LEBEN IN LIEBE. WIR LEBEN IN LIEBE. WIR LEBEN IN LIEBE.«
Evelyn Kaufmann hatte die kurzen, von einer weiblichen Stimme gepreßt gesprochenen Sätze hintereinander kopiert, damit sie in der Wiederholung besser verstanden werden konnten.
»ERKENNT, DASS WIR EINS SIND. DAZU GEHÖREN AUCH DIE PFLANZEN UND TIERE!«
Aus dem Nachbarstudio schaltete sich der Sendeleiter über sein Interphon in das Gespräch ein. »Ihr habt eine Sprechstunde zum Jenseits versprochen«, mahnte er. »Die Leute reißen uns die Telefone runter, weil sie mit ihren Toten reden wollen.«
Professor Kleber mahnte zur Geduld. »Ein Kontakt nach drüben ist leider nicht so einfach wie ein Telefongespräch!«
»Wir können es versuchen«, preschte Evelyn Kaufmann vor. Aus der Telefonzentrale wurde ein Gespräch ins Studio geschaltet.
»Mein Name ist Metzinger aus Iffezheim«, sagte eine Frauenstimme. »Mein Sohn Oliver ist vor drei Monaten gestorben. Fragen Sie ihn doch bitte nach der Ursache seines Todes, wo er begraben ist und was während seiner Beerdigung passierte?«
»Ich will es versuchen, Frau Metzinger.«
Zur Enttäuschung des Moderators wollte Evelyn Kaufmann das Experiment nicht live im Studio durchführen, sondern

erbat sich einen stillen Raum, um bei ihrer Arbeit nicht gestört zu werden.
»Wie müssen wir uns das Jenseits vorstellen, in dem die Toten – na, sagen wir mal – leben?« fragte Tobias die übriggebliebenen Herren.
»Das Jenseits ist erst einmal ein Problem der Sprache«, entgegnete Kleber. »Es gibt keine wirklich zutreffenden Worte für einen Bewußtseinszustand außerhalb unserer erfahrbaren Welt.«
»Das Drüben ist eine Schwingungsebene«, versuchte Jaeger mit leiser Stimme zu erklären. »Es ist nicht irgendwo da draußen, sondern hier. In dem Moment, in dem wir gerade miteinander sprechen, sind wir von unzähligen Stimmen und Bildern umgeben. Es sind Radio- und Fernsehsequenzen, die wir mit unseren Sinnesorganen nicht aufnehmen können. Erst wenn wir die entsprechenden Apparate – Radio oder Fernseher – dazwischen schalten, erreichen diese Informationen unsere Realität.«
»Sie meinen, das Jenseits befindet sich einfach nur auf einer anderen Frequenz?« Tobias war begeistert. Zum ersten Mal in seinem Leben waren Phänomene wie Sterben, Tod und Jenseits für ihn keine theologisch verbrämten Begriffe, sondern auf einer eher technisch-physikalischen Ebene einzuordnen.
»Die Aussagen über die sogenannten ›letzten Dinge‹ haben nichts mit Religion zu tun, sondern mit glasklarer Naturwissenschaft«, betonte Professor Kleber, als hätte er die Gedanken seines Gastgebers erraten. »Wenn es wirklich ein Leben nach dem Tod gibt, so gilt dies für jeden, ob er nun daran glaubt oder nicht!«
»Sind die Tonbandstimmen nicht ein Beweis für eine nachtodliche Existenz?« fragte Tobias erstaunt.
»Nicht unbedingt«, versuchte Kleber ihm zu verdeutlichen. »Es gibt da verschiedene Erklärungsmodelle, die teilweise

weit in die subatomare Physik reichen. Auf jeden Fall sind sie ein bisher ungeklärtes Phänomen und ganz sicher ein Hinweis auf unser raum-zeitloses Bewußtsein.«
Ewald Jaeger kramte in seiner altmodischen Aktentasche und legte ein paar Schriften über Instrumentelle Kommunikation auf den Studiotisch. Darauf nahm er sein Handy. Tobias gab ihm ein Zeichen, daß er das Gerät während der Sendung nicht einschalten solle.
»Stellen Sie sich einen Fernsehapparat vor«, dozierte Jaeger, »in dem gerade die ›Tagesschau‹ läuft. Und nehmen wir einmal an, eine der durchgegebenen Meldungen macht Sie so wütend, daß Sie einen Hammer nehmen und den Apparat zertrümmern. Zerschlagen Sie dann nur das Gerät oder auch den Sprecher?«
»Natürlich geht nur der Kasten kaputt«, lachte Tobias. »Der Nachrichtensprecher sitzt in seinem sicheren Studio in Hamburg-Lockstedt und überlebt.«
»Sehen Sie, lieber Tobias«, meinte der Professor. »Um bei diesem Beispiel zu bleiben, sind Sie dieser Nachrichtensprecher. Und wenn der Apparat - also Ihr Körper - einmal kaputtgehen sollte, wird Sie das überhaupt nicht stören. Sie werden das überleben.«
Tobias zog mit der linken Hand den Regler zu, während seine Rechte die CD startete: Tina Turner sang »Silent dreams«.

»›Silent dreams‹ macht mich melancholisch«, sagte Stefan Zigrand und drehte das Radio im Wagen leiser. »Ein schöner Zufall, daß wir da wieder auf unseren Verein gestoßen sind.« Mit einem spöttischen Blick zu Franziska auf dem Beifahrersitz korrigierte er sich sofort. »Zufall ist, wenn mir etwas zufällt!«
Franziska kuschelte sich bequem an die leicht geneigte Lehne. So hatte sie Zigrand ebenso im Blick wie die vor-

beiziehenden Schwarzwaldberge, deren Ausläufer fast die Autobahn erreichten.
»Hast du Bilder von deinen Kindern dabei?«
Zigrand traf auf einen Blick aus ihren Augen, dunkel und schwer. Mit einer anmutigen Bewegung schüttelte sie ihr kastanienbraun schimmerndes Haar, nur so, daß die Ponyspitzen ein bißchen wippten. Sie deutete ein kleines Schulmädchenlächeln an.
Es gibt Geheimnisse, denen kommt man nicht auf die Spur, dachte Zigrand. Dann sagte er beiläufig: »Nur Paßfotos in meiner Brieftasche.«
»Ich dachte, wenn man Kinder hat, zeigt man ihre Fotos.«
Franziska wölbte anmutig die schöne Oberlippe in ihrem porzellanenen Gesicht. Ihre Stimme klang rauh. Ohne hinzusehen, preßte sie eine der großen Lutschtabletten aus der Folie unter dem Instrumentenbrett.
»Ich habe Schnupfen und Halsweh«, sagte sie.
»Es tut mir leid.«
Franziska war erkältet, seit sie halbnackt im Hotel ihren Kampf mit Steiner auszutragen hatte. Noch Tage später duftete es überall nach Wildrosenöl, weil sie die Flasche mit der Essenz über seinem Kopf zerschlagen hatte. Ein wenig Blut war dabei auf den Teppich getropft. Steiner, der mit dieser Abwehr nicht gerechnet hatte, hielt sich jammernd den Kopf, ein Feigling, den seine Kräfte zu verlassen drohten. Es war danach ein leichtes für Franziska gewesen, den ungebetenen Gast durch die geöffnete Zimmertür in den Flur zu bugsieren. Mit zitternden Händen hatte sie sich anschließend die Haare gefönt und Zigrand in der Redaktion angerufen.
Trotz des widerlichen Schnupfens waren ihre Augen nicht rötlich verquollen. Ihr Gesicht, fast wächsern, schien von unwirklicher Zartheit.

»Die Menschen haben Angst vor dem Leben, Angst vor dem Sterben«, sagte sie unvermittelt. Ihre Stimme klang belegt. »Ich habe keine Angst.«

»Ist doch eigentlich komisch, daß die Liebe und der Tod stets eine Einheit darstellen. Jedenfalls im Kino und im Roman.« Stefan Zigrand hielt sich mit weit ausgestreckten Armen am Steuer fest, den Blick auf die vor ihnen fahrenden Wagen gerichtet. »Nur einen Moment dürfen Romeo und Julia die Liebe haben, und dann müssen sie sterben. Ganz schön frustrierend.«

»Willst du damit sagen, daß es keine beständige Liebe geben kann?«

»Shakespeare meint, die Liebe taugt nur für den Augenblick. Eigentlich ist Liebe nur ein anderes Wort für Sehnsucht, und es geht eigentlich um nichts.«

Franziska drehte sich nicht zu ihm um. »Es geht um alles!«

»Aber nur einen Moment lang«, antwortete Stefan. »Der Alltag ist der große Totmacher der Liebe. Stell dir vor, Romeo und Julia hätten überlebt und würden zusammen Teller abwaschen.«

»Abwaschen hat auch etwas mit Liebe zu tun. Für jede Liebe kommt irgendwann mal der Alltag.«

Tina Turners Lied war zu Ende. Stefan drehte das Radio lauter. Es ging um Diätmargarine und den Opel Tigra, dann kam eine neue Platte, etwas von den Backstreet Boys, erkannte Franziska. Ja, es war »Idem«. Sie summte leise mit.

»Liebe ist, daß man bereit ist, für den anderen zu sterben«, sagte Zigrand nach einer Pause. »Aber wer tut das heute noch?«

»Richtige Liebe ist so stark, daß man dieses Gefühl nicht sehr oft durchstehen kann«, antwortete Franziska und griff nach seiner Hand am Lenkrad. »Irgendwann kommt der

Punkt, da möchte man mit dem Menschen, den man liebt, zusammensein.«

»Wie oft habe ich das schon erlebt«, antwortete Zigrand unwirsch. »Wenn man nicht zusammen ist, will man zusammensein, und wenn man zusammen ist, dann möchte man weg voneinander.«

»Ich kann mir nichts Schöneres vorstellen als mit dem Menschen, den ich liebe, das Leben zu teilen.«

»Irgendwann beginnt die Phase der Desillusionierung.«

»Irgendwann ist irgendwann«, entgegnete ihm Franziska wütend. »Du bist auch einer von denen, die immer nur davon reden, was kommen wird und was gewesen ist. Dabei ist es doch ganz einfach: Das Leben besteht immer nur aus den paar Sekunden, in denen du es gerade lebst!«

Stefan Zigrand sah auf die blauen Schilder der Autobahn: Rastatt. Die nächste Ausfahrt würde Baden-Baden sein, wo sie im »Europäischen Hof« mit Professor Kleber zum Interview verabredet waren. Gemeinsam mit ihm wollten sie in den nächsten Tagen zu Peter Hörich nach Trier fahren.

»Im Leben hat alles seine Zeit«, sagte Franziska versonnen. »Ich habe mal einen Film gesehen, da meinte Clint Eastwood zu Meryl Streep, als es um eine anstehende Entscheidung ging: ›Das kann ich immer noch machen.‹ Und Meryl Streep erwiderte: ›Im Leben gibt es viele Chancen, doch eines Tages hören die Chancen auf, alles hört auf.‹ Das ist wahr. Ich lebe deshalb immer im Jetzt.«

Evelyn Kaufmann betrat wieder das Studio, als Tobias gerade die CD ausblendete und die letzten Takte von »Idem« im Äther verhallten. Er tippte den Regler für den Sender-Jingle an. »Caracalla – Caracalla – Ihr Sender mit der persönlichen Note.«

»Heute mit unserer Sprechstunde zum Jenseits«, ergänzte

Tobias live. »Liebe Evelyn Kaufmann, haben Sie denn unseren toten Freund erreicht?«
Professor Kleber reagierte unwirsch. Er war es zwar gewohnt, wie wenig feierlich die Tonbandstimmen-Experimentatoren bisweilen mit ihren verstorbenen Gesprächspartnern verkehrten, aber auf einen angemessenen Umgangsstil war er schon bedacht. Übrigens auch unter den Lebenden.
»Ich kann Ihre Fröhlichkeit nicht unbedingt teilen, lieber Tobias, schließlich werden wir gleich mit einer Hörerin telefonieren, deren Sohn gestorben ist. Auch wenn wir wissen, daß er im klassischen Sinne nicht tot ist, wäre doch eine gewissen Zurückhaltung angebracht.«
»Akzeptiert, lieber Professor«, gab Tobias erstaunt zurück. »Nun, haben wir denn eine Nachricht aus dem Jenseits?«
Ursula Metzinger, die Hörerin aus Iffezheim, war bereits in der Leitung. Evelyn Kaufmann stellte den Kassettenrecorder vor das Mikrophon.
»Frau Metzinger, es war nicht schwer, Ihren Sohn zu erreichen. Er hat sich gleich gemeldet und auch alle Ihre Fragen beantwortet. Er grüßt Sie herzlich und hat mir gesagt, daß es ihm gutgeht.«
Aus dem Telefon hörte sie das leise Weinen der Hörerin. »Danke«, schluchzte sie.
»Bitte konzentrieren Sie sich, Sie werden gleich die Stimme Ihres Kindes hören.«
Evelyn Kaufmann drückte die Wiedergabetaste und drehte den Lautstärkeregler auf. Außer einem Rauschen und Knacken war auf dem Band nichts zu vernehmen.
»Da war die Stimme«, sagte sie und ließ die Kassette noch einmal zurücklaufen. »Hören Sie, ganz leise und zaghaft.«
»Ja, da war was«, pflichtete ihr Ewald Jaeger bei.

»Es ist wirklich extrem leise«, kommentierte Kleber. »Für ungeübte Ohren kaum zu verstehen.«
»Das Problem mit dem Hören!« Evelyn Kaufmann schaute verzweifelt zu den übrigen Anwesenden. »In dieser lauten Welt haben wir den Sinn für das Leise verloren. Wir haben das Zuhören verlernt.«
»Nun, ich muß trotzdem feststellen, daß ich außer einem lauten Rauschen nichts höre«, blieb Tobias stur. »Aber wenn Sie etwas verstanden haben, dann sagen Sie uns doch einfach mal, was es war.«
»Nun, Frau Metzinger, Ihr Sohn war wohl noch ein Kind, als er starb«, sagte Evelyn ins Mikrophon. Sie hatte den Kopfhörer aufgesetzt, um die Antworten der Hörerin nicht zu verpassen. »Ich habe ganz deutlich die Worte Fahrrad, Lastwagen und Gewitter verstanden. Außerdem hat er gesagt: ›Sieben Jahre‹ und ›dritte Reihe links‹. Ein weiteres Wort habe ich nicht verstanden.«
In der Leitung blieb es still.
»Frau Metzinger, sind Sie noch da?«
»Ja, ich bin noch da!«
»Ich interpretiere das so, daß Ihr Kind im Alter von sieben Jahren mit seinem Fahrrad bei einem Unfall durch einen Lastwagen ums Leben gekommen ist. Möglicherweise während eines Gewitters. Und daß es auf dem Friedhof in der dritten Reihe links vom Eingang beerdigt ist.«
Aus dem Telefonhörer drang ein mühsam unterdrücktes Schluchzen.
»Frau Metzinger, ich verstehe Ihre Trauer und auch Ihre Aufregung«, sagte Tobias ungewohnt leise. »Aber treffen diese Aussagen von Frau Kaufmann zu?«
»Nicht ganz«, antwortete die Frau am Telefon. »Das Gewitter war nicht während des Unfalls, sondern bei Olivers Beerdigung. Aber sonst ist alles richtig.«
»Danke, Frau Metzinger, und alles Gute für Sie«, beendete

Tobias das Gespräch. »Weiter mit Musik bei Radio Caracalla. George Michael singt ›Older‹.«
»Ich bin heute nachmittag noch mit Franziska und Zigrand im Hotel verabredet«, sagte Professor Kleber, als er nach der Sendung mit den anderen auf dem Flur stand. »Er will ein ›Aktuell‹-Interview mit mir machen.«
»Ich finde es toll, daß sie sich zu einer Titelgeschichte entschlossen haben«, strahlte Evelyn Kaufmann. »Endlich wird über unsere Arbeit einmal sachlich berichtet.«
»Hoffentlich«, bemerkte Ewald Jaeger und öffnete die Wagentür. »Ein solcher Artikel in einem seriösen Nachrichtenmagazin hätte eine positive Wirkung auf die Öffentlichkeit, und vor allem würden uns dann auch die anderen Journalisten eher akzeptieren.«
Es war immer noch ziemlich frisch, aber man spürte die Sonne schon warm und vielversprechend auf der Haut. Die vorbeihastenden Menschen schienen frohgelaunt, befreit aus aus der Umklammerung des Winters. Baden-Badener Frühling.
Bevor sie in den Wagen stiegen, umarmten Evelyn und Ewald den Professor, der den kurzen Weg zum Hotel zu Fuß zurücklegen wollte. Dann fuhren sie aus der Tiefgarage am Kurhaus und schlugen den Weg zur Autobahn ein. Evelyn schaltete das Radio ein.
»Wie schön«, sagte sie. »Der ›Blumenwalzer‹. Doch fange bitte nicht vor lauter Glück an zu schweben, Ewald!«
»Du weißt doch, wie gerne ich mit meinen beiden Füßen auf der Erde bleibe«, antwortete Jaeger und lachte. »Reiche mir doch bitte mein Handy aus der Aktentasche.«
Evelyn nahm die Tasche von der hinteren Bank und fand auch bald das kleine schwarze Telefon. Es war seit einiger Zeit das liebste Spielzeug, das der von den modernen Kommunikationstechniken begeisterte Mann nur benutzte, um mit seiner Frau Carla und der Tochter Sandra zu sprechen.

Er liebte sie mit einer stillen Zärtlichkeit. In seiner kleinen Familie fand er die Kraft, den vielen Anfeindungen zu widerstehen. Wegen seiner Experimente war er selbst für einige Freunde zum Außenseiter geworden. Oft fühlte er sich mißverstanden und gedemütigt. Deshalb pflegte er seinen privaten Lebensbereich mit einer geradezu besessenen Hingabe: Fürsorglich ausgewählte Geschenke, ein Essen im Restaurant, gemeinsame Ausflüge. Und vor allem die regelmäßigen Telefongespräche, wenn er abwesend war.

»Mir soll es mal nicht so gehen wie der Frau und dem Mann in dem schönen Kästner-Gedicht«, sagte Ewald. »Da saßen beide im Café und ihnen war die Liebe abhanden gekommen, wie anderen Leuten Stock und Hut. Das kann passieren, ohne daß man es sofort merkt!«

»Liebe kommt und geht«, seufzte Evelyn Kaufmann. Sie lebte von ihrem Mann getrennt, nachdem ihre Tochter Sylvia mit dem Moped verunglückt war. Ihm war es schwer gefallen, seiner Frau in den tiefen Schmerz zu folgen. Das Leben geht weiter, hatte er oft gesagt. Aber Evelyn verstand nicht. Später wollte er nicht wahrhaben, daß es eine Verbindung zur toten Tochter gab. Standhaft weigerte er sich, ihre Stimme anzuhören. Eines Tages war er einfach fortgegangen.

»Kinder verbinden einen schon sehr tief«, sagte Jaeger. »Sie sind eine Chance, um sich besser zu verstehen.«

»Hast du Bilder von Sandra dabei?«

»Ein Paßfoto in meiner Brieftasche«, antwortete Jaeger. »Ich will sie gleich mal anrufen, sie ist heute früher aus der Schule zurück.«

Evelyn reichte ihm das schwarze Handy. Er schaltete das Gerät ein und drückte die geheime PIN-Zahl, um sich als Eigentümer zu identifizieren.

»Gut, daß ich das Ding wiederhabe«, sagte er. »Es war lange genug in der Reparatur.«

Aus dem Speicher wählte er seinen Krefelder Anschluß. Das Rufzeichen ertönte.
»Sandra Jaeger!«
»Hallo Sandra, hier ist Papa.«
Plötzlich blitzte in seinem Kopf ein grelles Licht auf. Sein Körper wurde von einem Muster aus Hell und Dunkel überzogen, nahm eine merkwürdige Form an und schleuderte in den Maschenzaun an der Straße. Niemand hörte das Splittern von Knochen, sah den Blutschwall, der aus seinem Leib schoß. Die Explosion war so gewaltig, daß auch die neben ihm sitzende Frau aus dem Auto gerissen wurde und mit voller Wucht auf der Straße aufschlug. Der Fahrer des ihnen folgenden Wagens konnte gerade noch bremsen und sich in Sicherheit bringen.

Porta Nigra – Schwarzes Tor

Es ist durchaus möglich, daß sich hinter unseren Sinneswahrnehmungen ganze Welten verbergen, von denen wir keine Ahnung haben.

Albert Einstein

Greifen Sie zu«, animierte Peter Hörich seine Gäste und reichte die Platte mit den belegten Brötchen herum, auf denen Schinken, Wurst und Käse mit einem Kringel Mayonnaise garniert waren. »Ein Bierchen gefällig?«

Der Rentner Peter Hörich war ein freundlicher Mann. Er hatte Schuster gelernt, war dann aber als Prüfer für industrielle Kühlanlagen tätig, bis ihn der Amtsarzt mit knapp 60 Jahren in Rente schickte. Sein heiteres Wesen hatte ihn nicht vor körperlichen Schmerzen bewahrt: Die Knochen waren verschlissen, Arthrose plagte ihn am rechten Knie und seine Lungen machten ihm zu schaffen, wenn er die Treppen vom Keller seines Reihenhauses zu schnell nach oben stieg.

»Die Tonbandstimmen sind für mich ein alter Hut«, lächelte er und schenkte sich ein Bier ein. »Darüber bin ich längst hinweg.«

Professor Kleber hatte über die Experimente des Mannes in seinem Buch »Instrumentelle Transkommunikation« ausführlich berichtet. Hörich war es mit einem von ihm entwickelten Verfahren gelungen, die Bilder seiner verstorbenen Familienmitglieder auf Video zu empfangen. Einzelbild für Einzelbild kopierte er die Porträts seiner verstorbe-

nen Tochter Monika, seiner ersten Frau Margarethe, seiner zweiten Frau Amalie und das seines Sohnes Werner von einem Videorecorder auf den anderen.
»Ich erhalte nicht nur die Bilder meiner Lieben und von Unbekannten, bei mir sind auch schon verstorbene Prominente aufgetaucht«, erzählt Hörich stolz. »Curd Jürgens, Romy Schneider und der Bayernkönig Ludwig II.«
»Möglicherweise Überreichweiten aus Fernsehprogrammen«, warf Zigrand ein. »Daß Hörich nicht trickst, setze ich voraus.«
»Sie haben ja meine Untersuchungsberichte über die Apparaturen gelesen«, antwortete Kleber. »Außer mir hat ein Diplomingenieur für Elektronik und ein Experte vom Parapsychologischen Institut in Freiburg die Geräte untersucht. Es sind keine Überreichweiten von Fernsehsendungen und es wird auch nicht getrickst.«
»Wenn einer wie ich mal etwas Außergewöhnliches entdeckt, wird er gleich als Schwindler eingestuft«, sagte Hörich verbittert. »Warum sollte ich betrügen? Ich habe sowieso schon genug Ärger mit meinen paranormalen Videobildern.«
»Gibt es eine Erklärung für dieses Phänomen?« fragte Zigrand den neben ihm sitzenden Professor Kleber. Er hätte sich die Frage sparen können, kannte er doch die entsprechenden Veröffentlichungen des Physikers zu Hörichs Arbeiten.
»Eine befriedigende Erklärung gibt es nicht!«
»Ich brauche keine Erklärung, ich sehe ja die Bilder, die mir meine Lieben aus dem Jenseits geschickt haben«, ergänzte Hörich. »Ich bin übrigens entsetzt darüber, was mit Ewald und Evelyn passiert ist. Die beiden kann man doch nicht einfach in die Luft jagen!«
Seine Besucher blickten betroffen auf den Teller mit den belegten Brötchen. Der Schock über den brutalen Mord

saß tief. Kleber und Franziska trauerten nicht nur um gute Freunde, sondern auch um außergewöhnliche Menschen. Selbst die tiefe Überzeugung von einer nachtodlichen Existenz konnte ihren Kummer nicht mindern.

»Ich weiß zwar, daß Evelyn und Ewald unversehrt sind«, hatte Franziska ihrem Stefan erklärt. »Bestimmt werden sie auf der anderen Seite an der Entwicklung der Kommunikation weiterarbeiten. Aber daß sie auf eine solch unwürdige Weise in die andere Welt gehen mußten, erschreckt mich sehr.«

Stefan und Franziska waren kurz nach der Abfahrt von der Autobahn auf der Schnellstraße nach Baden-Baden in einen kilometerlangen Stau geraten. Im Radio hörten sie von einer ungeklärten Explosion, bis sie kurze Zeit später die Wahrheit erfuhren. Professor Kleber hatte in der Halle des Hotels auf sie gewartet. Stumm und bleich saßen die drei eine Weile in den tiefen Sesseln im Foyer. Keiner konnte dem anderen etwas von seiner Trauer mitteilen, von ihrer Grenzenlosigkeit und ihren Abgründen. Sie waren nicht vorbereitet auf das Ausmaß an Schmerz, Hilflosigkeit und Verzweiflung, das mit einem Schlag ihr Leben beherrschte.

Das Attentat in Baden-Baden hatte einen gewaltigen Wirbel - vor allem in den Boulevardmedien - ausgelöst. Spezialisten des Bundeskriminalamtes stellten fest, daß eine in einem Handy installierte Mini-Bombe gezündet worden war, die den Insassen des Wagens durch ihre enorme Sprengkraft die Köpfe abgerissen hatte. Der dazu nötige technische Aufwand konnte nur von einer Geheimdienstorganisation betrieben worden sein oder aber - was wahrscheinlicher erschien - von bezahlten Mördern aus diesem Milieu. In ihren Archiven entdeckten die Fahnder Parallelen zu einem Attentat in Israel, bei dem über ein Handy die Bombe gezündet wurde, die nicht nur einem Topterrori-

sten, sondern gleich 77 anderen Menschen das Leben gekostet hatte. Bevor der Sprengsatz ausgelöst wurde, war die Stimme des Mannes von einem Computer identifiziert worden, um sicherzugehen, daß es sich wirklich um die Zielperson handelte.
Mehr noch als die Scheußlichkeit des Attentats stand das Motiv im Mittelpunkt der allgemeinen Aufmerksamkeit: Kontakt mit Toten. Wer waren die beiden Ermordeten? Und welches Geheimnis umgab sie, daß sie auf diese perfide und gleichzeitig spektakuläre Weise aus der Welt geschafft wurden? Wer waren die Täter, wer ihre Auftraggeber?
Zigrand staunte über das ungeheure Maß an Absurditäten aller Art, die diese Tat freigesetzt hatte. Die privaten Sender kannten in den letzten Tagen kein anderes Thema. Professor Kleber wurde von Talkshow zu Talkshow gereicht, die Baden-Badener »Sprechstunde mit dem Jenseits« von anderen Radiostationen wiederholt, so daß die darin erwähnte Ursula Metzinger aus Iffezheim Hals über Kopf auf eine griechische Insel fliehen mußte, um den Nachstellungen der Reporter zu entgehen.
Führende Tageszeitungen mokierten sich über »diese bizarre Mischung aus Blut, Tod und Jenseits«, von der sie glaubten, daß »uralte Menschheitsängste im Gewand des Informationszeitalters daherkommen«.
Acht Millionen Zuschauer und einen Marktanteil von 40 Prozent registrierte »Kanal 8«. Ralph Wesseling hatte die Aufzeichnung über das Experiment mit Jaegers Infrarot-Brücke kurzerhand ins Abendprogramm gehievt und dazu Stefan Zigrand interviewt, den Chefreporter von »Aktuell«, der Zeuge der Produktion gewesen war. »CNN« und »Nippon TV« hatten Ausschnitte angefordert.
Für die Chefredaktion von »Aktuell« war klar, daß die geplante Titelgeschichte über die Mysterien des Todes vorge-

zogen und mit aktuellem Material angereichert werden mußte. Dank der Vorarbeiten durch die Außenredaktionen und das Ressort Dokumentation war man bereits im Vorteil gegenüber der Konkurrenz. Autor sollte, wie geplant, Stefan Zigrand sein, der beauftragt wurde, fehlende Aspekte der Story vor Ort zu recherchieren, bevor er sich zum Schreiben in sein Frankfurter Büro in Klausur zurückziehen würde.

Die Zeit drängte. Doch Hörich ließ sich von der Ungeduld des Reporters nicht aus der Ruhe bringen.

»Als der liebe Gott die Zeit gemacht hat, hat er sehr viel davon gemacht«, sagte er und legte Zigrand seine Hand auf den Arm. »Was wollen Sie denn nun von mir wissen, guter Mann?«

»Wie um alles in der Welt erhalten Sie diese Bilder von Verstorbenen?« Zigrand deutete auf die vor ihm liegenden Fotografien der Videoaufnahmen.

»Franziska, nimm wenigstens du noch ein Brötchen.« Erst als die junge Frau beherzt zugriff, sprach Hörich weiter. »Am besten, ich zeige Ihnen alles mal.«

Er öffnete die Kellertür und ging den anderen voraus. In seiner Werkstatt sah es ähnlich aus wie bei Ewald Jaeger.[29] Auf Regalen standen Hunderte von Audio- und Videokassetten. Darunter miteinander verkabelte Tonbandgeräte und Kassettenrecorder, Verstärkeranlagen, Lautsprecherboxen, zwei übereinander gestellte Fernsehapparate und mehrere Videorecorder. Zwei Ultraviolett-Strahler tauchten den Raum in ein seltsam fluoreszierendes Licht. Kernstück der Anlage war eine Videokamera älteren Datums, deren Objektiv auf den unteren Monitor gerichtet war.

»Angeregt wurde ich zu meinen Arbeiten von einer Sendung bei ›Radio Luxemburg‹«, erzählte Hörich. »Da wurde von Stimmen aus dem Jenseits berichtet. Weil ich in den letzten Jahren viele meiner Lieben verloren hatte, versuchte ich dann eines Tages, einen solchen Kontakt aufzunehmen.«

»Wie lange mußtest du warten, bis eine erste brauchbare Information kam?« fragte Franziska.

»Fünf Minuten«, antwortete Hörich. »Meine kleine Monika hat sich sofort gemeldet. Sie ist seitdem drüben meine Kontaktperson.«

»Monika hatte auch die Idee mit den Videoeinspielungen«, ergänzte Franziska, die Hörichs Familientragödie kannte. Innerhalb von zehn Jahren starben seine engsten Angehörigen. Wie oft hatte er an offenen Gräbern gestanden, verzweifelt und hilflos? Vielleicht war es ja diese abgrundtiefe Trauer, die ihn zu einem medialen Menschen werden ließ, vermutete Franziska.

»Eines Tages hörte ich Monika sagen: Video«, bestätigte der Mann ihre Gedanken. »Aber es hat ein paar Jahre gedauert, bis ich schließlich Erfolg hatte.«

Hörich hatte unterdessen die Kamera und den Monitor eingeschaltet. Das Objektiv richtete er auf den Bildschirm, auf dem sich die Kamera so lange reproduzierte, bis das Bild kippte und sich in einem Strudel von Spiralen und Reflexen auflöste.

»Eine Art visueller Rückkopplungseffekt«, erklärte Professor Kleber. »In der Physik nennt man das einen sich gegenseitig verschlingenden Bildschirm.«

»Vielleicht haben wir ja Glück und einer der beiden meldet sich bei uns«, mutmaßte Hörich. »Ewald und Evelyn müssen doch wissen, wie sehr wir an ihrem Schicksal interessiert sind.«

»Ich kann mir vorstellen, daß sie von ihrem plötzlichen Übergang so geschockt waren, daß sie drüben in einen tiefen Schlaf versunken sind«, antwortete Franziska. »Aus medialen Aussagen wissen wir, daß es in der anderen Welt

Krankenhäuser gibt, in denen sich Menschen mit traumatischen Sterbeerlebnissen erst einmal erholen können.«
Zigrand wußte mit diesen Überlegungen wenig anzufangen. Doch jenseits dieser okkulten Theorien stand die Realität eines Verbrechens, dessen perfekte Ausführung darauf hindeutete, daß Profis am Werk gewesen sein mußten. Wer in aller Welt steckte also hinter diesem teuflischen Wahnsinn und hatte ein Interesse am Tod zweier harmloser Menschen?
Hörich zoomte mit dem Objektiv der Videokamera, ein Effekt, der das optische Wirrwarr auf dem Monitor nur noch vergrößerte.
»Ewald und Evelyn, hier ist der Peter«, sagte er ruhig. Seine Stimme nahm einen beschwörenden Tonfall an. »Die Franziska, der Erich und der... wie heißen Sie, guter Mann?«
»Stefan Zigrand!«
»...und der Stefan sind auch da. Meldet euch bitte. Wir vermissen euch sehr. Eine Nachricht von euch wäre uns ein großer Trost!«
Im Lautsprecher des Fernsehgerätes rauschte es leise. Die verspiegelten Bilder auf dem Schirm zuckten unregelmäßig, bizarre Muster entfalteten sich. Spiralen fielen in sich zusammen, Kreise wurden sichtbar, ein nicht identifizierbares Gewitter von Lichtblitzen. Nach etwa drei Minuten schaltete Hörich die Geräte ab.
»Ich vermute, da hat sich etwas getan!« Er nahm die Kassette aus der Kamera und legte sie in einen Videorecorder, den er mit der Zeitlupentaste in Gang setzte. Gebannt schauten seine Besucher auf die langsam vorbeiziehenden seltsam-abstrakten Erscheinungen. »Hier baut sich etwas auf«, deutete Hörich auf den Monitor. »Ich muß es Bild für Bild auf den anderen Recorder übertragen.«
»Eine mühsame und langwierige Arbeit«, erklärte Kleber. »Schließlich besteht eine Aufzeichnung von etwa fünf

Minuten Länge aus maximal siebentausendfünfhundert Einzeleinstellungen, die Bild für Bild abgetastet werden müssen.«

»Jede dieser Einstellungen kann ich per Standbild beliebig lange festhalten und dann auf den zweiten Recorder übertragen«, ergänzte Hörich Klebers Erklärungen. »Das Material wird dann auf einen dritten Recorder überspielt und später per Einzelbildschaltung überprüft. So etwas kann Tage dauern. Dabei werden die Videokassetten und die Geräte ziemlich strapaziert.«

»Anders formuliert, heute ist mit keinem Ergebnis mehr zu rechnen«, meinte Zigrand resigniert.

»Es wäre schon ungewöhnlich, wenn ...« Hörich stockte und stoppte das Band. Ein greller Lichtblitz auf dem Standbild ließ ihn stocken. Langsam lief das Band zurück.

»Ich glaube, da oben in der Ecke baut sich etwas auf!«

Bild für Bild ließ Hörich das Band an dem elektronischen Abtaster vorbeiziehen. Seine Besucher blickten gebannt auf den Monitor. Sekunde um Sekunde verstrich, während sich wie aus einer weißen Wolke auf der Mattscheibe langsam ein Gesicht entwickelte. Zigrand hielt den Atem an. Die Züge kamen ihm bekannt vor.

»Ich habe dieses Gesicht schon einmal gesehen«, flüsterte er erregt.

Franziska beugte sich vor, ging dann wieder einen Schritt zurück. »Er ist es«, stammelte sie. Die junge Frau traute ihren Augen nicht. »Ich erkenne ihn ganz deutlich!«

»Einstein! Kein Zweifel, es ist Albert Einstein.« Erich Kleber war gleichermaßen erregt wie erfreut. Der größte Physiker des Jahrhunderts zeigte sich ihnen im Keller eines Trierer Reihenhauses. »Es ist kein typisches Bild von ihm«, rief Kleber begeistert. Die ihm sonst eigene Zurückhaltung war verschwunden. »Keine wirren weißen Haare, kein grauer Schnurrbart. Ich schätze, er ist auf dem Bild etwa sechsundzwanzig Jahre alt, also in dem Alter, als er seine Arbeit ›Über die Elektrodynamik bewegter Körper‹ veröffentlichte – einfacher gesagt: die Relativitätstheorie.«

»Seine berühmte Aussage von der Relativität der Zeit«, stammelte Zigrand fassungslos. Der Reporter wollte noch immer nicht daran glauben, was er da mit eigenen Augen sah.

»Es ist geradezu phantastisch«, pflichtete Kleber ihm bei. »Mit seinem Erscheinen tritt er persönlich den Beweis für die Richtigkeit seiner Theorie an. Er hat die Brücke zwischen Raum und Zeit überquert.«

»Hat jemand einen Schnaps für mich?« stöhnte Zigrand gequält. Doch niemand wollte ihn hören.

Es war schon spät, als sich die drei Besucher von Peter Hörich verabschiedeten und zu Fuß ihr Hotel ansteuerten. Auf den Glockenschlag um Mitternacht spazierten sie unter der mächtigen Porta Nigra hindurch – dem schwarzen Tor der alten Römer. Es ragte stumm in den nächtlichen Himmel, während die Leiber seiner Erbauer längst zu Staub zerfallen waren ...

Zimmer mit Aussicht

Aber Zeit ist ja für Dich kein
Problem,
denn im Himmel geht's weiter,
wo sich die Herzen wiederfinden
und gemeinsam weiterziehen.
Mach Dir keine Sorgen um mich,
ich finde schon dahin, zu Dir,
denn im Himmel geht's weiter...

Matthias Reim

Es war wunderschön, in Florenz aufzuwachen, die Augen aufzuschlagen und in ein helles, kahles Zimmer zu blicken‹«, las Franziska laut, bequem in den gelben Lehnstuhl gekuschelt, der neben dem Fenster stand. »›Desgleichen war es wunderschön, die Fenster weit aufzustoßen, sich die Finger an unvertrauten Beschlägen zu klemmen, sich hinauszulehnen in den Sonnenschein mit den schönen Hügeln und Bäumen und Marmorkirchen auf dem anderen Ufer und - nahe unter sich - den Arno die Straßenböschung entlangströmen zu sehen.‹«[30]
Sie hatte bei der telefonischen Reservierung in der Pension »Quisisana« auf dem Zimmer mit Aussicht bestanden, so wie es im Buch beschrieben ist. Von dem mit Holzdielen ausgelegten Balkon konnten sie auf den langsam dahinziehenden Fluß und die alten florentinischen Häuser sehen, die seit Jahrhunderten an seinem Ufer stehen. Auch die Hügel, Bäume und marmornen Kirchen fehlten nicht am Horizont.
Franziska und Stefan hatten sich das Frühstück aufs Zim-

mer servieren lassen. Noch im Morgenmantel genossen sie den unnachahmlichen italienischen Kaffee und die warmen Hörnchen, auf denen die Butter sachte zerfloß.
Franziska blätterte in der neuesten Ausgabe von »Aktuell«, auf deren Titel eine Reproduktion des Gemäldes »Aufstieg in das himmlische Paradies« von Hieronymus Bosch plaziert war: Verstorbene Menschen schwebten durch einen spiralförmigen Tunnel einem sanftfarbenen Licht entgegen, begleitet von geflügelten Wesen und empfangen von einer konturlosen Gestalt.[31] Die wunderbare Version eines Nahtod-Erlebnisses, dachte Franziska. Schöner kann man es nicht darstellen. Darüber prangte die Zeile »Tod dem Tod? – Verwirrung um ein Phänomen«.
Zigrand hatte bis kurz vor Redaktionsschluß an dem Artikel gearbeitet, der über den vernetzten PC Seite für Seite an die Dokumentationsabteilung weitergegeben wurde, nachdem auch Chefredakteur Grosse auf seinem Bildschirm das Manuskript gegengelesen hatte. Es fehlte nichts: Kulturhistorische Betrachtungen über die Ritualisierung des Todes hatte Zigrand ergänzt mit Fakten aus Kliniken und ihren Maschinerien der Todesverdrängung. Er beschrieb eine Gesellschaft, die sich von dem Gedanken an den Tod nicht stören lassen möchte, und berichtete über die Menschen, die hinter den Vorhang blicken, der die Sterbenden vor den Lebenden verbirgt. Der Autor stellte die Frage, ob es ohne den Tod überhaupt Religionen gäbe, denn erst die Grenzüberschreitung und die Überlegungen, was danach kommt, hätten Gott auf den Plan gerufen. Und wenn schon der Leib zerfällt, dann müsse es etwas geben, das diesem Desaster entrinnt: die Seele. Über mögliche Motive und Täter bei den Verbrechen an den beiden Tonbandstimmen-Forschern und dem geheimnisvollen Giftanschlag im Fernsehstudio konnte Zigrand wenig Neues sagen, außer daß im Frank-

furter Polizeipräsidium eine Sonderkommission gebildet worden war.

»Das hast du fein gemacht, mein Schatz«, lobte Franziska, nachdem sie die Titelstory ein zweites Mal gelesen hatte. »Im Ernst, Stefan, auch das heikle Thema der Transkommunikation hast du fair und objektiv angepackt. Ich bin stolz auf dich!«

Die Passagen über die Nahtodforschung und die Kontaktaufnahme zu anderen Bewußtseinsebenen waren für Zigrand eine stilistische Gratwanderung. Einerseits sprachen die recherchierten Fakten für die Existenz solcher Experimente, andererseits gab es dafür keine vernünftige wissenschaftliche Grundlage. Der Redaktion war es nicht gelungen, eine technische Hochschule zu einer Untersuchung der von Jaeger und Hörich verwendeten Apparate zu bewegen. Auch ein in Aussicht gestellter hochdotierter Forschungsauftrag war dankend abgelehnt worden.

»Das Thema ist denen einfach zu heiß«, hatte Franz Berger die Erfolglosigkeit ihrer Bemühungen kurz und bündig kommentiert. »Bei unseren Naturwissenschaftlern hat eben nichts zu existieren, was nicht existieren darf!«

Kurz vor Erscheinen des Magazins hatte sich die Chefredaktion zu einem »Aktuell«-Gespräch mit Professor Dr. Erich Kleber entschlossen, das Helmut Grosse in der Frankfurter Wohnung des Physikers führte.

»Ich finde, er hat sensibel gefragt«, kommentierte Franziska, als sie sich wieder unter der wärmenden Decke an Stefan schmiegte und die Zeitschrift auf ihre angezogenen Beine legte. Gemeinsam lasen sie noch einmal das Interview.

AKTUELL: Professor Kleber, in dem nun folgenden Gespräch gehen wir einfach mal davon aus, daß die von Ihnen vertretenen Denkmodelle richtig sind. Schließlich gibt es weder einen wissenschaftlichen Beweis für ein Leben nach dem Tod noch einen Beweis, daß mit dem Tod alles zu Ende ist.

KLEBER: Lassen Sie mich den Kollegen Einstein zitieren: Das Nichtvorhandensein eines Beweises ist längst kein Beweis für das Nichtvorhandensein des Phänomens.

AKTUELL: Was ist Transkommunikation?

KLEBER: Wenn wir das Wort »Trans« mit »Jenseits« übersetzen – die Bedeutung von »Kommunikation« ist ja bekannt –, dann ist Transkommunikation der Austausch von Informationen zwischen den Bewohnern des sogenannten Diesseits und den Bewohnern des sogenannten Jenseits.

AKTUELL: Sie setzen als Physiker voraus, daß dieses Jenseits der Aufenthaltsort der Verstorbenen ist.

KLEBER: Es ist ein Bewußtseinszustand jenseits unseres Vorstellungsvermögens.

AKTUELL: Versuche zur Kommunikation – die Befragung der Toten – hat es offenbar zu allen Zeiten in allen Kulturen gegeben. Neu ist die Technik.

KLEBER: Bei allen vorzuweisenden Erfolgen scheint mit der Einsatz heutiger technischer Kommunikationsmittel problematisch. Sie sind so etwas wie der Krückstock für einen Lahmen. Es gibt Menschen, die brauchen ihn nicht, weil sie auch ohne ihn zum Ziel kommen. Für die Skeptiker postmortaler Zustände ist die Technik der Krückstock, den sie auf ihrem Weg aus dem Nicht-Wissen benötigen.

AKTUELL: Sind es tatsächlich die Toten, die über Tonband und Video Signal geben?

KLEBER: Davon gehe ich als Naturwissenschaftler aus. Wie unsere Technik allerdings von der anderen Seite aktiviert wird, ist physikalisch völlig unklar. Insofern können wir uns nur gedanklich öffnen und unsere Geräte zur Verfügung stellen. Außer den von Ihnen genannten Kontakten über Tonband und Video gibt es übrigens auch gute Resultate über Telefon und Computer.

AKTUELL: Gestehen Sie uns zu, daß wir skeptisch bleiben. Was Sie vorlegen, sind leise, oft verzerrte Stimmen und verschwommene Bilder.

KLEBER: Denken Sie an die ersten Radio- und Fernsehsendungen. Zwischen ihnen und der heutigen Qualität liegen Lichtjahre.

AKTUELL: Rechnen Sie mit einer Verbesserung der Empfangsbedingungen auch beim Totenfunk?

KLEBER: Die gibt es bereits. Früher waren die Stimmen während der Übertragung nicht hörbar, heute haben wir schon Aussagen, die direkt aus dem Lautsprecher oder dem Telefon kommen und zum Teil auch dialogfähig sind.

AKTUELL: Wenn wir die erhaltenen Informationen prüfen, so bieten sie nicht viel Neues. Sind Sie persönlich schlauer geworden, seit Sie mit Verstorbenen sprechen?

KLEBER: Sie haben recht. Was da an Inhalten zu uns kommt, formulieren Theologen und Philosophen oft besser. Aber es kommt in einer neuen Form. Die Sätze sind kurz und prägnant, im journalistischen Sinne schlagkräftig. Sensationell ist hier die Quelle der Informationen, nicht so sehr die Botschaft selbst.

AKTUELL: Was war für Sie bisher die überraschendste Aussage?

KLEBER: Nachdem ich solche Experimente europaweit beobachtet hatte, probierte ich es selbst im stillen Kämmerlein. Und das Überraschendste dabei war, daß es sofort funktionierte. Auf dem Tonband eines knochentrockenen und über die Maßen kritischen Physikers, wie ich einer bin, manifestierte sich eine mir unbekannte Stimme mit dem Satz: Die Toten denken. Das hat mich fast vom Stuhl gehauen.

AKTUELL: Die eigentliche Aussage der Transkommunikation ist also die Tatsache, daß es überhaupt eine Aussage gibt?

KLEBER: Das wird auch immer wieder von den Jenseitsstimmen betont. Sie wollen uns auf unserer Seite sagen, daß das Leben nicht mit dem Tode endet. Sie geben sich als Verstorbene zu erkennen, deren Persönlichkeit weiter existiert. Das geschieht nicht in einer Form, daß man es nun glauben kann oder nicht. Nein, diese Art der Präsentation ist ein Beweis für eine nachtodliche Existenz.

AKTUELL: Sind die Toten schlauer als wir? Haben sie auf ihrer Ebene den besseren Durchblick?

KLEBER: Sicher ist, daß wir nach dem Übergang in eine andere Dimension nicht plötzlich Engel werden oder eine Art Überwesen. Das Bewußtsein des Menschen, seine Stärken und Schwächen, wechseln auf eine andere Ebene über. Hier wie dort gibt es die Möglichkeit, sich weiterzuentwickeln. Wir haben offenbar die Wahl, unseren Lernprozeß in einer feinstofflichen Welt fortzusetzen oder wieder in ein Leben auf der Erde hineingeboren zu werden.

AKTUELL: Ist dies die Aussage eines Physikers?

KLEBER: Der Physiker findet zu diesem Modell auch aus den Informationen, die er über die Transkommunikation erhalten hat.

AKTUELL: Warum stößt Ihre Arbeit in der Öffentlichkeit auf so viel Ablehnung?

KLEBER: Mit Öffentlichkeit meinen Sie sicher auch Ihre Kollegen, die Journalisten? Nun, die Transkommunikation ist im streng wissenschaftlichem Sinn noch nicht untersucht worden. Und da die Menschen heute den religiösen Glauben weitgehend gegen einen Glauben an die Wissenschaft ausgetauscht haben – und von da bisher nichts gekommen ist –, scheut sich die gesamte Publizistik, das Thema seriös aufzugreifen. Obwohl es eminent wichtig ist.

AKTUELL: Welchen Zusammenhang gibt es zwischen dem Tod eines ahnungslosen Kabelhelfers, dem Attentat auf zwei Tonbandstimmen-Forscher und der Transkommunikation?

KLEBER: Ich habe keine Beweise, aber daß es einen Zusammenhang geben muß, sagt mir der klare Menschenverstand.

AKTUELL: Wer steckt dahinter?

KLEBER: Fragen Sie die ermittelnden Behörden.

AKTUELL: Halten Sie einen Kontakt zu Ewald Jaeger und Evelyn Kaufmann an deren jetzigem Aufenthaltsort für möglich?

KLEBER: Wie ich Ihnen schon sagte, bleibt die individuelle Persönlichkeit eines Menschen nach seinem Übergang in die nachtodliche Existenz erhalten. Wir wissen, daß Picasso weiter malt, Beethoven noch immer komponiert und ein ungarischer Großmeister namens Geza Maroczy weiter Schach spielt, wie ein vor kurzem durchgeführter Versuch zeigt.[32] Also werden die von Ihnen genannten Personen weiter an der Kommunikation zwischen den »Lebenden« und den »Toten« arbeiten. Es gibt eine Aufnahme des Tonbandstimmen-Pioniers Friedrich Jürgenson, der kurz nach seiner Beerdigung auf einem Computerbildschirm in Schweden zu sehen war.

AKTUELL: Warum beschränken sich die Antworten der Verstorbenen auf ein paar kurze Sätze oder verschwommene Bilder?

KLEBER: Es gibt da wohl mehrere Gründe, die wir nicht alle kennen. Einer davon dürfte ein Energieproblem sein. Unseren jenseitigen Freunden stehen wohl andere Energieformen zur Verfügung, die sich nicht ohne weiteres auf unsere Ebene transferieren lassen. Ein zweiter Punkt ist die Frage der Zeit, wie uns das symbolhafte Erscheinen von Albert Einstein auf dem Videoband bei Peter Hörich so wunderbar aufzeigte. Die Jenseitigen stehen also vor der Aufgabe, ihren Zustand außerhalb von Raum und Zeit mit unserer Zeitebene in Übereinstimmung zu bringen. Sie müssen das tun, was man in der Physik Synchronisation nennt. Drittens ist denkbar, daß auch die Lokalisierung Schwierigkeiten bereitet. Man sagt zwar, die Verstorbenen könnten unseren Lebensbereich wahrnehmen, aber auf welche Weise dies geschieht und ob das beliebig möglich ist, bleibt offen. Wenn sich zwei Wanderer auf den jeweils gegenüberliegenden Ufern eines reißenden Bergbaches treffen, dann sprechen sie über das tosende Wasser hinweg auch nicht über die Lehren des Sokrates. Zu ihrer Verständigung reicht es, wenn sie sich ein paar Worte zurufen, die der andere auch versteht.

AKTUELL: Warum ist nicht jeder Verstorbene über diese Techniken zu erreichen?

KLEBER: Ich weiß, es klingt abstrakt. Aber so wie wir Schwierigkeiten haben, unsere Zeitgenossen von einem Leben nach dem Tod zu überzeugen, so könnte es ähnliche Probleme auch auf der anderen Seite geben. Vielleicht lehnen die meisten Verstorbenen den Gedanken an ein Leben vor ihrer jetzigen Existenz ganz einfach ab, weil sie sich nicht daran erinnern.

AKTUELL: Die Ereignisse »Geburt« und »Tod« lösen also eine Art Löschvorgang bei der individuellen Persönlichkeit aus? Wir können uns an das, was war, nicht erinnern?

KLEBER: Gewissermaßen. Doch die Chronologie des Lebens ist in den tiefsten Tiefen einer Persönlichkeit auf immer vorhanden. Sie läßt sich niemals auslöschen.

AKTUELL: Könnten Sie sich vorstellen, daß eines Tages Geräte im Handel sind, die den Kontakt zu Verstorbenen jederzeit ermöglichen?

KLEBER: Ich weiß, daß sich die folgende Aussage aus dem Mund eines Physikers recht seltsam anhört. Aber wir erleben bei unseren Untersuchungen, daß offenbar der Experimentator und das technische Gerät eine Art Einheit bilden. So erhält zum Beispiel nur Peter Hörich über seine Apparaturen diese paranormalen Bilder von Verstorbenen. Andere erreichen mit der gleichen Versuchsanordnung nichts. Da aber das Interesse an den Fragen nach dem Sinn des Lebens in unserer Gesellschaft zunimmt, kann man nur hoffen, daß sich parallel dazu eine technisch-spirituelle Evolution vollzieht. Nach den Theorien von Rupert Sheldrake über die morphogenetischen Felder braucht es ein bestimmtes Bewußtseinspotential zur Durchsetzung neuer Ideen, Visionen und Weltbilder.[33]

AKTUELL: Nach allem, was Sie über den Tod und das Leben danach zu wissen glauben, gehen wir davon aus, daß Sie keine Angst vor dem Sterben haben. Freuen Sie sich geradezu darauf?

KLEBER: Darauf freue ich mich nicht, weil ich der Meinung bin, daß ich in diesem Leben noch genug interessante Aufgaben zu erledigen habe. Schließlich ist mein Dasein von mir selbst gewählt. Ich bin allerdings schon sehr neugierig, was mich hinter dem Vorhang alles erwartet.

AKTUELL: Herr Professor Kleber, wir danken Ihnen für dieses Gespräch.

Am späten Vormittag fuhren Franziska und Stefan mit dem Bus hinauf nach Fiesole, das älter und würdiger ist als Florenz und besonders stolz auf seine Vergangenheit. In verwunschene Schönheit eingesponnen, fügt sich die kleine Stadt ungezwungen in das Bild von Hügeln und Himmel. Durch die Kirche San Francesco erreichten sie den Kreuzgang des Klosters, wo es wunderschön blühte, liefen treppab, als wollten sie zum Museum hinunter mit seinen Fundstücken aus vorrömischer Zeit. Dort unten lag eine Mauer der Etruskerburg frei, mit der ganzen Wucht ihrer unbehauenen, aufeinandergetürmten Steine. Franziska schaute verzückt auf den glitzernden Spiegel eines kleinen Teiches, der von einer Hecke mit lilafarbenen Blüten begrenzt wurde; ein Paradies für eine schwirrende, summende Wolke von Schmetterlingen, Bienen und Hummeln.

Als sie ein wenig weiterging, überraschte sie das märchenhafte Panorama von Florenz: ein Bogen des Appenin und der Arno, dahinziehend zum Kegel des Monte Amiata.

»Denken Sie sich die Häuser und Kirchen weg, dann haben Sie den Blick, den die Orakelpriester von hier oben hatten«, sagte eine Stimme hinter ihnen. »Eine sumpfige Flußebene, die sich am Horizont verlor.« Antonio Vitali ging mit weit ausgebreiteten Armen auf seine Besucher zu. »Schön, Sie zu treffen. Ich habe Sie bereits erwartet.«

Der Pater trug einen dunkelblauen Anzug mit weißem Hemd. Sein Händedruck war warm und fest. Eigentlich waren sie mit ihm am Portal von San Alessandro verabredet, von wo aus er sie zu dem Kloster führen wollte, in dem er für ein paar Monate zu Gast war. Franziska spürte eine starke Energie, die von dem eindrucksvollen Mann ausging. Gleichzeitig bemerkte sie in seinem Gesicht eine ihr fremde asketische Strenge.

»Sie stehen genau im Mittelpunkt eines alten etruskischen Orakels«, erklärte er lächelnd. »Die damaligen Deuter von Blitz und Vogelflug nahmen sich aller öffentlichen wie privaten Nöte an. Schade, daß sie nicht mehr zur Verfügung stehen. So bleibt uns der Blick in die Zukunft versperrt.«

Vitali änderte schon bald seinen Plauderton und kam zur Sache. Er hatte den Artikel von Stefan Zigrand in »Aktuell« bereits gelesen. Die publizistische Rückenstärkung seiner Arbeit schien ihm zu gefallen.

»Ich gratuliere, Herr Zigrand. Sie haben journalistisch gekonnt die Aufmerksamkeit einer großen Öffentlichkeit auf eine Thematik gelenkt, die mir sehr wichtig ist.«

Während ihrer Unterhaltung schlenderten die drei auf einem von Efeu und Moos eingesponnenen Weg zu einer kleinen Anhöhe im Zentrum von Fiesole. Der Pater berichtete von seinen Interventionen im Vatikan und kam dann auf eine Gruppe von Experimentatoren zu sprechen, die in Florenz seit Jahren über einen Kurzwellenempfänger eine Art Sprechfunk mit Verstorbenen betreibt.

»Die Inhalte der Botschaften sind spiritueller Natur«, fügte er hinzu. »Häufig werden technische Probleme der Transkommunikation angesprochen, konkrete Namen genannt und Situationen geschildert, die nur die Anwesenden kennen. Stefano Fabrici, er ist hier ein angesehener Notar, wird Sie gerne empfangen. Bei ihm sind immer die gleichen jenseitigen Kontaktpersonen hörbar, sechs oder sieben weibliche und männliche Stimmen.« Vitali zeigte sich überzeugt davon, daß es sich »um Wesenheiten aus der Astralebene handelt, die der irdischen Lebenssphäre am nächsten ist«.

»Es scheinen geistige Führer zu sein, die Verstorbenen den Übergang erleichtern«, ergänzte der Pater, als er mit seinen Besuchern in seinem Arbeitszimmer im Kloster angekommen war. Der Raum war einfach, aber nicht ungemütlich. »Ich spiele Ihnen gerne einige der Aussagen vor.«

Vitali schaltete ein altes, noch mit Röhren betriebenes Tonbandgerät ein und drückte auf die Wiedergabetaste. Franziska und Stefan lauschten gespannt auf die ungewohnt lauten paranormalen Stimmen, die der Pater für sie ins Deutsche übersetzte.

»Deine Welt ist zu Ende.«

»Du folgst der ewigen Bahn.«

»Hier ist eine Form, die du nicht wolltest.«

Der Pater schaltete das Gerät aus und blickte seine Besucher erwartungsvoll an. »Ich könnte Ihnen noch Hunderte von Stimmen vorspielen, aber ich denke, daß diese Aussagen ein guter Querschnitt sind.«
»Es fällt mir noch immer schwer zu glauben, daß diese Stimmen von Verstorbenen kommen«, sagte Zigrand leise. »Das klingt alles so unwirklich.«
»Du mußt dich endlich von deinen alten Weltbildern trennen«, protestierte Franziska sanft. »Diese Botschaften haben nichts, rein gar nichts mit deiner bisherigen Lebenserfahrung gemeinsam.«
»Wir beobachten die Arbeiten von Fabrici schon seit fünfzehn Jahren«, versuchte Antonio Vitali zu vermitteln. »Er blieb stets die Zentralfigur, während sich der Kreis der Teilnehmer oft veränderte. Es ist aus theologischer Sicht ein klassischer Fall von Spiritismus, wobei die gewonnenen Informationen durchaus medialen Kundgebungen aus anderen Kulturen und Zeiten ebenbürtig sind.«
Nur gedämpft klangen die Geräusche von Fiesole in die karge Klosterstube. Pater Vitali stand auf und schaute durch das Fenster auf die Gartenlandschaft des Mugellotales. Zypressen und Olivenbäume, Bauernhäuser und Villen, Rosen und Glyzinien. Er sehnte sich nach einem bedächtigen Spaziergang die Fiesolaner Hügel hinab zum Arno.
»Ich halte die Zeit für gekommen, daß wir all das, was wir herausgefunden haben, in einer allgemein verständlichen Sprache zusammentragen. Dieses Wissen wird die Menschen trösten, die einen lieben Angehörigen verloren haben. Und es wird denen die Angst nehmen, die sterben müssen.«
Stefan Zigrand trat neben den Pater ans Fenster. »Es ist schwer zu verstehen, daß es ein Weiterleben für mich gibt, während mein Körper zerfällt.«

»Vor langer Zeit waren die Menschen in einem engeren Kontakt mit dem, was den Tod angeht.« Vitali sah dem Reporter direkt ins Gesicht. »Erst vor etwa hundert Jahren begann der Prozeß, demzufolge immer weniger Leute mit Sicherheit wissen, daß uns, nachdem wir unseren physischen Körper abgelegt haben, ein Leben nach dem Tod erwartet. Doch jetzt hat ein neues Zeitalter geistiger Werte begonnen, die nichts mit den alten Religionen zu tun haben. Wir begreifen, wie wichtig das Universum für uns ist und wie wichtig wir für das Universum sind.«

»Täglich sterben Menschen auf der ganzen Welt«, ergänzte Franziska. »Und obwohl wir bereits Astronauten zum Mond gebracht und sicher wieder zurückgeholt haben, unternimmt die Wissenschaft nichts, um den Tod zu erforschen. Ist das nicht seltsam?«

Stefan Zigrand vereinbarte mit dem Pater für den nächsten Tag einen ausführlichen Interviewtermin. Der Mann gehörte ganz offensichtlich zu der größer werdenden Anzahl kritischer Theologen, die sich den Erkenntnissen der Naturwissenschaften öffneten und dafür einen Bruch mit ihrer Kirche riskierten. Daß ausgerechnet Vitali ein scharfsinniger Beobachter der Transkommunikation war, schien ein glücklicher Zufall.

»Ich hoffe, Sie werden bei unserem Gespräch dabeisein?« Der Pater umarmte Franziska herzlich. Längst hatte er in ihr die Mitstreiterin erkannt, deren Leben durch ihr Wissen um die letzten Dinge bereichert worden war und die furchtlos zu ihrer Auffassung stand. Sie schien zu ahnen, daß jeder im Leben durch tausend Tode zu gehen hat, der seinen Mitmenschen die Kenntnis von der Unsterblichkeit mitzuteilen versucht.

»Ich komme gerne, Pater«, antwortete sie fröhlich. »Aber zuerst möchte ich Florenz sehen. Als Kind schon habe ich von dieser Stadt geträumt.«

Franziska und Stefan verließen die Bildersäle der Uffizien und erholten sich von der erdrückenden Fülle goldgerahmter Schönheit an der Ecke der Via de Ninna und der Via dei Castellani in einer Schankstube, in der alle Besonderheiten der florentinischen Küche zusammengedrängt waren. Eine Frau in roten, schenkelhohen Lacklederstiefeln versuchte am Tresen mit einem Glas Wein in der Hand den täglichen Alltagsfrust zu vergessen. Auf den Regalen reihten sich berühmte toskanische Lagen, und die Fülle der Vorspeisen in der Vitrine bot für Franziska und Stefan eine Grundlage für weitere kulinarische Abenteuer an weniger lebhaften Orten. Behutsam stießen sie ihre Gläser aneinander, während sie die Prozession gehetzter Besucher vor der Tür erspähten, die nervös zu Michelangelos »David« eilten oder zu Leonardos »Verkündigung«.
»Den kenne ich doch!« Franziska erhob sich halb von ihrem Stuhl, um besser sehen zu können. Einer der Passanten hatte ihre Aufmerksamkeit geweckt, doch ehe sie ihn genauer betrachten konnte, war er ihren Blicken entkommen.
»Er sah aus wie Steiner«, überlegte sie. »Er war in Begleitung eines anderen Mannes.«
»Du hast dich bestimmt getäuscht, Franziska«, versuchte sie Zigrand zu beschwichtigen. »Steiner hat ein Allerweltsgesicht. Es gibt viele, die so aussehen wie er.«
Der Wein machte sie hungrig. Auf ihren Wunsch hin rieb der Wirt hinter dem Tresen ein wenig Knoblauch über geröstetes Brot, goß ein paar Tropfen Öl darüber und servierte den Pecorino fresco – einen jungen Schafskäse – mit ein paar saftigen Birnenscheiben auf einem Brettchen. Die Köstlichkeit des bescheidenen Mahls beschwor eine Vision vom Glück.
»Die Frau in der Muschel sieht aus wie Susanne«, sagte Franziska und lächelte ihn an. Zigrand begriff, daß sie von

Botticellis »Geburt der Venus« sprach. Schweigend und glücklich waren sie dagestanden, versunken in der überirdischen Schönheit des Bildes.

»Wer ist Susanne?« fragte Zigrand und nippte am Wein.

»Susanne Beckmann ist die Tochter eines mächtigen Pharmabosses aus Basel. Sie hätte die besten Chancen, eine Karriere in der Wirtschaft zu machen. Aber eigentlich ist sie ein kleines Mädchen, das vor ein paar Monaten ein noch kleineres auf die Welt gebracht hat.«

Langsam begann Zigrand, sich in Franziskas Leben zurechtzufinden. Susanne war die Freundin, die in Montpellier als Goldschmiedin arbeitete, weil Alain dort lebte, der seinen Vaterpflichten nachkam, indem er hin und wieder auf Sophie aufpaßte, das Baby mit dem dichten schwarzen Haar und den unglaublich meerblauen Augen.

»Ein Kind verändert dein Leben, weil es entweder hungrig oder naß ist, lächelt oder weint. Und du mußt ständig alles wieder in Ordnung bringen. Du kannst dir nicht mehr in Ruhe die Haare kämmen oder telefonieren. Ein Baby ist wie ein Engel, der vergessen hat, daß er aus dem Paradies kommt und eigentlich vollkommen ist.«

»Du sprichst, als hättest du Erfahrung mit solchen Geschöpfen.«

»Ich habe Susanne und Sophie besucht«, antwortete Franziska. »Jeder Mucks von diesem Kind ist wie ein Alarmsignal für die Mutter. Sie haben die Fäden ihres Lebens total miteinander verknüpft.«

»Deshalb willst du nie und nimmer ein Baby«, vermutete Zigrand und griff nach ihrer Hand. »Ein weiser Vorsatz.«

»Unsinn«, lachte Franziska. »Natürlich möchte ich ein Baby. Und einen Mann, ein Haus, einen Garten und einen Hund. Ganz wie in der Margarinewerbung im Fernsehen.«

Im Hotel drückte ihnen der weißhaarige Hausdiener mit

der altmodisch gestreiften Weste einen Stapel Papier in die Hand, Faxe aus der Redaktion, die Zigrand bereits überflog, während sie noch über die knarrenden Stiegen zu ihrem Zimmer gingen.

»Leserbriefe zuhauf und jede Menge E-Mails«, staunte er. »Auch in unserem Internet-Forum wird die Geschichte heiß diskutiert.«

»Was sagen die Leute?« wollte Franziska wissen und griff nach dem Papierbündel. »Begeistert?«

»Schau es dir an«, gab Zigrand grimmig zurück. »Die einen schreien ›Hosianna‹ und die anderen ›Kreuziget ihn‹. Das Thema polarisiert die Leute total.«

Schon auf dem Flur hörten sie durch die Tür das Telefon läuten. Zigrand sperrte hastig auf und griff zum Hörer. Es war Berger aus der Redaktion.

»Die Story ist der absolute Hammer«, jubelte er. »Wir haben an den Kiosken eine Absatzsteigerung von vierzig Prozent gegenüber dem Durchschnitt. Wir müssen unbedingt einen Nachzieher machen. Vielleicht eine dreiteilige Serie. Gibt es genug authentisches Material?«

»Ich bin mir nicht sicher, Franz«, antwortete Zigrand. »Professor Vitali scheint gute Kontakte zu haben. Ähnlich wie Kleber ist er weltweit mit dieser Transkommunikations-Szene vertraut.«

»Wann kannst du wieder hier sein, Stefan? Es gibt einige Einladungen zu Talkshows. Außerdem wollen ein paar Kollegen von der Auslandspresse Exklusivzitate von dir.«

Nachdem er aufgelegt hatte, blickte Stefan Zigrand nachdenklich auf die letzten Strahlen der sinkenden Sonne, die sich im träge dahinfließenden Arno spiegelten. Er spürte, daß es für ihn kein Zurück mehr gab in den Stand der journalistischen Unschuld. Der Verfasser und seine Story waren untrennbar miteinander verwoben.

»Lies bitte«, unterbrach Franziska sein Grübeln. »Hier ist

ein Arzt aus Frankfurt, der über Tonbandstimmen wertvolle Hinweise zur Behandlung seiner Patienten erhält.«

»Es wird ja immer toller«, kommentierte Zigrand und griff unwillig zu dem Papier, auf dem ein gewisser Dr. Victor Rubaski Stellung genommen hatte.

»Auch wenn dieses Phänomen dem Unbeteiligten zunächst unglaubwürdig erscheint«, las Zigrand, »so gibt es dennoch Tausende von Menschen, die es erfahren haben. Daß die von Ihnen geschilderten Jenseitskontakte in dieser ausgeprägten Form nur bei einigen Personen auftreten, könnte doch mit gewissen sensitiven Eigenschaften dieser Individuen zu tun haben. So unglaublich es auch klingen mag, aber ich erhalte auf meinen Tonbändern oft brauchbare Hinweise verstorbener Kollegen zur wirksameren Behandlung meiner Patienten. Diese Kontakte sind daher sehr wertvoll für alle Beteiligten.«

Franziska hatte es sich inzwischen auf dem Bett gemütlich gemacht und blätterte stirnrunzelnd in den übrigen Zuschriften.

»Du wirst stellenweise übel beschimpft«, erregte sie sich. »Ohne sich näher informieren zu wollen, gießen diese Leute Schmutz über dich aus. Am meisten scheint sie zu stören, daß ein politisches Magazin sich mit einem solchen Thema beschäftigt.«

Zigrand starrte wieder schweigend aus dem Fenster.

»Es gibt auch zustimmende Kommentare«, versuchte Franziska ihn aufzumuntern. »Hier schreibt eine Frau aus Würzburg: ›Ich habe seit dreißig Jahren Ihr Magazin abonniert, und so dürfen Sie in mir eine intelligente, kritische Leserin sehen. Vor etwa zehn Jahren kam ich durch Zufall auf diese Tonbandeinspielungen und habe seitdem die verblüffendsten Ergebnisse erzielt. Abgesehen davon, daß sich meine verstorbenen Familienangehörigen melden, bekam ich auf Fragen teilweise erstaunliche Antworten.‹ Prima.

Durch deinen Artikel werden wir viele neue Mitstreiter finden und die Menschen ermutigen, sich zu ihren Experimenten zu bekennen.«
Franziska spürte, wie Stefans Zwiespalt sich in Niedergeschlagenheit zu verwandeln drohte. »Du trägst mit deiner Arbeit dazu bei, die Menschen mit einer anderen Realität vertraut zu machen. Jeder von uns hat in dieser Sache eine bestimmte Aufgabe. Du bist der Kommunikator. Bitte, versuche es doch positiv zu sehen!«
Das Telefon klingelte. Stefan Zigrand hob den Hörer ab. Franziska hörte eine undeutliche männliche Stimme.
»Ja, Pater Vitali hat mir von Ihnen erzählt«, sagte Zigrand. »Wir sollten uns bald einmal treffen... Wie bitte? Heute abend schon?... Wieso ist das wichtig?... Moment, ich notiere es mir... Ja, am Bandinelli-Standbild in der Via de Gori... Gut, wenn es so dringend ist, bin ich in einer Viertelstunde da.«
Obwohl es inzwischen dämmrig geworden war und die beiden kein Licht eingeschaltet hatten, bemerkte Zigrand eine bisher nicht gekannte Bestürzung in Franziskas Gesicht.
»Es war der Notar«, sagte Stefan und streichelte ihr zärtlich über das Haar. »Er will sich unbedingt mit mir treffen. Mach es dir schön, Liebes! Und vergiß all dieses Geschmiere!« Dabei zerknüllte der Reporter die Faxe und warf sie in den Papierkorb unter dem Fenster.
Franziska beruhigte sich langsam und schaltete die Nachttischlampe an. »Das Bandinelli-Denkmal ist in der Nähe des Doms«, erklärte sie nach einem Blick auf den Stadtplan. »Du schaffst es zu Fuß in zehn Minuten. Soll ich dich begleiten?«
»Bleib lieber hier«, antwortete er. »Es hörte sich ein bißchen konspirativ an. Bestimmt will Fabrici erst einmal mit mir allein sprechen, sonst hätte er es nicht so eilig.«

Zigrand zog sich seinen Trenchcoat über und beugte sich zu Franziska, die ihn vom Bett aus umarmte.
»›Liebe ist ein Zustand der Gnade‹«, sagte sie leise. »›Nur die sich gerade darin befinden, werden sich dessen höchst selten bewußt.‹ Ist von Franz von Assisi.«
Stefan griff zärtlich nach ihren Händen. »›Bleib schön artig, brav und fromm, bis nach Haus ich wiederkomm‹«, zitierte er. »Ist von Schneewittchen. Oder den sieben Geißlein?«
Inzwischen war es dunkel geworden. Florenz gehörte an diesen Frühlingsabenden den Florentinern, die eilig an den erleuchteten Läden mit den Kreationen von Gucci, Fendi und Armani vorbeihasteten und auch keinen Blick hatten für das Geschmeide in den Vitrinen von Mario Buccellati, das handgeschöpfte Briefpapier Marco Baldinis und die Trüffelbrötchen bei Procacci. Zigrand sah, daß die Menschen beinahe uninteressiert an dem waren, was zu den Höhepunkten abendländischer Kunst gehört: Kaum einen Blick warfen sie auf die Kuppel Brunelleschis, mit der sich der Baumeister am Dom von S. Maria del Fiore in ewige Erinnerung gebracht hat. Die Florentiner haben sich daran gewöhnt, mit ihrer Geschichte zu leben.
Als der Reporter die Borgo S. Lorenzo erreichte, verlangsamte er seine Schritte. Am Denkmal Bandinellis standen ein paar Halbwüchsige, diskutierend und rauchend. Auf einem Motorroller knatterte eine junge Frau vorbei, in einem kurzen Pelzmantel, der weit geöffnet war und im Fahrtwind flatterte. Ein elegantes Paar schlenderte an der Kirche San Giovanni degli Scolopi vorbei, in der einer der Medicis aufgebahrt lag, nachdem er im Bett einer schönen Frau, die er verführen wollte, den Tod gefunden hatte.
Zigrand kannte einige solcher Geschichten. Fast vergaß er über dieser Lust am unkomplizierten Flanieren sein Ziel. Er umrundete das Standbild, schaute ratlos in die Via del

Canton de Nelli, auf der ihm ein paar Passanten hastig entgegenkamen. Der Notar wolle ihn ansprechen, hatte er am Telefon gesagt. Er würde ihn bestimmt erkennen.
Stefan Zigrand wurde zusehends unruhig. Er ging zur Via de Gori hinüber, ob er wohl da jemanden entdeckte, der wie ein alter florentinischer Notar aussah, würdig und weise. Der Verkehrslärm ebbte ab, am Himmel über der Kirche San Lorenzo ergänzte die Sichel des Mondes das vollkommene Bild an Schönheit.
Zigrand umrundete noch einmal Bandinellis steinerne Gestalt, doch Stefano Fabrici war nicht unter den Menschen, die über den Platz gingen, um in einer der benachbarten Straßen wieder zu verschwinden. Stefan Zigrand beschlich ein seltsames Gefühl. Hatte sich sein Gesprächspartner verspätet oder war es gar nicht Fabrici, mit dem er am Telefon gesprochen hatte? Der Reporter fühlte sich sekundenlang wie in einem Kriminalfilm, in dem eine Falle ausgelegt worden war, in die er prompt hineingeriet. Eilig kehrte er um, hetzte über die Piazza di S. Giovanni zur Via del Corso, wo er endlich ein Taxi fand, das sich durch das abendliche Gedränge in die Lungarno Archibusieri kämpfte. Ungeduldig drückte er sämtliche Knöpfe an dem schmiedeeisernen Aufzugsgehäuse, bis er sich entschloß, zu Fuß die Treppen zum Zimmer hinaufzuhasten. Keuchend klopfte er an die verschlossene Tür.
»Franziska, ich bin es.«
Drinnen blieb es still. Panikartig drehte er an dem Messingknauf. Als sich die Tür nicht öffnen ließ, warf er sich mit aller Gewalt gegen das Holz. Es splitterte.
»Franziska, was ist mit dir?«
Die junge Frau lag auf dem Bett, bekleidet mit ihrem seidenen weißen Nachthemd, das ihre Gestalt wie eine marmorne Statue erscheinen ließ. Zigrand beugte sich über sie, suchte mit zitternden Händen die Ader am Hals. Vergeb-

lich tastete er nach dem Puls des Lebens. Aus ihrem Mund drang kein Atem mehr. Als er sie verzweifelt zu küssen begann, fühlte er schmerzhaft und endgültig die unbarmherzige Kälte des Todes, der nun auch sie eingeholt hatte.
Stefan Zigrand setzte sich auf das Bett und weinte hemmungslos. Etwas Schreckliches war ihm widerfahren, und er wußte, daß er davon träumen würde, so lange er lebte.

Durch die Blume

Unsere Toten sind nicht abwesend,
sondern nur unsichtbar.
Sie schauen mit ihren Augen voller
Licht
in unsere Augen voller Trauer.

Augustinus

Jedes Grauen hat seinen eigenen Klang. Autos stoßen mit einem gewaltigen Bersten aufeinander, Blitze schlagen krachend ein, Flugzeuge brechen mit peitschendem Knall, Bomben explodieren nach einem ohrenbetäubenden Zischen. Der Tod hat seine eigene Kakophonie. Nur dieser hier hatte sich heimlich eingeschlichen und lautlos sein Werk vollendet. Niemand in der Pension hatte einen Schrei gehört oder etwas Verdächtiges gesehen. Der Polizeiarzt stellte an Franziska Berg keine Spuren von Gewalt fest und schrieb als Ursache ihres Ablebens »Unbekannt« auf den Totenschein. Daraufhin beschlagnahmte der Staatsanwalt die Leiche und ließ sie zur Autopsie in die Pathologie bringen. Eine 28jährige Frau stirbt nicht so einfach an Herzversagen, meinte er.

Stefan Zigrand hatte auf der Wache ein Protokoll unterzeichnet, in dem er mehrmals darauf hinwies, daß Franziska wohl das Opfer eines Verbrechens geworden sei. Alle Umstände deuteten darauf hin. Auf Bitten der Behörden hatte er sich verpflichtet, bis zum Abschluß der Untersuchungen in Florenz zu bleiben. Allerdings konnte er keine Angehörigen angeben, die verständigt werden sollten. Als er Franziskas Notizbuch durchblätterte, war er auf ein paar Namen gestoßen, die ihm nichts sagten. Lediglich die Telefonnummer von Susanne Beckmann hatte er sich aufgeschrieben, um sie in einer ruhigen Minute in Montpellier anzurufen. Sie schien Franziskas einzige Freundin gewesen zu sein.

Zwei Männer eines Bestattungsinstitutes trugen einen schwarzen Leichensack aus dem Zimmer, der mit einem großen Reißverschluß versehen war. Als sich der schmiedeeiserne Fahrstuhlkorb mit ihnen in Bewegung setzte, herrschte eine angespannte Stille auf dem Flur. Niemand der Neugierigen bewegte sich, niemand machte ein Geräusch. Es war still wie in einem Mausoleum.

Stefan Zigrand packte seine Sachen und legte Franziskas Kleidungsstücke in ihren Koffer. Als er das Bad ausräumte und die Toilettenartikel in der Schminktasche verstaute, wußte er, daß ohne Franziska die Sonne nie wieder so hell scheinen und das Meer niemals wieder so grün sein würde wie bisher.

Er bezog ein Einzelzimmer im »Milano Terminus« an der Via de Cerrentani, wo er nicht auf den Arno sehen mußte, dessen Anblick sie beide so mochten. Zigrand nahm sich vor, keine Musik mehr zu hören, die sie liebte, weder Mahler noch Mozart, weder Tina Turner noch die Backstreet Boys. Es verging keine Sekunde, in der er sich nicht nach ihrer Stimme sehnte, ihrem ansteckenden Lachen und der Wärme ihrer Haut. Er wußte, daß er sich eine neue Sprache aneignen mußte, um sich der Welt verständlich zu machen. Die Sprache des Verlustes kannte keine Regeln und kein Wörterbuch, sie war nur mit dem Herzen zu verstehen. Um sie zu erlernen, braucht man es nur einmal durchzumachen: Verzweiflung, Leid, Hoffnungslosigkeit.

Stefan lag auf der Tagesdecke seines Hotelbettes, die Arme

unter dem Kopf verschränkt. Mit einer nie gesehenen Klarheit war ihm bewußt, daß unser Dasein kurz ist und man nicht warten darf, wenn man etwas sagen oder tun will. Seltsam, daß die meisten Menschen ausgerechnet dann das Leben so klar analysieren, wenn sie mit dem Tod konfrontiert werden.

Im Laufe des Morgens führte er ein paar Telefongespräche mit seiner Frankfurter Redaktion. Mit Helmut Grosse einigte er sich auf die Fortsetzung der Story, allein schon wegen des verschwörerischen Hintergrundes. Der Chefredakteur bot ihm »Verstärkung vor Ort« an, doch Zigrand lehnte dankend ab. Ihm war es wichtig, daß die Kollegen in Deutschland weiter recherchierten, während er auf der italienischen Fährte blieb. Franz Bergers Sprachlosigkeit tat Zigrand gut. »Beschissen« war das einzige Wort, das dem Kollegen zum Tod von Franziska einfiel. Was hätte er auch sagen sollen?

Zwischendurch rief Susanne Beckmann aus Montpellier an. Zigrand hatte sie auf ihrem Anrufbeantworter um Rückruf gebeten. Franziska hatte ihrer Freundin kürzlich noch von ihrer Verbindung erzählt, so daß sich der Reporter nicht lange vorzustellen brauchte. Offenbar war das Verhältnis zwischen den beiden Frauen doch sehr eng gewesen. Susanne war tief betroffen von der Todesnachricht und wollte spontan nach Florenz kommen, um von ihrer Freundin Abschied zu nehmen.

Gegen Mittag fuhr Stefan Zigrand nach Fiesole, wo ihn Antonio Vitali in seinem Arbeitszimmer stumm umarmte. Dann saßen sie eine Weile an dem kargen Holztisch. Stefan weinte und tat nichts, um dies zu verhindern. Der unerschütterliche Reporter hatte sich in einen zutiefst verletzten Menschen verwandelt. Wortlos legte der Pater seine schweren Hände auf die seines Besuchers.

»Lassen Sie uns in den Garten gehen«, sagte er nach ein

paar Minuten und erhob sich. Stefan Zigrand folgte ihm schweigend.

Die florentinischen Gärten gelten seit jeher als Hort der alten Mythen, an dem Alchimisten die Geheimnisse der Kräuter erforschten, die sie zu Heilzwecken oder - wie die Geschichte der Stadt nur allzugut lehrt - auch zur Bereitung tödlicher Gifte verwendeten, die keine Spuren hinterließen. Vitali führte seinen Gast durch ein Labyrinth von Zitronenbäumen, Azaleen und Hibiskus, die alle in voller Blüte standen und einen verwirrenden Duft verströmten.

»Da stirbt ein junger Mann in einem Fernsehstudio, da explodiert ein Handy in einem Auto und da stirbt eine junge Frau in Florenz, plötzlich und ohne daß man auf den ersten Blick die Todesursache erkennen kann«, begann Zigrand das Gespräch. »Es ist ein Komplott. Aber wer steckt dahinter? Was sind die Motive für diese Morde?«

»Mit der Entdeckung der Transkommunikation und den zahlreichen Ergebnissen aus der experimentellen Forschung haben wir zum ersten Mal einen objektiven Beweis für eine nahtodliche Existenz«, griff Antonio Vitali die Gedanken seines Gastes auf. »Die ist geradezu revolutionär und läßt überkommene Weltbilder einstürzen wie Kartenhäuser. Es mag für Sie seltsam klingen, aber die von Ihnen genannten Menschen sind Märtyrer, die für eine Idee starben, deren Zeit gekommen ist. Ihr Tod symbolisiert den uralten Kampf zwischen dem Alten und dem Neuen. Es scheint, daß die Scheiterhaufen des Mittelalters noch immer nicht verlöscht sind.«

Die beiden Männer waren vor einem kleinen Teich stehengeblieben, der von einer wild wuchernden Hecke begrenzt wurde, aus der sich lilafarbene Wicken dem Licht entgegenstreckten. Zahlreiche Schmetterlinge und Hummeln umschwärmten das üppig duftende Paradies. Zigrand erinnerte sich genau an diesen Platz, den er zusammen mit dem Pater und Franziska vor nicht einmal 24 Stunden überquert hatte. Auch damals waren sie ins Gespräch vertieft gewesen. Pater Vitali schien seine Gedanken zu erraten.

»Es ist mein täglicher Weg«, sagte er lächelnd und deutete auf die Pracht der blühenden Blumen und Hecken. »Alle meine Besucher führe ich hierher, um sie ein wenig zu verzaubern.«

Dann wurde er ungewohnt ernst. Er blieb stehen und schaute seinem Besucher ins Gesicht. »Bestimmt haben Sie schon darüber nachgedacht, daß auch Sie inzwischen zu den gefährdeten Personen zählen«, sagte Vitali. Zu Zigrands Überraschung faßte er dabei blitzschnell in die Hecke und riß eine der herrlich leuchtenden Wicken heraus. Er zog den Reporter dicht an sich heran. »Sie ist aus Plastik«, flüsterte er und deutete auf das winzige Mikrophon unter der Blumenimitation, dessen Oberfläche aus winzigen Solarzellen bestand, die den Sender mit Energie versorgten. »Ich vermutete solche Abhörgeräte in meiner Zelle und bin deswegen mit Ihnen in den Garten gegangen. Daß ich aber auch hier belauscht werden soll, spricht für die Raffinesse unserer Gegner. Sie sind mit meinen Gewohnheiten offenbar bestens vertraut.«

Stefan Zigrand erholte sich nur schwer von dieser Überraschung. Langsam begriff er, daß der Pater recht haben könnte. Die andere Seite - wer auch immer sich dahinter verbarg - mußte ein Interesse daran haben, weitere Veröffentlichungen über mögliche Beweise einer nachtodlichen Existenz in einem seriösen Nachrichtenmagazin zu verhindern. Die vergangenen Ereignisse zeigten, daß man nicht übertrieben feinfühlig vorging, um dieses Ziel zu erreichen.

»Ich werde weitermachen«, erklärte Zigrand bestimmt.

»Die Kollegen in Frankfurt haben einer Fortsetzung der Story zugestimmt. Außerdem wäre es nicht das erste Mal, daß ich bei meiner Arbeit in die Schußlinie gerate.«
»Dann werde ich Sie noch für heute abend bei meinem Freund Stefano Fabrici anmelden«, antwortete der Pater. »Es beunruhigt mich nur, daß gestern offensichtlich ein falscher Fabrici Sie aus dem Hotel gelockt hat, um Franziska in dieser Zeit zu töten. Woher wußte man, daß Sie eine Verabredung mit dem Notar planten?«
»Vielleicht haben wir es Ihnen durch die Blume gesagt«, lächelte der Reporter schwach und deutete auf die Plastikblüte in Vitalis Hand. Dann packte er seinen Gastgeber ungewohnt heftig bei den Schultern. »Wenn ich bedroht bin, dann sind Sie es schon lange. Sie und Professor Kleber sind die einzigen akzeptierten Wissenschaftler, die ein umfangreiches Wissen über die Transkommunikation haben.«
»Ich weiß.« Der Pater lächelte etwas müde. »Es wäre mir eine ungewohnte Ehre, zum Kreis der Märtyrer zu gehören.«
»Ihre Märtyrer mögen verdienstvolle Menschen gewesen sein, aber man bewirkt rein gar nichts, wenn man gestorben ist. Aus welch edlen Motiven auch immer. Nur wir Lebenden können die Welt verändern.«
»Sagen Sie das nicht so laut«, versuchte der Pater den aufbrausenden Reporter zu beruhigen. Dabei deutete er mit einer Handbewegung auf den prächtigen Garten. »Vielleicht blüht hier ja noch mehr Plastik.«
Die beiden Männer machten kehrt und gingen schweigend in das alte Gebäude zurück. Eine Einladung Vitalis, mit ihm noch ein Glas Wein zu trinken, schlug Zigrand aus.
»Ich wünsche Ihnen viel Glück«, sagte der Pater zum Abschied. »Bitte halten Sie mich über Ihre Arbeit auf dem laufenden.«

»Bestimmt, Professor Vitali«, entgegnete Stefan Zigrand ungewohnt förmlich und ergriff dessen Hände, die sich warm und fest anfühlten.

»Ich habe eine letzte Frage an Sie. Wo ist Franziska jetzt?«

»Bitte glauben Sie mir, Stefan, obwohl es für Sie unglaublich klingt: Franziska ist in jenes Zuhause zurückgekehrt, das uns alle einmal erwartet. Es ist ein Heim des Friedens, in dem es keine Schmerzen und Kümmernisse gibt und in dem sie endlich das ist, was sie immer sein wollte, nämlich ein Wesen voller Ausgeglichenheit zwischen den physischen, emotionalen, intellektuellen und spirituellen Varianten unserer Existenz.«

»Verzeihen Sie bitte, Pater, aber das ist mir zu pastoral. Wenn ich die Transkommunikation richtig verstanden habe, dann muß es eine Art Parallelwelt geben, die ein Weiterleben in einer anderen Energieform gestattet.«

»Das ist richtig«, entgegnete ihm der Pater und ging mit ihm zur Pforte des Klosters. »Nach den Erkenntnissen aus der Transkommunikation gibt es sogar zehn solcher – na, sagen wir mal – Energieebenen. Nach allem, was ich von Franziska weiß, dürfte sie sich jetzt auf der dritten Stufe befinden, der sogenannten mittleren Astralebene. Das heißt, ihr Körper ist immer noch materiell, aber aus einer feineren Substanz, die schneller schwingt. Wenn Sie mich wieder besuchen, erzähle ich Ihnen gerne mehr darüber.«

»Werde ich sie irgendwann wiedersehen?«

Antonio Vitali spürte bei Stefan Zigrand die untröstliche Verzweiflung über den Verlust eines geliebten Menschen und den fast kindlichen Wunsch nach einer baldigen Vereinigung, der nicht selten in einer irrationale Todessehnsucht mündet.

»Im gesamten Universum herrscht Willensfreiheit«, antwortete der Pater. »Aber denken Sie daran, was Ihnen auch

Franziska immer wieder gesagt hat. Wir leben im Hier und Jetzt. Und da gibt es eine Menge zu tun.«

Aus dem Taxi, das die kurvige Straße nach Florenz hinunterfuhr, sah Zigrand über den Lichtern der Stadt die sich auftürmenden Wolken eines Gewitters, das seine ersten zitternden Blitze entlud. Es war ihm, als ob er im fernen Grollen des Donners Franziskas Stimme vernahm: Im Leben gibt es viele Chancen, doch eines Tages hören die Chancen auf, alles hört auf.

Haut an Haut

Gewisse Leute hoffen sich durch ihre Werke oder ihre Nachkommen Unsterblichkeit zu verschaffen. Ich ziehe es vor, Unsterblichkeit zu erlangen, indem ich nicht sterbe.

Woody Allen

Das Gewitter hatte sich verzogen, aber es regnete noch immer, so daß sich das Licht der Straßenlampen auf dem nassen Kopfsteinpflaster spiegelte. Zigrand bog von der Via del Melarancio in eine schmale Gasse und folgte bereitwillig dem Duft frischen Brotes, der einem Hinterhof entströmte. Durch die weit geöffnete Tür sah er in die hell erleuchtete Backstube. Der Anblick des weiß gekleideten Bäckers und seiner schwitzenden Gesellen hatte etwas Beruhigendes. Ein paar Schritte noch, dann stand Zigrand vor einer schweren, hölzernen Tür. Dieser Teil des Hofes war nicht erleuchtet. Vergeblich suchte er nach einem Schild oder einer Klingel.

»Ich denke, Sie sind hier richtig, Herr Zigrand!«

Verblüfft drehte sich der Reporter zu der dunklen Gestalt um, deren Umrisse sich nur wenig von dem alten Gemäuer hinter ihm abhoben. »Ich habe schon auf Sie gewartet!«

Stefan Zigrand erkannte den Mann an seiner Stimme.

»Professor Kleber, welch eine Überraschung, Sie hier zu treffen!«

Die beiden umarmten sich herzlich. Nachdem Erich Kleber seine Bestürzung über den Tod von Franziska geäußert hatte, wies er Zigrand den Weg zu zwei Räumen im Souterrain des Gebäudes, die vollgestopft waren mit alten Radioapparaten und Tonbandgeräten aus den fünfziger Jahren. Teilweise hatten sie noch das grünschimmernde magische Auge, das zur Feinabstimmung diente. Auch ein Morseapparat stand auf dem Tisch, an dem ein weißhaariger Mann in einem etwas altmodischen schwarzen Anzug saß.

»Mein Name ist Stefano Fabrici«, sagte er und erhob sich, um Stefan Zigrand die Hand zu schütteln. »Ich pflege die Kontakte schon seit fünfzehn Jahren. Diese Mitteilungen aus anderen Kulturen und Zeiten haben mein Leben verändert, und ich hoffe, sie verändern eines Tages auch das Denken der Menschen.«

Fabrici sprach Deutsch mit dem melodischen Tonfall der Italiener. Er und Kleber kannten sich seit langem.

»Diese Apparate hier empfangen eine uns unbekannte Energie, deren Botschaften jenseits unserer Erfahrungen liegen und deren Inhalte unsere Kenntnisse von den Letzten Dingen übersteigen.«

»Es sind immer die gleichen Verstorbenen, die sich bei Signor Fabrici melden«, erklärte Kleber. »Zu unterscheiden sind sechs oder sieben männliche und weibliche Stimmen. Oft wird der Name ›Alan Cordula‹ genannt, der meiner Ansicht nach ein Anagramm, ein Buchstabenversetzungsrätsel des wirklichen Namens ist.«

»Sie haben den Kontakt zu mir absichtlich aufgenommen. Die Geräte hier«, dabei deutete Fabrici auf die Ansammlung veralteter Apparate, »sind zwar nicht auf dem neuesten technischen Stand, aber sie eignen sich hervorragend für die Zwecke meiner jenseitigen Freunde. Hören Sie selbst!«

Der Notar betätigte die Wiedergabetaste eines bereits

warmgelaufenen Tonbandgerätes. Im Lautsprecher rauschte es. Kleber übersetzte die gut verständlichen Sätze ins Deutsche.

»ICH MÖCHTE AUSBEUTEN EINEN GEMEINSAMEN WISSENSCHAFTLICHEN TRICK ...«

»UNSERE BEGEGNUNG EINE HOFFNUNG. BRÜCKE SEHR INTERESSANT.«

»FRÜHER ODER SPÄTER, JEDER MUSS MACHEN DEN HINÜBERGANG.«

Zigrand hatte sich noch immer nicht an dieses Phänomen gewöhnt. Unwillig hörte er die Stimmen, doch heimlich keimte in ihm die Hoffnung, über diese seltsamen Apparate ein Zeichen von Franziska zu erhalten. Gleich darauf verwarf er den Gedanken wieder.

»Die unbekannten Kommunikatoren beweisen stets, daß sie alles sehen und hören, was bei diesen Experimenten geschieht. Sie demonstrieren auch, daß sie genau wissen, was die Anwesenden denken.«

Fabrici suchte die dazu passende Stelle auf dem Tonband.

»DU MACHST VERSUCH, WIR BEOBACHTEN ...«

Der Notar schaltete das Gerät ab. »Ich bin davon überzeugt, daß es sich bei meinen Gesprächspartnern um Wesenheiten aus der dritten Ebene, der sogenannten Astralebene handelt, die der irdischen Lebenssphäre am nächsten ist. Es scheinen geistige Führer zu sein, die den Verstorbenen den Übergang erleichtern helfen. Hören Sie!«

Stefano Fabrici drückte noch einmal die Wiedergabetaste.

»DEINE WELT IST ZU ENDE!«

»HIER IST EINE FORM, DIE DU NICHT WOLLTEST.«

»DU FOLGST DER EWIGEN BAHN.«

»ENDLICH BIST DU WIEDER EMPORGESTIEGEN.«

Stefan Zigrand bedrückte die Stille, die diesen Aussagen

folgte. Die beiden Männer sahen ihn stumm an. Auch aus dem Hof kam kein Geräusch. Niemand der Anwesenden schien das unheimliche Schweigen unterbrechen zu wollen. Irritiert erhob sich der Reporter, um ein paar Schritte zu gehen. Selten war er so nervös und unsicher gewesen. Erschrocken zuckte er zusammen, als plötzlich nach einem kurzen Flackern die Lampen im Raum erloschen, um nach ein paar Sekunden wieder zu leuchten.

»Möchten Sie mit den Jenseitigen sprechen?«

Der Notar strich sich über sein volles weißes Haar und bedeutete dem fremden Besucher, sich neben ihn zu setzen. Dann schaltete er den Kurzwellenapparat ein und bediente die Morsetaste. Die Antwort erfolgte prompt. Fabrici übersetzte die Piepstöne aus dem Lautsprecher.

»PROZESS DER REIFE LANGSAM PFLEGEN ...«

Professor Kleber blickte erstaunt auf. »Eine durchaus sinnvolle Aussage«, kommentierte er. »Sie weisen uns immer wieder darauf hin, daß wir mit der Transkommunikation nichts überstürzen dürfen.«

Im Lautsprecher rauschte es. Fabrici drehte an dem schwarzen Knopf, mit dem an diesen altmodischen Apparaten die Sender abgestimmt werden.

»Habt Ihr eine Information für meinen Gast? Könnt Ihr uns etwas über seine Geliebte sagen, die hinübergegangen ist?«

Zigrand verwirrte dieses Wort. Geliebte, die Bezeichnung hatte den Beigeschmack des Fatalen. Und dabei gab es doch wohl kaum eine bessere Beschreibung für einen Menschen, den man liebt. Er konzentrierte sich wieder auf das Experiment. Aus dem konfusen Wellensalat formte sich deutlich eine kehlige männliche Stimme.

»CORDULA SPRICHT: VERGISS DIE FALSCHEN INFORMATIONEN. DICH HAT DER KONFLIKT ENTGEGENGESETZTER GEDANKEN VERWIRRT!«

Noch ehe sich die Zuhörer über diesen Satz verständigen konnten, hörten sie aus dem Lautsprecher eine Melodie, die langsam deutlicher wurde. Nach ein paar Sekunden brach sie mit einem Krächzen ab.
»Es ist der ›Blumenwalzer‹ von Tschaikowskij.« Erich Kleber fand als erster die Sprache wieder. Zigrand beugte sich erschrocken über den Tisch. Seine Wangen glühten, die Hände zitterten. Wie oft hatte er dieses Stück in der letzten Zeit schon gehört.
»Franziska«, rief er. »Wo bist du? Melde dich? Sage mir, wie es dir geht?«
Außergewöhnlich nervös trommelte der Journalist mit den Fäusten auf den Tisch, griff nach den Apparaten und drehte hektisch an den leuchtenden Skalen. Fabrici und Kleber versuchten, ihn zu beschwichtigen.
»Soll ich ihm eine Beruhigungspritze geben?« Ein Mann trat aus dem Schatten des Eingangs in den Bereich der schwachen schwarzen Hängelampe.
Zigrand erkannte ihn sofort. Wütend stürzte er sich auf den verdutzten Mann, krallte sich in sein Jackett und schüttelte ihn heftig.
»Steiner. Sie verfluchter Kerl. Was haben Sie mit Franziska gemacht?«
Der Arzt wehrte sich schwach und war erleichtert, als die beiden Männer den aufgewühlten Reporter von ihm weg auf einen Stuhl zogen und festhielten.
»Ich bin Dr. Matthias Steiner«, sagte der ungebetene Gast und verbeugte sich andeutungsweise. »Im Büro von Professor Kleber sagte man mir, daß ich ihn hier in Florenz finden würde.«
»Er hat versucht, Franziska im Hotel zu vergewaltigen!« Zigrand sprang auf und steuerte auf Steiner zu. Nur mühsam konnten ihn Kleber und Fabrici zurückhalten.
»Er steckt hinter all den scheußlichen Morden«, keuchte

Zigrand und deutete mit ausgestrecktem Arm auf den erschrockenen Arzt. »Er weiß mehr darüber. Wir sollten ihn der Polizei übergeben!«
Steiner drückte sich mit dem Rücken zur Wand dem Ausgang zu, während die beiden Männer einen weiteren Versuch machten, den aus der Fassung geratenen Journalisten zu beruhigen. Die Apparate auf den Regalen waren noch immer eingeschaltet. Gespenstisch glimmten die magischen Augen der elektronischen Geräte. Unerwartet schnarrte eine Stimme aus dem Lautsprecher: »DIE BEDINGUNG ZUM HÖREN IST ALLEIN DIESE: SPIRITUALITÄT.«
Jeder der Anwesenden hatte den Satz sogleich verstanden. Verwirrt schauten sie auf die Apparate. Im gleichen Moment machte Zigrand einen Satz nach vorn, kletterte auf den Tisch und riß mit einem gewaltigen Ruck das schwarze Radiogerät herunter, das splitternd auf dem Boden zerschellte.
»Verdammt noch mal, ich habe genug von diesem jenseitigen Geschwätz«, brüllte er. »Ich will endlich wissen, was mit Franziska passiert ist!«

Ohne ein Wort miteinander zu wechseln, gingen Zigrand und Kleber nebeneinander durch die frische, regenblanke Nacht. Am hellerleuchteten Eingang des »Milano Terminus« verabschiedete sich der Professor; er war im »Calzaiuoli« abgestiegen, einem kleinen Hotel, das er seit Jahren schätzte.
»Das Leben verschleißt uns und macht uns alt«, sagte er müde. Erschrocken über die eigene Melancholie drehte er sich zu Zigrand um, berührte sanft dessen Schultern und sah ihn dabei eindringlich an. »In der letzten Nacht hatte ich einen seltsamen Traum. Ich schwebte hoch über der Erde im Weltraum. Mit einer überirdischen Klarheit sah ich auf Städte und Dörfer, in denen die Menschen verschwin-

dend klein ihr Leben lebten. Ich kam mir unnütz und unwichtig vor, aber gleichzeitig war ich auch der Mittelpunkt des Weltalls. Ein Reigen von Sonnen, Monden und Planeten umkreiste mich. Dabei habe ich etwas verstanden, was ich Ihnen nicht erklären kann. Nicht einmal mir selbst.«
Es war weit nach Mitternacht. Zigrand betrat die Hotelhalle und ging zur Rezeption, hinter der ein müder Portier ihn verwundert ansah.
»Den Schlüssel bitte für Zimmer Zweiundzwanzig«, sagte er.
Umständlich griff der Mann nach dem Schlüsselbrett. »Sind Sie Signor Zigrand?«
»Ja, was ist?«
»Sie haben Besuch.«
Dabei deutete der Portier auf eine junge Frau, die es sich in einem der Sessel im Foyer bequem gemacht hatte. Sie war wohl ein wenig eingenickt, sprang aber sofort auf, als sich Zigrand ihr näherte.
»Ich bin Susanne Beckmann«, sagte sie mit einem offenen Lächeln und reichte ihm die Hand. »Ich habe lange auf Sie gewartet.«
»Sie sind die Freundin von Franziska?« Im gleichen Moment ärgerte sich Zigrand über diese Floskel. Natürlich war sie es, mittelgroß, blond und wunderbar jung. Der Reporter hatte ihre Absicht, nach Florenz zu reisen, nicht ernstgenommen.
»Ja. Und ich bin gekommen, um von ihr Abschied zu nehmen.«
Tränen traten ihr in die Augen. Zigrand war versucht, sie tröstend in die Arme zu nehmen, doch schien ihm die Geste irgendwie unpassend. Zwischen ihnen gab es keine Vertrautheit, eher eine spontane Sympathie.
»Ich verstehe Sie nicht ganz.«
»Nun, ich wollte sie noch einmal sehen, ihre Hand halten

und ihr Gesicht streicheln. Wir waren mehr als nur Freundinnen.«
»Das wird kaum möglich sein, denke ich. Die Leiche ist von der Staatsanwaltschaft noch nicht freigegeben. Franziska liegt in der Kühlkammer des Gerichtsmedizinischen Instituts hier in Florenz.«
Es fiel Zigrand schwer, so sachlich über Franziska zu sprechen. Die distanzierte Ausdrucksweise stand im krassen Gegensatz zu dem Schmerz und der tiefen Trauer, die ihn noch immer wie ein schubweises Fieber schüttelten.
»Eben nicht.« Die Stimme der Frau drang zu ihm wie durch einen Nebel. »Sie ist in keiner Kühlkammer. Ich habe überall nach ihr gesucht. Franziska ist verschwunden.«
»Wie meinen Sie das? Ihre Freundin wurde von einem Leichenwagen abgeholt und weggebracht. Die Polizei hat mich gebeten, bis zur Obduktion die Stadt nicht zu verlassen.«
»Ich bin seit heute morgen hier und habe nichts anderes getan, als nach dem Verbleib von Franziskas Leichnam zu suchen«, entgegnete Susanne Beckmann erregt. »Als ich schließlich im Gerichtsmedizinischen Institut vor einer dieser Kühlkammern stand, in der sie hätte aufbewahrt sein müssen, war diese leer. Ich sehe noch immer das verblüffte Gesicht dieses schmierigen Pathologen vor mir.«
Zigrand war aufgewühlt. Es fiel ihm schwer, das alles zu begreifen. Ungläubig sah er die Frau an.
»Der Staatsanwalt ist außerordentlich besorgt. Er wird eine Fahndung nach der Toten ausschreiben.«
»Wie haben Sie es geschafft, in die Pathologie und zur Staatsanwaltschaft vorzudringen?« fragte er verblüfft. »Sie sind doch noch nicht einmal mit Franziska Berg verwandt.«
»In einem Land, in dem mißliebige Richter und Staatsanwälte auf Bestellung ermordet werden, ist alles möglich.«

Susanne Beckmann hatte sich erhoben und schaute auf ihn herunter. Ihre Stimme klang trotzig und arrogant. »Geld, mein Lieber! Haben Sie nicht gewußt, daß mit Geld alles möglich ist? Und viel Geld bedeutet Macht. Und manchmal auch den Tod! Ich weiß, wovon ich spreche. Schließlich habe ich den größten Teil meines Lebens in einer Familie verbracht, in der Geld und Macht gleichermaßen dominierten.«
»Wie können Sie nur so reden? Ich meine, woher nehmen Sie diese Kaltblütigkeit im Angesicht Ihrer verstorbenen Freundin?«
»Franziska und ich kennen uns seit Jahren. Es ist eine Seelenfreundschaft, die keiner großen Worte bedarf. Wir verstehen uns wie Liebende. So, und jetzt gehen wir auf mein Zimmer und sprechen über Franziska, über mich, über Sie und dieses ganze beschissene Leben.«
Susanne Beckmann stand auf und hielt dem Nachtportier ein Bündel Lirescheine unter die Nase.
»Vino, per favore. Aber vom Feinsten.«

Stefan löschte die Lampe auf dem Nachttisch, während er unter seinen schwergewordenen Lidern die ersten grauen Schleier des Morgenlichtes gewahrte. Auf dem verschlissenen Teppich vor dem Bett standen ein paar leere Rotweinflaschen mit Etiketten aus dem benachbarten Chianti.
In seinem Kopf drehten sich die Bilder. Franziska war verschwunden. So viel war klar. Hatte jemand ihre Leiche entführt, um die Aufklärung eines Mordes zu verhindern? Oder war sie gar nicht gestorben, sondern nur in eine totenähnliche Starre versetzt worden? Für die Giftmischer der Medici war das nie ein Problem gewesen. Zigrand fühlte, wie ihm die Bilder entglitten. Dicht aneinandergeschmiegt lag er mit Susanne auf dem durchgelegenen, breiten Bett. Er roch den kalten Zigarettenrauch, der sich in ihren Haa-

ren festgesetzt hatte. Susanne war warm und wirklich. Stefan umschlang sie mit seinen Armen, wollte ein Teil von ihr sein und sie zu einem Teil von sich machen, so wie seine Arme und Beine zu ihm gehörten. Sie rollte sich auf die Seite, wandte sich ihm zu und streifte mit ihrem Rotwein-Atem sein Gesicht.

Erst küsste sie ihn sanft und fragend, aber bald schon preßten sie ihre Körper aneinander, ihre Küsse wurden fordernder, und schließlich gab es kein Zurück mehr. Hastig streiften sie die Kleider ab, ohne ihre Lippen voneinander zu lösen. Das Aufbäumen ihrer nackten Körper war ein Akt von Gier, Trauer und Verzweiflung.

Als sie später erschöpft beieinanderlagen, hatten sie keine Worte mehr. Sie blieben noch eine Weile wach und hingen ihren einsamen, getrennten Gedanken nach. Haut an Haut und doch Welten voneinander entfernt, schliefen sie schließlich ein.

Das Leben geniessen

»Ich kann Ihnen leider nichts anderes mitteilen, Signore.« Der Staatsanwalt stand vor seinem Schreibtisch in dem alten florentinischen Gerichtsgebäude und hob theatralisch die Arme. »Die Leiche ist verschwunden. Wir haben alle Angestellten der Pathologie befragt. Niemandem ist etwas aufgefallen. Und verwertbare Fingerabdrücke an dem Kühlfach haben wir auch nicht gefunden.« Ehe Zigrand antworten konnte, faßte der Staatsanwalt nach. »Ja, Sie haben recht. Es ist ein Skandal. Aber es wird sich bald vieles ändern in diesem Land.«

»War die Tote bereits obduziert, als sie verschwand?« fragte Zigrand. Der Staatsanwalt war einer jener jungen Beamten, die sich unter dem Beifall der Bevölkerung für radikale Reformen in der italienischen Justiz einsetzen. Er wirkte vertrauenswürdig und kompetent.

»Nein, die Leiche sollte erst am nächsten Morgen untersucht werden. Die Diagnose ›Tod durch Herzversagen‹ war mir zu ungenau.«

»Und sie wurde in der Nacht davor gestohlen, nur ein paar Stunden nach ihrem Tod?«

»Es muß wohl so gewesen sein.«

»Haben Sie irgendeinen Verdacht? Kommt so etwas öfter vor?«

Der Staatsanwalt hob noch einmal beschwörend seine Arme. »Ich habe keinen Verdacht, und ich habe auch noch nie von einem solchen Leichendiebstahl gehört, tut mir leid.«

Von der Straße drang der Verkehrslärm gedämpft durch die

dicken Mauern des Justizgebäudes. Stefan Zigrand spürte die Verwirrungen der Nacht in seinem Kopf. Auch sein Magen rebellierte, während er eine weitere Frage formulierte. »Könnte es sein, daß Franziska Berg noch gelebt hat, als man sie abtransportierte? Daß sie nur betäubt wurde und der Polizeiarzt ihre schwachen Lebenszeichen nicht bemerkte?«

Verärgert drehte sich der Staatsanwalt vom Fenster weg und sah Zigrand an. »Wir sind hier nicht in einem Kriminalfilm, Signore«, fauchte er. Dann zwang er sich zu einem süffisanten Lächeln. »Vor fünfhundert Jahren hätten wir über diese Frage ernsthaft diskutieren müssen. Zu Zeiten der Medici war man mit dem Giftbecher schnell bei der Hand. Aber heute? Sie haben zu viel Phantasie, mein Herr.«

Die beiden Männer verabschiedeten sich mit Handschlag. Der Staatsanwalt wies, wieder versöhnlich geworden, darauf hin, daß er angesichts der aktuellen Lage nichts für Zigrand tun könne und daß dieser nicht mehr zur Verfügung stehen müsse. Der Reporter gab ihm seine Karte und bat darum, ihn anzurufen, wenn er etwas Neues wisse. In einem Café am Bahnhof traf sich Zigrand mit Susanne Beckmann. Ihr geschicktes Make-up verdeckte die verräterischen Spuren der Nacht.

»Mir ist etwas eingefallen, Stefan«, sagte sie und rührte versonnen in einer Tasse Espresso. »Dieser Dr. Steiner, den du da gestern getroffen hast und den du für einen Kotzbrocken hältst, könnte tatsächlich einer sein.«

»Du kennst ihn?« Zigrand beugte sich neugierig über den Tisch, während der Kellner ihm einen Espresso servierte. »Woher?«

»Er ist ein Bekannter meines Vaters. So wie du ihn beschrieben hast, habe ich ihn schon einmal bei uns in Basel gesehen.«

»Du hast nie von deinem Vater gesprochen. Was macht er?«
»Er ist der oberste Chef eines Chemieunternehmens und sieht auch genauso aus. Im Ernst, er entspricht tatsächlich exakt der Klischeevorstellung, die sich viele Leute von einem solchen Mann machen.«
»In welcher Beziehung steht er zu Steiner?«
»Ich weiß es wirklich nicht, aber mein Vater liebt die Menschen nicht um ihrer selbst willen.«
Zigrand brachte Susanne zum nahe gelegenen Bahnhof. Bevor sie sich zum Abschied flüchtig auf die Wangen küßten, tauschten sie ihre Adressen aus.
»Ich melde mich, wenn ich etwas Neues erfahren habe«, versprach Zigrand. Auf dem Weg zum Hotel kaufte er sich die neueste Ausgabe von »Aktuell« und blätterte sie bereits im Gehen durch. Das Thema »Transkommunikation« war von der Titelseite verschwunden, tauchte aber als längerer Nachzieher im Kulturteil auf. Sein Artikel über die Experimente von Peter Hörich war durch ein Interview mit dem Leiter eines elektronischen Forschungsinstituts ergänzt worden, der Hörichs Apparaturen untersucht hatte und keinerlei technische Manipulationen feststellte. Von der Stuttgarter Redaktion stammte die Passage über den Statiker Gustav Tender, der über Jahre hinweg geheimnisvolle Stimmen am Telefon hörte. Die Gesprächspartner bezeichneten sich als Bewohner der »siebenten Dimension« und brillierten mit allerlei philosophischen Spitzfindigkeiten über Leben und Tod. Eine Fangschaltung der Telekom hatte nichts gebracht. Die mysteriösen Anrufer meldeten sich munter weiter, ohne von den Spezialisten enttarnt zu werden. Tender zeichnete die Anrufe auf Tonbändern auf und hatte bereits 60 Stunden Material archiviert.[34] Ein Fall für Kleber, der sich dann auch ausgiebig dazu äußerte. Einen breiten Raum nahmen noch immer

die zahlreichen Leserbriefe ein: Pro und Contra trafen in ungewohnt heftiger Form aufeinander. In einem Kasten waren Zitate aus deutschen und ausländischen Zeitungen veröffentlicht. Die meisten Kommentatoren warfen der Redaktion von »Aktuell« und ihrem Chefreporter Hang zum Aberglauben und einen damit verbundenen Rückfall in mittelalterliche Denkstrukturen vor. Nur ganz wenige rieten zu Toleranz und abwartendem Beobachten. Einen Zusammenhang zwischen den Attentaten und der Transkommunikationsforschung wollten die meisten Autoren nicht erkennen.

Im Hotel angekommen, ließ sich Zigrand am Telefon mit Chefredakteur Grosse in Frankfurt verbinden.

»Menschenskind, Zigrand, da scheint ja einiges aus dem Ruder zu laufen«, stöhnte er. »Die Sache mit deiner Freundin tut mir außerordentlich leid. Wie kam es dazu?«

Der Reporter brachte ihn auf den neuesten Stand des Dramas, berichtete von der verschwundenen Leiche, den Stimmen im Hinterhof und dem Auftauchen Steiners.

»Das Ding wird zum Kriminalfall, da warten wir erst einmal die Ermittlungen ab«, entschied der Mann in Frankfurt. »Die Story wird gestoppt, bis wir nähere Informationen haben.«

Stefan Zigrand war zu lange im journalistischen Geschäft, um solchen spontanen Entscheidungen von Chefredakteuren zu widersprechen. Er fand es immer wieder erstaunlich, wie selbst offensiv agierenden Nachrichtenmagazinen wie »Aktuell« manche Themen auf einmal zu heiß wurden.

»Wenn du nichts dagegen hast, nehme ich mir zwei Wochen Urlaub. Ich denke, es ist nötig.«

»Prima, Stefan. Genau das wollte ich dir vorschlagen. Mach eine Pause und genieße das Leben.«

Am späten Nachmittag brach der Reporter zu einer Odyssee auf, die ihn durch halb Italien, nach England und in die Schweiz führen sollte.
Als erstes verbrachte er zwei Stunden in der großbürgerlichen Wohnung von Carna Cebione in Genua, die er auf Empfehlung von Professor Vitali besuchte.
»Ich erhalte Botschaften von Verstorbenen, wenn ich liebevoll an sie denke. Lassen Sie uns einen geistigen Kontakt zu Franziska aufnehmen«, schlug sie vor. Signora Cebione griff nach Block und Bleistift, saß eine Weile ruhig da und schaute teilnahmslos aus dem Fenster. Nichts geschah. Zigrand blickte sich in der Wohnung um. In winzigen Nischen standen zarte Porzellantassen mit Goldrand, auf großformatigen Fotografien umarmte eine junge Carna Künstler der Genueser Oper. Ihre Augen hielt sie mittlerweile geschlossen. Sekundenlang ging ein Ruck durch ihren Körper, dann begann ihre rechte Hand wie automatisch zu zeichnen. Verblüfft beobachtete Zigrand, wie sich auf dem Papier exakte Ellipsen und Kreise formten, als wären sie von einem Zirkel gezogen. Wie in Zeitlupe bildete sich eine fast endlose Spirale, durch die gerade Linien wie Pfeile nach oben schossen. Abrupt setzte die Frau den Stift ab und malte danach blitzschnell eine schwarze Rose auf die rechte untere Ecke des Papiers.
Langsam kehrte Carnas Aufmerksamkeit in die Wirklichkeit zurück. Aus verschleierten Augen blickte sie auf das Blatt. »So geht es seit Jahren«, bedeutete sie ihrem Besucher. »Immer wieder malen sie diese Formen. Es sind Symbole für Ewigkeit und Wiedergeburt. Die Spirale, so haben sie mich gelehrt, steht für die Evolution des Menschen. Die Pfeile sind das Symbol für die Ausrichtung all unserer Bemühungen nach oben hin.«
»Wer sind *sie*?«
»Unten erkennen Sie das Signum meiner Auftraggeber:

eine schwarze Rose. Dahinter verbirgt sich eine Gruppe von Wesenheiten, die mir viel über die Geheimnisse unserer Existenz erzählen, während meine Hand diese Figuren malt. Oft empfange ich intuitiv Informationen von Menschen, die gerade hinübergegangen sind.«
»Haben Sie auch etwas von Franziska erfahren?« fragte Zigrand ungeduldig. Er bereute es bereits wieder, daß er sich auf diesen spiritistischen Zauber eingelassen hatte, doch galt es, auch die absurdeste Möglichkeit zu nutzen, um etwas über das Schicksal seiner Geliebten zu erfahren.
»Leider kamen keine Angaben über Franziska. Aber ich hörte ganz deutlich eine wunderbare Melodie und sah, wie sich dazu Hunderte von Blumen wie bei einem herrlichen Walzer im Winde bewegten. Es war unbeschreiblich schön.«

In Venedig kündigte sich der Sommer an. Stefan Zigrand war dem Trubel entflohen und auf die Isola S. Giorgio Maggiore übergesetzt, eine von acht Inseln im Golf von Venedig, die ursprünglich den Namen Spinalunga trugen. Warum sie umbenannt wurden, ist unter den älteren Venezianern umstritten. Viele von ihnen sagen, hier hätte man Adlige wegen kleinerer Verbrechen festgehalten. Venedig war voller phantastischer Geschichten, deren unglaublichste bis in die Gegenwart hineinzureichen schien.
»Es tut mir wirklich leid, Signore, aber Pater Niccolò hat sich bis zum 31. Dezember 1999 ein Schweigegelübde verordnet«, bedauerte Giovanni, ein freundlich-runder Benediktinermönch, mit dem Zigrand auf einer alten Mauer saß, die zum Kloster gehörte. »Ich nehme an, Sie kommen wegen des Chronovisors?«
Der Mönch, dessen dunkelbraune Kutte stilgerecht mit einer dicken Kordel zusammengehalten wurde, hätte

einem Gemälde von Giotto di Bondone entstiegen sein können, das Zigrand vor einigen Jahren im Dogenpalast betrachtet hatte.
»Sie können sich nicht vorstellen, was bei uns los war, nachdem Bruder Niccolò damals in Trento zum ersten Mal über diese Erfindung gesprochen hat. Jeder wollte die Apparate sehen, um damit in die Vergangenheit zu reisen.«
Der Mann lächelte vergnügt. Das Treffen mit dem Benediktiner war von Pater Antonio Vitali vorbereitet worden. Stefan Zigrand wollte es noch immer nicht glauben, was er da in einer alten Ausgabe der Zeitschrift »Oggi« gelesen hatte. Hinter den dicken Mauern des Klosters San Giorgio Maggiore sollte es eine Maschine gegeben haben, mit der man Bilder und Töne aus jeder beliebigen Epoche der Erdgeschichte rekonstruieren konnte.[35]
Bruder Giovanni genoß es, sein Geheimnis dem Besucher häppchenweise zu offenbaren. Eigentlich war über diese Angelegenheit der Mantel des Schweigens gebreitet worden, doch warum konnte man nicht erzählen, was Pater Niccolò ohnehin schon veröffentlicht hatte?
»Vor über vierzig Jahren wurde hier auf der Insel der einzige Lehrstuhl für Präpolyphonie gegründet«, erklärte Giovanni wichtig. »Zwölf größtenteils ausländische Wissenschaftler arbeiteten unter strengster Geheimhaltung an einem Projekt, das schließlich zur Entdeckung des magnetischen Bandes führte, auf dem Licht- und Schallwellen der irdischen Vergangenheit gespeichert worden sind. Damit war es theoretisch möglich, die Geschichte der Menschheit, aber auch das Leben jedes einzelnen Menschen aus der Vergangenheit bis in die kleinste Einzelheit zu rekonstruieren.«
»Bei allem Respekt, Bruder Giovanni, aber haben Sie das alles nicht in irgendeinem Science-fiction-Roman gelesen?«

»Der Herr stehe mir bei«, versicherte der Mönch treuherzig. »Ich habe die Apparate mit eigenen Augen gesehen. Sie standen damals in diesem Kloster. Wo sie jetzt sind, kann ich Ihnen leider nicht sagen.«

Er stand auf und bekreuzigte sich. Auf dem Canale di San Marco fuhr eine schwarze Gondel vorüber, in deren Mitte sich ein mit schweren Vorhängen verschlossener Baldachin befand, auf dessen silbernem Dach eine Engelsfigur thronte. Am Bug des Bootes, das von zwei schwarz gekleideten Gondolieri vorwärtsbewegt wurde, duckte sich ein Abbild des Löwen von San Marco.

»Ein armer Sünder auf seinem letzten Weg nach San Michele«, sagte der Mönch leise. »Gott sei seiner Seele gnädig.«

Zigrand kannte die Toteninsel in der Lagune von Venedig, auf der eine kleine Gruppe von Franziskanern in einem Kloster lebt, Wein für den Hausgebrauch anbaut und vom Verkauf von Salbei lebt, wichtigster Bestandteil der Traditionsspeise »Fegato alla veneziana« – Leber auf venezianische Art –, die in den besten Restaurants der Stadt angeboten wird. Nur wenige Familien leisten sich noch den Luxus, ihre Toten auf San Michele zu bestatten. Inzwischen sind auf dem kleinen Friedhof kaum noch Plätze frei und die wenigen schier unbezahlbar. Kleine Plastiken von Papst Johannes XXIII., dem verehrten ehemaligen Kardinal und Patriarchen von Venedig, stehen schützend auf vielen der dortigen Gräber.

»Mit dem Chronovisor könnte man zum Beispiel das Leben dieses Verstorbenen dort in seinem Sarg in allen Einzelheiten rekonstruieren?« fragte Zigrand den Pater und deutete auf die Umrisse der im Dunst verschwindenden Trauergondel.

»So wie ich das verstanden habe, ist es möglich.« Der Mönch blickte versonnen auf das trübe Wasser des Kanals.

»Ich war dabei, als es den Herren gelang, die nur noch fragmentarisch vorhanden gewesene antike Oper ›Tieste‹ von Quintus Ennius aufzuzeichnen, die 169 vor Christus während der Apollinarischen Spiele in Rom aufgeführt worden ist und später nahezu vollständig verlorenging.«
»Sind Sie ein Opern-Experte, Bruder Giovanni?« erkundigte sich Zigrand verwundert.
»Nein, mein Herr, aber ich habe mir nach dieser Aufführung mit dem Chronovisor alle Daten genau notiert. Wer weiß schließlich heute noch etwas von einem Komponisten namens Quintus Ennius?«
»Können Sie mir den Vorgang beschreiben, dessen Zeuge Sie damals waren?«
»Nun, ich stand mit Bruder Niccolò und einigen dieser Wissenschaftler vor den Apparaturen. Eine von ihnen besaß eine Art Hohlspiegel, den ich getrost mit dem Bildschirm eines Fernsehgerätes vergleichen kann. Vor dem Experiment fragte uns mein Ordensbruder, ob wir an Herzbeschwerden litten oder sonst eine chronische Krankheit hätten.«
»Warum stellte er diese seltsame Frage?«
»Er meinte, wir würden vor Schrecken zu zittern beginnen, wenn wir die Bilder und Töne aus ferner Zeit zu sehen bekämen. Dann fragte er uns, in welcher Sprache wir die Oper zu sehen wünschten, in Griechisch, Ägyptisch oder Latein. Wir wählten das Lateinische.«
Ein paar Touristen gingen an den beiden Männern vorüber. Lächelnd bat eine Japanerin den Reporter um ein Foto von ihr und der Lagunenstadt, deren imposante Wahrzeichen sich im Hintergrund über dem braunen Wasser des Kanals erhoben. Obwohl er über die Unterbrechung ungehalten war, tat Zigrand ihr den Gefallen.
»Erzählen Sie weiter, Bruder Giovanni!«
»Wir waren bei der Aufführung dieser antiken Oper. Was

soll ich Ihnen sagen, es war phantastisch und wir alle zitterten wahrhaftig vor Erregung. Die Musik, die Sänger, ja sogar die applaudierenden Zuschauer waren deutlich zu sehen. Nach dieser Rekonstruktion hatten wir den Text und die Noten dieses alten Werkes wieder in den Händen. Und was das Schönste daran ist: Wir wissen endlich, wie das antike Latein wirklich klingt. Ein Wunder!«

»Ein Wunder ist etwas, vorüber man sich wundert«, sagte Zigrand sarkastisch. »Ich wundere mich über nichts mehr.«

Wenn tatsächlich so ein Apparat existierte, müßte es möglich sein, auch das Leben von Franziska und ihre letzten Minuten zu rekonstruieren, überlegte der Reporter. Verrückt!

»Was könnte ich tun, um einen Blick auf den Chronovisor zu werfen, Bruder Giovanni? Vielleicht braucht Ihr Orden eine großzügige Spende, um längst fällige Reparaturarbeiten in den Klöstern zu bezahlen.«

»Um Gottes willen«, schluckte der Mönch betroffen. »Eher würden sämtliche Klöster Italiens einstürzen, bevor ein Fremder den Chronovisor zu sehen bekäme.«

»Angenommen, dieser Apparat existiert wirklich. Er wäre die größte Erfindung der Menschheit, mit dessen Hilfe sie ihre Geschichte endlich objektiv aufarbeiten könnte. Auf diese Möglichkeit hätten wir alle ein Anrecht.«

»Mit diesem Gerät können Sie nicht nur in der fernen Vergangenheit herumstöbern und etwa die Leidensgeschichte unseres Herrn oder den Zerfall des römischen Imperiums rekonstruieren, sondern auch herausfinden, was sich vor zwei Minuten bei Ihnen zu Hause ereignet hat. Damit gäbe es keine Geheimnisse mehr auf der Welt. Es wäre fürchterlich.«

»Pater Niccolò hat sich dieses Schweigegelübde auferlegt, um nicht der Versuchung zu erliegen, mit jemanden über

den Chronovisor zu sprechen«, faßte Zigrand sein Gespräch mit dem Mönch zusammen. »Und Sie können das, was Sie im Zusammenhang mit dieser Maschine gesehen und gehört haben, nicht beweisen.«
»Gott ist mein Zeuge«, flüsterte der Mönch und blickte dabei seinen Gast treuherzig an.
»Ich brauche Fakten«, antwortete Zigrand knapp und erhob sich.
»Für Fakten ist Gott nicht zuständig«, entgegnete der Benediktiner bescheiden. »Aber kommen Sie doch im Jahre Zweitausend noch einmal vorbei, wenn Bruder Niccolòs Gelübde abgelaufen ist. Vielleicht empfängt er Sie ja. Ich werde mich gerne für Sie verwenden. So Gott es will.«
»Danke, Bruder Giovanni«, sagte Zigrand und schüttelte dem Mann zum Abschied die Hand. Dann ging er hinunter zur Schiffsanlegestelle, um mit einem Vaporetto der Linie 5 hinüber nach San Marco zu fahren.

Von Londons Paddington Station bis in die Kleinstadt Salisbury im Südwesten Englands sind es mit dem Zug knapp zwei Stunden. Stefan Zigrand genoß die grüne Parklandschaft der Insel mit ihrem unvergleichlich blauen Himmel und den aufgeblähten weißen Wolken, die sich zu Gnomen, urzeitlichen Tieren und Götterköpfen formten, je länger man sie betrachtete.
In Salisbury nahm sich der Reporter ein Zimmer im »Red Lion«, dessen verblichene Pracht an eine Theaterkulisse erinnerte, die in die Jahre gekommen war. Bevor er zu seiner Verabredung ging, leistete er sich ein Essen beim Chinesen. Er schätzte die Engländer, verabscheute aber ihre Landesküche.
Zur Teestunde war er mit Mrs. Emily Fisher verabredet, einer alten Dame, die in einem der kleinen Reihenhäuser der Castle Street wohnte, schon fast in der Nähe von Stone-

henge. Vielleicht war es die Nachbarschaft zur mysteriösen Steinkultstätte, die aus der zarten, liebenswürdigen Lady eine Geistermalerin gemacht hatte.

Nachdem Zigrand am Tee genippt und mit ein wenig braunem Zucker nachgesüßt hatte, griff Emily Fisher zu ihrem Zeichenblock. Dabei summte sie leise vor sich hin.

»Wie viele Personen sind zur Zeit in diesem Zimmer, Mr. Zigrand?« unterbrach sie ihre Melodie. Der Reporter blickte sich mit gespieltem Interesse um, doch außer Mrs. Fisher und einem dicken weißen Kater, der auf einem Kletterbaum schlief, konnte er kein anderes Lebewesen entdekken.

»Nun, wenn ich nicht irre, sind wir hier zu zweit«, antwortete er verbindlich lächelnd. »Mit dem Tier da oben wären wir zu dritt.«

»Sie irren sich nicht, Mr. Zigrand, wenn Sie damit die hier körperlich Anwesenden meinen. Leider können Sie nicht die vielen Geistwesen sehen, die sich hier eingefunden haben. Ich habe den Eindruck, unsere Freunde sind neugierig auf Ihren Besuch.«

Mrs. Fisher griff zum Kohlestift und konzentrierte sich auf das Porträt, das auf ihrem Zeichenblock langsam Konturen gewann.

»Viele dieser Geistwesen haben mit Ihnen zu tun«, erklärte sie. »Es sind entweder verstorbene Freunde oder Familienmitglieder. Manche von ihnen haben Sie möglicherweise zu deren Lebzeiten gar nicht gekannt.«

Ein auf der Straße vorbeifahrender Lastwagen ließ die Fensterscheiben leise klirren. Dann war es wieder still. Inzwischen erwachte der Kater aus seinem Schlaf, streckte sich und schaute sich neugierig um. Es schien, als ob seine Augen irgend etwas verfolgten, das sich an der Zimmerdecke bewegte.

»Bleib ganz ruhig, Charlie«, wandte sich Mrs. Fisher an

ihren vierbeinigen Mitbewohner. »Wir haben mal wieder viel Besuch bekommen. Du kennst das ja schon.«
»Wollen Sie damit sagen, daß Ihr Kater etwas sieht, was uns verborgen bleibt?«
»Genauso ist es. Katzen haben ein anderes Wahrnehmungsvermögen, das ihnen gestattet, auch die Welt hinter der Welt zu sehen.«
Die alte Dame saß mit dem Rücken zum Fenster, um das einfallende Tageslicht für ihre Arbeit zu nutzen. So war es ihrem Gast nicht möglich, einen Blick auf die entstehende Zeichnung zu werfen.
»Hier ist eine fröhliche rundliche Dame mit einem ovalen Gesicht, die ihr schwarzes Haar hinten zu einem Knoten gebunden hat. Sie spürt eine tiefe Melancholie in Ihnen und sagt, Sie sollten sich an den Mohnkuchen erinnern, den sie immer für Sie gebacken hat. Das würde Sie aufheitern.«
Dabei drehte sie das Blatt um, so daß Zigrand sich mit dem Porträt vertraut machen konnte. Es war tatsächlich das Gesicht einer gutmütigen alten Frau, deren Züge ihm bekannt vorkamen.
»Sie steht Ihnen sehr nahe, sagt sie. Vielleicht ist es Ihre Mutter oder Ihre Großmutter. Es muß jemand aus Ihrer Verwandtschaft sein. Sie fragt mich gerade, ob Sie sich nicht an ihren Hasenrücken mit Semmelknödeln erinnern, den Sie immer so gerne mochten?«
Stefan Zigrand schloß die Augen. Täuschte er sich, oder hatte er wirklich diesen unnachahmlich süßsäuerlichen Duft von Hasenbraten in der Nase, den ihm seine Lieblingstante kochte, wann immer er sie im Herbst auf ihrem Bauernhof besuchte. Der Geruch weckte längst verschollene Erinnerungen: Der kleine Stefan auf dem alten, verblichenen Sofa in der Wohnküche von Tante Rosa, das sie einen »Faulenzer« nannte, weil der Onkel nach dem Essen darauf seinen Mittagsschlaf zu halten pflegte.

»Tante Rosa«, sagte er verblüfft. »Es ist das Bild meiner Tante Rosa, die kurz vor ihrem fünfundachtzigsten Geburtstag gestorben ist. Im Gasthaus war schon ein Tisch bestellt für ihre große Familie. Ein paar Tage vor der Feier ist sie abends eingeschlafen und morgens nicht mehr aufgewacht. Sie hat sich heimlich davongemacht.«
»Ein wunderbarer Übergang in die andere Welt«, lächelte Emily Fisher versonnen. »Nicht jedem ist so ein großartiges Geschenk vergönnt.«
Wie konnte diese alte, zugegeben etwas schrullige englische Landlady etwas von seiner Tante Rosa wissen, an die er sich kaum noch erinnerte, wären da nicht der Duft von Hasenbraten und die Bilder eines Ofenblechs mit gerade gebackenem Mohnkuchen gewesen, in dessen oberste Schicht die Tante noch eine Portion Pflaumenmus gemischt hatte.
Während Zigrand seinen Gedanken nachhing, hatte Mrs. Fisher längst wieder zu ihrem Zeichenblock gegriffen und skizzierte mit festem, sicheren Strich das nächste Porträt. »Tante Rosa hat sich für heute verabschiedet«, lächelte sie beglückt. »Sie läßt Ihnen ausrichten, daß Sie sich nicht von Ihrem Weg abbringen lassen sollen. Er führt direkt zu einem Menschen, den Sie sehr gerne haben. Nein, Tante Rosa verbessert sich gerade. Sie meint, daß dieser Mensch Ihre wahre, große und ewige Liebe sei. Sie wüßten bestimmt, wer gemeint ist.«
Stefan Zigrand bemühte sich, nicht den Boden unter den Füßen zu verlieren. Das Bild der Tante, der versteckte Hinweis auf Franziska. Woher konnte die gute Emily, die sich bereits in die nächste Zeichnung vertieft hatte, diese Informationen haben? Wo - verdammt noch mal - war da der Trick?
»Ich zeichne gerade einen Mann, der hinter Ihnen steht«, nahm Mrs. Fisher geduldig das Gespräch wieder auf.

»Er sagt, daß er gerne weiter mit Ihnen gearbeitet hätte. Obwohl er die damalige Trennung von Ihnen bereut, fühlt er sich dort sehr wohl, wo er gerade ist. Schauen Sie mal!«
Zigrand erschrak. Auf dem Papier, das Mrs. Fisher ihm reichte, erkannte er auf den ersten Blick die männlich-markanten Züge seines Kollegen Michael, der sich vor einem Jahr erhängt hatte. Er trug noch immer die randlose Brille und das kurz geschnittene Haar, wie damals in Saigon, als sie gemeinsam den Einmarsch der Nordvietnamesen vom Dach des Hotels »Caravelle« beobachteten. Einige der dabei entstandenen Bilder waren mit der Ausstellung »World Press Photos« um die Welt gegangen.
»Dieser Mann ist sehr besorgt um Sie. Er möchte Sie warnen ...« Emily Fisher vollendete den Satz nicht und schaute angestrengt auf ihr Papier.
»Vor wem oder was will er mich warnen?«
»Ich habe ihn nicht mehr verstanden, weil er zu schnell verschwand. Es war ihm wichtig, Ihnen zu sagen, daß es ihn noch gibt und er nicht ein für allemal verschwunden ist, nur weil er starb.«
Mrs. Fisher nippte an ihrem Tee und knabberte mit ihren kleinen spitzen Zähnen an einem gezuckerten Keks. Auch Zigrand nahm einen Schluck aus der zierlichen Tasse.
»Tante Rosa hat recht, Mrs. Fisher«, überwand er seine Skepsis. »Es gibt wirklich einen Menschen, den ich sehr liebe und von dem ich vermute, daß er inzwischen tot ist. Es ist eine junge Frau namens Franziska. Könnten Sie einen Kontakt zu ihr aufnehmen?«
Mrs. Fisher sah ihn über ihre schmale Lesebrille aufmerksam an, und er wagte nicht, das Schweigen zu unterbrechen, das wie eine mächtige Wolke im Zimmer hing. Nach endlos scheinenden Minuten griff die Frau wieder zu Block und Stift und begann eilig mit ihrer Arbeit. Strich für Strich

formte sich, unsichtbar für Zigrand, das Bild eines Menschen. »Es ist eine Frau, die gerade das Zimmer betreten hat«, erklärte Mrs. Fisher. »Sie erzählt mir, wie Sie sich kennengelernt haben. Sie waren ihr sofort aufgefallen, weil Sie ein großer, gutaussehender Mann sind. Kann es sein, daß Sie ihr in einem Filmatelier zum ersten Mal begegnet sind?«

Emily Fisher drehte das inzwischen fertige Porträt in Zigrands Richtung. Verblüfft blickte er in die weit geöffneten Augen von Evelyn Kaufmann, die ihn vom Blatt herunter neugierig zu mustern schien. Er erinnerte sich an ihre Begegnung im Fernsehstudio, als Jaeger sein Experiment gemacht und die verstorbene Sylvia ihre Mutter aus den Apparaten heraus angesprochen hatte.

»Die Frau freut sich, daß Sie den Widerstand ihr und ihrer Arbeit gegenüber aufgegeben haben. Sie richtet Ihnen auch Grüße aus von einem Mann, der sich ebenfalls mit dieser Tätigkeit beschäftigte. Können Sie damit etwas anfangen?«

»Ja«, erwiderte Zigrand leise. »Ich denke schon.« Inzwischen war es dämmrig geworden. Emily Fisher goß heißen Tee nach und bot ihrem Gast von dem winzigen silbernen Tablett ein paar Süßigkeiten an.

»Es tut mir leid, Sir, aber ich bin jetzt sehr müde. Um mit unseren Jenseitigen zu kommunizieren, brauche ich viel Energie. Ist sie verschwunden, sind auch unsere Freunde weg. So einfach ist das.«

Als sie ihre Zeichenutensilien auf einen Beistelltisch gelegt hatte, sprang der Kater auf ihren Schoß. Während sie das Tier graulte, erzählte Mrs. Fisher dem Reporter Einzelheiten über ihre seltsame Passion. Schon als Kind habe sie mit – für die Erwachsenen unsichtbaren – Kameraden gespielt, Kindern aus dem Jenseits, denen es nach ein bißchen Abwechslung zumute gewesen sei. Immer, wenn

Leute aus der Familie und dem Bekanntenkreis gestorben waren, erschienen sie kurz darauf bei ihr und ließen sich porträtieren. Später hatte die junge Frau eine Kunstakademie in London besucht, wo sie ihre Zeichentechnik wesentlich verbessern konnte.

»Zu meinem Erstaunen traf ich dort noch andere Menschen, die medial waren und Gesichter von Verstorbenen malten. Inzwischen ist das in England fast eine eigene Kunstrichtung geworden. Die ›BBC‹ hat einen Film über uns gemacht, wir treten in Talk-Shows auf und werden zu Kongressen ins Ausland eingeladen. Unsere Botschaft ist: Es gibt keinen Tod. Unsere Verstorbenen leben weiter, ja manchmal sind sie uns sogar so nahe, daß wir sie malen können.«[36]

»Warum konnten Sie keinen Kontakt zu Franziska Berg aufnehmen?«

Stefan Zigrand war enttäuscht, daß seine Reise in die englische Provinzstadt für ihn letzten Endes ergebnislos verlaufen war. Tief in seinem Inneren hatte er natürlich doch gehofft, ein glaubwürdiges Zeichen von Franziska zu erhalten. Lag das Ausbleiben einer solchen Botschaft vielleicht daran, daß Franziska das makabre Geschehen in Florenz überlebt hatte?

»Auch unsere Verstorbenen verfügen über einen freien Willen«, lächelte Emily Fisher milde. »Franziska war entweder nicht bereit oder sie hatte etwas anderes zu tun. Ich weiß, daß diese Erklärung Sie möglicherweise befremdet. Alles in allem würde ich Ihren Besuch bei mir als geglückt bezeichnen. Sie haben wunderbare Informationen von Ihrer Tante, Ihrem Freund und der jungen Frau aus dem Filmatelier erhalten. Alle drei wollten Ihnen sagen, daß Sie sich keine Sorgen um sie machen müssen.«

In der düsteren, mit alten Stichen von einer längst vergessenen Fuchsjagd vollgehängten Bar im »Red Lion« trank

Stefan Zigrand an diesem Abend fünf gut gefüllte Gläser Whisky und zwei Stout-Beer vom Faß, weil er fürchtete, sonst in dem kahlen Zimmer mit der abwaschbaren Tapete nicht einschlafen zu können. Die Geister allerdings, die er gerufen hatte, ließen sich auch mit dem besten schottischen Whisky nicht vertreiben.

Gespräche mit dem Präsidenten

So nehmt, o Brüder, eine Hand
voll Erde
und gebt sie mir zum Abschied
auf den Weg.
Ich weiß, daß ich bald sterben
werde.
Ein Gast nimmt leise seinen Hut
und geht.

Hans Sahl

Die nächsten Tage verbrachte Zigrand am Meer. Vom Morgengrauen bis zum Sonnenuntergang wanderte er zwischen den Dünen und ließ es zu, daß der Wind in seinen Kopf einzog, sich mit seiner Wunderkraft all der angesammelten dunklen Gedanken annahm, sie packte und über die See davontrug. Es gab ein Wort für diese Stimmung: Melancholie. Als Junge hatte Zigrand einmal in einem Lexikon nachgeschlagen, um zu erfahren, was es bedeutete. Dabei stieß er auf unzählige Wörter, die er noch nie gehört hatte, und er nahm sich vor, das Lexikon auswendig zu lernen, um eines Tages alles zu wissen.

»Du mußt wieder hören lernen«, flüsterte der Wind. Und Zigrand vernahm tausend Geräusche, auf die er nie geachtet hatte. »Du mußt wieder schauen lernen«, raunte der Wind. Und zum erstenmal schaute Zigrand wirklich. Er sah, wie nach einer einzigen Nacht zitronengelbe Blumen zwischen den Strandgräsern emporgeschossen waren, und er nahm wahr, daß der Horizont fliederfarben war und das

Schilf in tiefbraunen Tönen schimmerte. Er sah Möwen lautlos in die Unendlichkeit des Himmels steigen. Er sah das Meer ihm zulächeln wie einem vertrauten Freund. Er sah den goldfarbenen Käfer auf dem Farnblatt, den Krähenschwarm im Morgennebel und den Tautropfen, der zur schimmernden Perle wurde. Er sah die Erde auf den Feldern schwarz und fruchtbar werden. Er sah, wie sich das Land unter seinen Füßen, der Himmel über ihm und das tosende Meer in der Ferne zu einem Reigen zusammenfanden. Er streckte die Arme aus, warf den Kopf zurück und nahm Teil an diesem wilden Tanz. Befreit schloß er die Augen, wohl wissend, daß er den Geistern der Vergangenheit endlich entkommen war.

In seinem Londoner Hotel erhielt er einen Anruf von Franz Berger aus Frankfurt. In der Redaktion war ein Brief aus der Schweiz eingetroffen, der gleichwohl von einem Psychopathen wie von einem genialen Erfinder stammen konnte. Der Mann bezog sich auf die Veröffentlichungen des Nachrichtenmagazins zum Thema »Leben nach dem Tod« und bot an, über eine von ihm entwickelte Apparatur ein Gespräch mit dem ermordeten amerikanischen Präsidenten John F. Kennedy zu führen. Als Treffpunkt schlug er das Hotel »Glacier du Rhône« bei Gletsch vor, direkt am berühmten Rhônegletscher. »Grosse möchte, daß du dir die Sache ansiehst und den ganzen Zauber als Schwindel entlarvst. Langsam sind hier alle genervt von diesem Quatsch, zumal wir ganz schön unter Druck gesetzt werden. Von den Pfaffen bis zu den Pharma-Bossen, alle versuchen, uns auf die fieseste Weise unglaubwürdig zu machen.«
Zigrand erkannte, daß das Blatt sich zu wenden begann. Er flog noch am gleichen Tag nach Zürich, mietete sich ein Auto und fuhr über Andermatt zum Furkapaß. Anfangs er-

weckten die zartgrünen Nußbäume und blühenden Kastanien in der Ebene einen südlichen Eindruck, doch schon bald traten die steilen Bergwände dichter an die Straße heran, und an den bewaldeten Schluchten und der beginnenden Steigung erkannte Zigrand, daß er sich im Hochgebirge befand. Irritiert bemerkte er, daß die Bilder der schneebedeckten Berge, deren schroffe Gipfel gewaltige Löcher in die weißen Wolken rissen, ihn nicht erreichten. Zu sehr war er mit diesem seltsamen Experiment beschäftigt. Noch am Strand von Hastings hatte er sich vorgenommen, die Suche nach den Geheimnissen des Todes zu beenden und sich wieder dem Leben mit seinen alltäglichen Gewohnheiten zuzuwenden.

Der Tag war kalt und naß und grau. Nur im Süden, zwischen den Bergflanken, leuchtete ein azurblauer Himmelsfetzen. Zigrand durchquerte den Ort Gletsch, der wohl nur deshalb existiert, weil sich unweit davon eine ramponierte Naturschönheit von immer mehr Menschen, die mit immer mehr Autos und Motorrädern herkommen, bestaunen, fotografieren und betatschen läßt: eine ausgefranste riesige Eiszunge, die milchiggrau getarnt am gleichfarbigen Felsen hing und zusehends an Größe verlor - der Rhônegletscher.

Im letzten Jahrhundert waren zwei Hotels hier oben entstanden, deren erste Gäste noch zu Fuß oder per Maultier anreisten. Bald brachten auf einer Schotterstraße vierspännige Postkutschen illustre Gäste wie die englische Königin Viktoria herauf. Sie stakten über das ewige Eis und kletterten in den Gletschertunnel, in dem es noch heute märchenhaft blau schimmert und der jedes Jahr aufs neue von kräftigen Männern in wochenlanger Arbeit ins Eis geschlagen werden muß.

Zigrand parkte vor dem Hotel, betrat die leere Halle und bediente kurzerhand die Klingel am Empfangstresen. Es dauerte, bis eine junge Frau aus dem dahinter liegenden Raum erschien.

»Gruezi«, sagte sie herzlich. »Sie müssen Herr Zigrand sein. Sie sind bereits der zweite Gast in diesem Jahr. Wir haben nämlich gestern erst wieder geöffnet.«

Zigrand schritt über knarrende Holzböden, durch dunkle Gänge, vorbei an leeren Räumen. Die Frau hatte ihm erzählt, daß das Hotel nur vier Monate im Jahr geöffnet sei. Wenn die Straßen im Winter zugeschneit sind, herrscht in Gletsch bis weit in den Mai hinein absolute Ruhe. Kein Mensch überwintert hier.

Langsam brach die Nacht herein. Zigrand schaute aus dem Fenster seines Zimmers, in dem eine dicke Roßhaarmatratze auf einem mächtigen Bettgestell den meisten Platz einnahm. Der Lärm auf der Straße verebbte, nur das nahe Rauschen der Rhône war zu hören, die hier Rotten hieß. Vor dem Hotel brannte kein einziges Licht, doch der Himmel war von einem wundervollen Sternenmeer erleuchtet.

Die beiden Männer trafen sich im Belle-Époque-Saal, in dem sich außer ihnen niemand befand. Den Aperitif nahmen sie vor dem lodernden Feuer eines gekachelten Kamins in der Lobby, um sich später einem viergängigen Menü zu widmen, das ein Meisterkoch für seine zwei einsamen Gäste zubereitet hatte. Zigrand schätzte kulinarische Verabredungen, doch an diesem Abend hatte er weder ungeteilte Freude an seinem Gast noch an der angebotenen Mahlzeit.

Dean Iverson stellte sich als Informatiker aus Ohio vor, dem die Lizenzen aus ein paar gelungenen Erfindungen ein materiell sorgenfreies Leben ermöglichten. Schon immer sei er am Phänomen des Todes interessiert gewesen und seine Neugier verstärkte sich, nachdem er von Moodys Nahtodforschungen erfahren habe. Kontakte mit amerikanischen Stimmenforschern ermöglichten ihm erste Versuche mit technischen Geräten. Natürlich verfolge er die Arbeiten seiner europäischen Kollegen, habe aber bisher noch keinen Kontakt zu ihnen aufgenommen.

»Warum haben Sie mich hier in dieses einsame Hotel bestellt?« fragte Zigrand unwillig. »Ich bin an solch konspirativen Spielchen eigentlich nicht interessiert.«

»Schon als Kind besuchte ich mit meinen Eltern diesen seltsamen Ort«, holte Iverson aus. »Damals war es ein verzauberter Platz, dem Himmel sehr nahe. Heute ist er zu einer Straßenkreuzung verkommen.«

»Sie haben mich doch sicher nicht hierher zitiert, damit ich mir Ihre sentimentalen Erinnerungen anhöre«, stellte Zigrand ungerührt fest und nahm den letzten Schluck aus dem Rotweinglas.

»Nichts eignet sich für unser Experiment besser als die Ruhe und Abgeschiedenheit eines solchen Hotels«, erklärte der Amerikaner geheimnisvoll. »Sie sollen der erste Mensch sein, dem ich mein Gerät zeige.«

Die beiden Männer gingen in einen Nebenraum des Speisesaals, an dessen Wänden ein paar alte Jagdgewehre und eine lange Reihe verblichener Geweihe hingen. Auf eichenen Regalen und einem geschnitzten Buffet standen zahlreiche Teller und Becher aus Zinn.

»Dies ist meine *Spirit machine*«, sagte Iverson und deutete auf ein silbrig glänzendes Gerät, das kaum größer als ein Schuhkarton war und an eines der phantasielos gestalteten Radiogeräte aus Japan erinnerte. Zwischen ein paar Reglern befand sich ein schwarz verdrahteter Lautsprecher. Auf den ersten Blick nicht gerade ein aufregendes technisches Glanzstück. »Sie werden zu gegebener Zeit Gelegenheit haben, dieses Gerät von Experten untersuchen zu lassen«, versicherte der Mann, als er Zigrands Skepsis bemerkte. »Schon aus eigenem Interesse möchte ich, daß meine Erfindung in der ganzen Welt anerkannt und respektiert wird. Mit ihr habe ich den endgültigen Beweis für ein Leben nach dem Tod geschaffen.«

»Sie geben vor, mit dem toten Kennedy zu kommunizieren.«

»Er war der erste Verstorbene, der sich auf der Spirit machine gemeldet hat. Offenbar hat er Gefallen an dem Dialog mit mir gefunden. Es ist ihm wohl daran gelegen, auf seine unsterbliche Existenz aufmerksam zu machen.«

Während Dean Iverson das Gerät einschaltete, holte Zigrand ein vorbereitetes Manuskript aus der Tasche. Als junger Reporter hatte er Kennedy auf dessen triumphaler Deutschlandreise begleitet. Seitdem - und erst recht nach dessen spektakulärer Ermordung - war er sowohl an der politischen Leistung wie auch an der persönlichen Lebensgeschichte des Präsidenten interessiert. Zusätzlich hatte ihn das Archiv von »Aktuell« mit Material versorgt, so daß er sich einen Fragenkatalog ausarbeiten konnte. Wenn die Spirit machine ein ausgemachter Schwindel sein sollte, würde er es bald bemerken.

»Sie können Ihre Fragen getrost in Deutsch formulieren«, erläuterte Iverson. »Was Sie hören, sind materialisierte Gedanken, eine Art hörbare Telepathie.«

Der Mann, Zigrand schätzte ihn auf Mitte 50, zog sich einen Stuhl heran und bedeutete dem Reporter, sich ebenfalls zu setzen.

»Ich rufe John Fitzgerald Kennedy.« Ohne salbungsvolle Einleitung kam Iverson gleich zur Sache. Zigrand beobachtete ihn verstohlen. Der Mann schien gebildet, höflich und zurückhaltend zu sein, ohne die den Amerikanern oft nachgesagte Oberflächlichkeit. Auch zeigte er keinerlei missionarischen Eifer, wie ihn Zigrand so oft bei den Transkommunikationsforschern als störend empfunden hatte.

Im Lautsprecher knisterte es, dann meldete sich eine leise, aber kräftige männliche Stimme.
»Hi Dean, hier ist Jack.«
Stefan Zigrand zuckte zusammen. Welches Schmierentheater wurde da gespielt? Diesmal würde er die miesen Tricks entlarven, damit endlich ein Schlußstrich unter dieses Possenstück vom Jenseits gezogen werden konnte.
»Wie Sie sehen, habe ich heute Besuch. Es ist ein Journalist aus Deutschland, der ein paar Fragen an Sie hat. Wir wollen mit diesem Experiment beweisen, daß Ihr Körper zwar am 22. November 1963 in Dallas gestorben, Ihre Persönlichkeit aber intakt geblieben ist. Können wir mit dem Dialog beginnen?«
»Fragen Sie bitte«, antwortete die Stimme.
»Mr. Kennedy, können Sie den Ort beschreiben, an dem Sie sich jetzt aufhalten?« wollte Zigrand wissen.
»Nein, es ist für einen Menschen, der wie Sie an Raum und Zeit gebunden ist, nicht möglich, diese Dimension zu begreifen.«
»Geht es Ihnen gut, Sir?«
»Nennen Sie mich Jack, wie alle anderen auch.«
»Gut, Jack. Ich hoffe, Sie haben nichts gegen ein paar Fragen, die eigentlich nur Sie beantworten können. Ich muß wissen, ob Sie wirklich der Präsident der Vereinigten Staaten sind.«
»Ich war es, mein Freund. Jetzt ist ein anderer der Präsident.«
»Sie erinnern sich bestimmt noch an den Tag, als Sie Ihren Amtseid ablegten.«
»Wir hatten Schnee in Washington und es war lausig kalt. Um Mitternacht war die Stadt im Schnee versunken.«
»Sie fuhren in dem schwarzen Lincoln am Abend vom Amtseinführungskonzert in der Constitution Hall zum festlichen Präsidentenball ins Zeughaus. Unterwegs sahen

Sie aus dem Fenster Autofahrer, deren Fahrzeuge steckengeblieben waren und die Ihnen zuwinkten. Meine Frage: Wer war außer Ihrer Frau mit im Wagen, und was haben Sie in diesem Moment gesagt?«

»Es war mein Freund Jack Walton und ich sagte ihm: ›Mach die Lichter an, damit sie Jackie sehen können.‹«

Zigrand schluckte heftig. Die Antwort stimmte. Walton hatte ihm die niemals veröffentlichte Anekdote vor Jahren in Washington erzählt.

»Ihre Pressereferentin, Mrs. Lincoln ...«

»Mrs. Lincoln war meine persönliche Sekretärin«, unterbrach die Stimme ungehalten.

»Richtig, Jack. Mrs. Lincoln erzählte später einmal, daß Sie nach dem Mittagessen eine besondere Angewohnheit hatten. Was war das, und von wem wurden Sie dazu angeregt?«

Aus dem Lautsprecher tönte ein sympathisches Lachen. »Sie meinen die Dreiviertelstunde Mittagsschlaf, die ich mir schon als Senator regelmäßig genehmigte. Ich zog mich dafür aus und legte mich ins Bett, genau wie Winston Churchill, von dem ich den Tip habe.«

Es stimmte genau. Wer immer hinter der Stimme steckte, er war über Kennedy bestens informiert.

»Erinnern Sie sich noch an ein Abendessen im Weißen Haus zu Ehren eines berühmten Künstlers, der an diesem Tag seinen 75. Geburtstag feierte?«

»Es war Igor Strawinskij, und er fühlte sich gar nicht wohl, weil nur von Dingen geredet wurde, von denen er keine Ahnung hatte. Erst als ich einen Trinkspruch auf ihn ausbrachte, fühlte er sich bei uns wie zu Hause.«

»Wer hat Sie zu welchem Zeitpunkt darüber informiert, daß die Russen Raketen auf Kuba stationiert hatten?«

»Es war der 15. oder 16. Oktober 1962, als mir McGeorge Bundy die Nachricht überbrachte, daß eine unserer U 2-

Maschinen bei klarem Wetter sowjetische Raketenabschußbasen auf Kuba fotografiert hatte. Ich saß noch im Morgenrock mit meiner Familie beim Frühstück.«
Die Angaben der mysteriösen Stimme waren so präzise, daß Zigrand nichts hinzuzufügen wußte. Er fragte die Stimme nach weiteren Details aus der Amtszeit des Präsidenten, aber auch aus seiner Zeit als junger Senator. Jede der erhaltenen Antworten war korrekt.
»Im Juni 1963 traten Sie eine triumphale Reise durch Deutschland an. Auf dem Platz vor dem Schöneberger Rathaus sprachen Sie den schon legendären Satz: ›Ich bin ein Berliner.‹ Wie kam es dazu?«
»Die damalige Rede hatte Ted Sorensen für mich konzipiert und diesen Satz, der ja ein Zitat aus dem antiken Rom ist, auf die Berliner Situation umgemünzt. Eigentlich hätte ich ihn in Englisch sagen sollen, doch dann habe ich mit meinem Dolmetscher eine deutsche Version eingeübt. Immer wieder, bis ich die Lautschrift auf meinem Blatt gut aussprechen konnte.«
»Erinnern Sie sich noch an den Namen des Dolmetschers?«
»Ja, es war Mr. Lochner, der mich während der gesamten Reise durch Deutschland begleitet hat.«
Zigrand zitterten die Hände. Auch diese Erklärung stimmte. Er hatte ein paar Monate zuvor mit einem Kollegen gesprochen, der den damaligen Dolmetscher Kennedys gut kannte. Zigrand fand es an der Zeit, den Dialog zu beenden.
»Wer immer Sie auch sein mögen, ich bin beeindruckt.«
»Das freut mich«, antwortete die fremde Stimme. »Und was immer Sie jetzt denken mögen, denken Sie das Richtige. Seien Sie so offen, wie es Ihre Freundin gewesen ist.«
Stefan Zigrand wurde blaß. Iverson schaltete das Gerät aus und packte es in einen dafür ausgelegten Koffer.

»Er war heute sehr gesprächig«, sagte er zufrieden. »Außerdem scheint er auch einiges von Ihnen zu wissen.«
Bereitwillig antwortete der Amerikaner zum Schluß auf die Fragen des Reporters zu seiner Person, gab seine Heimatadresse und ein paar Referenzen an. »Ich verstehe, daß Sie sich absichern müssen«, meinte er gutmütig. »Wir können uns jederzeit wieder treffen, um noch andere Interviews mit Verstorbenen zu führen. Der Kontakt mit Kennedy ist erst der Anfang meiner Arbeit.«
In der folgenden Nacht schrieb der Reporter alles nieder, was er mit dem kleinen Tonbandgerät in seiner Jackentasche aufgezeichnet hatte. Das Gespräch mit Iverson im Speisesaal und den Dialog mit der Stimme, die vorgab, von John F. Kennedy zu stammen. Wie gerne hätte er dazu eine Flasche Rotwein getrunken, um seine aufgeregten Gedanken zu beschwichtigen. Doch im Hause war es dunkel und still. Niemand reagierte auf seine Rufe. Gegen drei Uhr entschloß sich Zigrand, mit seinem Freund Franz Berger zu telefonieren. Er klang müde und mürrisch, war aber sofort hellwach, als er Einzelheiten hörte.
»Ich werde sofort durch unser Washingtoner Büro die Angaben des Onkels aus Amerika überprüfen lassen. Übermittle mir deinen Bericht morgen früh per Fax. Ist ja ein tolles Ding!«
Am nächsten Morgen nahm sich Zigrand nicht einmal die Zeit für ein Frühstück, so daß er kurz nach Öffnung des Postamtes dem Schalterbeamten das Fax nach Frankfurt über den Tresen reichen konnte. Nachdem die Redaktion eine Bestätigung aus Ohio erhalten hatte, daß alle persönlichen Angaben von Dean Iverson der Wahrheit entsprachen, entschloß sich Helmut Grosse zur Veröffentlichung. Entgegen dem sonstigen Stil des Nachrichtenmagazins flüchtete sich »Aktuell« bei der Story über das Interview mit dem toten Kennedy zwar häufig in den Konjunk-

tiv und behalf sich mit etlichen Fragezeichen, druckte aber den Dialog mit »der Stimme« im vollen Wortlaut ab.
Am Sonntag erschienen die ersten Vorausexemplare für ausgewählte Empfänger, am Montag früh kaufte sich Zigrand das Heft beim Umsteigen auf dem Basler Bahnhof. Als er vom Zug aus bei Berger anrief, spürte er an dessen belegter Stimme, daß etwas nicht stimmen konnte.
Es war wie bei einer Tour im Gebirge. Du stehst mit beiden Füßen fest im Fels, deine Hände umklammern das sichere Seil. Die Sonne scheint und deine Eindrücke sind unbeschreiblich. Du hast es geschafft, du bist auf dem Gipfel. Unter dir ist alles bedeutungslos. Dann löst sich ein vermooster Stein, der jahrtausendelang jedem Sturzbach getrotzt hat. In dieser Sekunde aber war er dein einziger Halt. Du siehst ihm nach, wie er ein paar Meter vor dir in die Tiefe poltert. Und während du ihm verwundert folgst, empfindest du während eines winzigen Bruchteils der dir noch verbliebenen Zeit das herrliche Gefühl des Schwebens. Endlich bist du frei.
Stefan Zigrand war abgestürzt. Es gab zwar einen Dean Iverson in Ohio, aber der befand sich zum Zeitpunkt des Treffens mit dem »Aktuell«-Reporter auf einem Informatiker-Kongreß in Boston. Er zeigte sich irritiert, als amerikanische Journalisten ihn dort nach der Spirit machine fragten. Der Mann im »Glacier du Rhône« war ein Betrüger, das vorgestellte Gerät eine raffinierte Konstruktion, mit deren Hilfe der Reporter Stefan Zigrand und mit ihm die Redaktion unglaubwürdig gemacht worden waren. Wer auch immer hinter diesen Machenschaften stand, der Coup war professionell eingefädelt und durchgezogen worden. »Ganz Deutschland lacht«, schrieb die größte Boulevardzeitung des Kontinents, und der italienische »Corriere della Sera« stand mit seinem Kommentar stellvertretend für viele europäische Zeitungen: »Allen Hoff-

nungen zum Trotz erwiesen sich die mit elektronischen Geräten durchgeführten Jenseits-Dialoge als ausgemachter Schwindel. Eigentlich schade drum. Schon haben wir uns behaglich auf ein Leben nach dem Tode eingerichtet, da ist alles wieder vorbei. Es wird also weiter gestorben, so wie vor hundert, tausend und hunderttausend Jahren. Das Jenseits ist mit technischen Spitzfindigkeiten nicht zu erkunden. Demütig geben wir es in die Obhut der Theologen zurück.«

Berger machte gar nicht erst den Versuch, seinen Freund umzustimmen, als er noch vom Zugtelefon aus um die fristlose Kündigung seines Vertrages bat. In Karlsruhe verließ er den Intercity, löste eine Karte und fuhr über Basel und den Brenner zurück nach Florenz.

Bei Wein und Brot

Franziska,
eine Flasche Verdot unter dem
vollen Licht des Mondes,
die Wärme unserer Haut
und Botticelli in den Uffizien.
Wir haben das Beste geteilt, was
das Leben zu bieten hat.

Stefan

Nachdem der Frühling vielverprechend begonnen hatte, wurden die Tage wärmer. Die Farben des Sommers legten sich auf das Land und spiegelten sich in den Augen der Menschen, die ihr Lachen wiedergefunden hatten.

Stefan Zigrand war auf dem Weg nach Fiesole zu Antonio Vitali. In seinem Kopf herrschte Chaos. Längst Vergessenes drang an die Oberfläche; Bilder, Worte, Ereignisse verschwammen miteinander, lösten sich auf und schufen Platz für Nachdrängendes. Er fand keine Möglichkeit, die Flut der über ihm zusammenbrechenden Erinnerungen einzudämmen.

Als damals das Leben aus dem Körper seines Vaters entwich, der gewaltige Mann neben ihm auf der Parkbank zusammengesunken war und wildfremde Menschen panisch nach Hilfe riefen, war der Sohn nach Hause gegangen, hatte sich Bratkartoffeln gemacht, die Schulaufgaben erledigt und sich ins Bett gelegt. Auch als er Jahrzehnte danach die Nachricht vom Freitod seines Freundes Michael bekam, flüchtete er sich in den Schlaf. In diesen Tagen des

Aufruhrs vermochte der Schlaf ihm keinen Frieden zu bringen. Das Leben war in seiner ganzen Launenhaftigkeit über ihn hergefallen.

Antonio Vitali ließ Brot und Wein bringen. Die beiden Männer aßen schweigend. Zigrand spürte, wie die Ruhe des Klosters seine Aufgeregtheit zu dämpfen begann.

»Als Priester würde ich sagen, das Böse hat wieder einmal einen Sieg errungen«, begann der Pater das Gespräch. »Aber als einer, der in dieser Welt lebt, möchte ich es nicht so formulieren.« Als er sah, daß sein Gast schwieg, setzte er seine Betrachtungen fort.

»Ein intelligent ausgedachter und glänzend durchgezogener Coup! Wer immer dahintersteckt, sein Plan ist aufgegangen. Geschickt bediente man sich dabei der Gier der Medien nach immer neuen Sensationen. Der Schwindel mit der Kennedy-Stimme war ein willkommener Anlaß für sie, daß ganze Thema der nachtodlichen Existenz lächerlich zu machen.«

Zigrand ging nicht auf seine Bemerkungen ein. »Wo ist Franziska?« fragte er abrupt.

»Der Staatsanwalt reagiert schon äußerst gereizt, wenn er am Telefon meinen Namen hört«, antwortete Vitali. »Franziska Berg ist und bleibt verschwunden.«

»Wenn sie tot ist, wo ist sie dann in diesem Augenblick?« Zigrands Stimme zitterte. Er griff hilfesuchend nach der Hand des Paters und hielt sie fest umschlossen.

»Wir haben darüber schon gesprochen, Herr Zigrand«, versuchte der Pater sein Gegenüber zu beruhigen. »Wenn Franziska - wie Sie es nennen - tot ist, dann ist sie in einer anderen, feinstofflichen Welt äußerst lebendig. Haben Sie denn noch immer nichts begriffen?«

»Es ist so schwer, das alles zu glauben.«

Antonio Vitali ging zu einem Regal neben dem Fenster und

griff nach einer ledergebundenen Mappe, aus der er ein zusammengelegtes Papier nahm, das er wie ein Poster auf dem Tisch entfaltete.
»Was ich Ihnen jetzt sage, ist nicht die Lehrmeinung der Kirche. In dieser Graphik sind alle Informationen verarbeitet, die wir bisher aus der Transkommunikationsforschung erhalten haben. Wenn Sie so wollen, ist es ein mühsam zusammengesetztes Puzzle aus vielen einzelnen Botschaften.«
Zigrand beugte sich müde über das Blatt, auf dem unterschiedliche Textpassagen farbig markiert und untereinander mit Pfeilen verbunden waren.
»Ich habe Ihnen bei Ihrem letzten Besuch versprochen, das nächste Mal mehr über nachtodliche Zustände zu erzählen. Bitte bedenken Sie, daß wir es hier nicht mit einem Wunschdenken zu tun haben, mit Religion oder Spiritismus. Ich offeriere Ihnen in einer Kurzfassung gewissermaßen den Geist der Metapyhsik.«[37]
Zigrand nahm einen tiefen Schluck aus dem Glas. Der Wein verfehlte nicht seine Wirkung, so daß er gelassener den Ausführungen des Paters zuhören konnte.
»Der Sinn des Lebens ist stetiges mentales, emotionales und spirituelles Wachstum«, erklärte Vitali. »Wir bewegen uns dabei im Laufe der Jahrhunderte auf zehn verschiedenen Ebenen. Sie und ich tummeln uns gerade in einem physischen Körper auf der Erde. Nach unserem Tod finden wir uns völlig intakt auf einer Astralebene wieder, die zum jeweiligen Bewußtseinszustand unseres irdischen Lebens paßt. Je nachdem, wie fortgeschritten unsere Persönlichkeit ist, existiert sie auf der dritten oder vierten Ebene weiter. Von der fünften bis zur zehnten Ebene wissen wir nur sehr wenig. Wir erreichen sie nicht direkt von der Erde aus, sondern wechseln von der vierten Dimension direkt in die anderen Seinsbereiche. Wenn Sie so wollen, ist dies eine von

uns selbst beschlossene Beförderung innerhalb der Astralwelt.«
»Hierarchien«, stöhnte Zigrand verzweifelt. »Überall scheint es diese verdammten Standesunterschiede zu geben, sogar im Jenseits.«
»Zugegeben, es klingt alles so trivial«, versuchte Vitali ihn zu beschwichtigen. »Bei der Beschreibung dieser Bewußtseinsebenen muß ich mich aber auf die Begrifflichkeit unserer Welt beschränken.«
»Was spielt sich eigentlich auf der zweiten Ebene ab?« unterbrach ihn Zigrand. »Davon haben Sie noch nie gesprochen.«
»Nach meiner Erkenntnis ist dies der Bewußtseinszustand aller habgierigen, lieblosen und kriminellen Menschen nach ihrem Tod«, erklärte Antonio Vitali. »Es scheint mir jedoch kein Ort ewiger Verdammnis zu sein. Diese Menschen werden in einem späteren Leben auf der Erde mit ihrem Fehlverhalten konfrontiert, um es gegebenenfalls einsichtsvoll zu korrigieren. Wir haben es hier mit dem typischen Resonanzgesetz zu tun. Wer anderen eine Grube gräbt und so weiter.«
»Und ganz oben auf der Leiter? Erwartet uns gequälte Erdenmenschen dann endlich das Paradies?«
»Über die siebente bis zehnte Dimension gibt es nur Vermutungen«, antwortete der Pater. »Unsere buddhistischen Freunde sprechen von einem Zustand der Leere oder des reinen Bewußtseins. Darüber erhebt sich das Nirwana, in dem sich alle Individualität in einer Weltenseele auflöst.«
»Es ist vollbracht«, ergänzte Zigrand. »Kann ich noch etwas Wein haben?«
Vitali holte eine neue Flasche, entkorkte sie und goß seinem Besucher ein. Dann nahm er den Gesprächsfaden wieder auf.

»Wenn wir von einem Universum ausgehen, das, wie der Philosoph Teilhard de Chardin das einmal genannt hat, seiner Vervollkommnung zustrebt, zu einem Punkt Omega hin, in dem sich alle Entwicklung punktet, dann sind alle Erscheinungen in diesem Kosmos - also auch Leben und Tod - Teil einer alles übergreifenden Ordnung.«
Stefan Zigrand fühlte, wie sich die Worte des Paters im Raum verloren, während dieser besorgt die zunehmende Erschöpfung seines Gastes beobachtete. Seine Einladung, in einer freien Zelle des Klosters zu übernachten, nahm Zigrand gerne an. Noch während er sich entkleidete, befiel ihn eine nie gekannte Unruhe, und er faßte den Entschluß, doch noch in sein Hotel nach Florenz zu fahren.
Zu dieser nächtlichen Stunde kamen ihm auf der kurvigen Straße nur wenige Wagen entgegen. Das Geräusch des Motors dämpfte für kurze Zeit seine aufgeregten Gedanken. Während er vereinzelte Lichter der Stadt zwischen den Bäumen aufblitzen sah, schaltete er das Radio ein. Er hatte die Melodie schon erwartet und ahnte, wie sie wirklich entstand. Sie kam nicht einfach aus dem Radio, sondern aus den Zellen im Gehirn von Peter Tschaikowskij. Er hatte sie einst aufgeschrieben, und jetzt erweckte sie jemand Note für Note zu neuem Leben. Stefan Zigrand fühlte, wie die Musik sich seiner bemächtigte und er im Takt des »Blumenwalzers« zu schwingen begann.
»Komm«, flüsterte eine Stimme. Zigrand beugte sich erschrocken über das Lenkrad und drehte am Lautstärkeregler des Autoradios. »Komm, Stefan! Komm!«
Franziska! Es war Franziskas Stimme!
Zigrand riß das Steuer herum, sein rechter Fuß rutschte auf das Gaspedal. Ein glühender Komet zog über den Himmel und sog ihn mit sich fort. Zwischen feurig sprühenden Blitzen wurde er hinausgeschleudert in das schwarze Universum, prallte an den bläulichen Strahlen des Planeten ab,

um schließlich eingefangen zu werden von einem grellen, blendenden Licht. Es war, als bohre sich ein weißglühendes Schwert tief in sein Innerstes. Eine sanfte Stille beendete die Qual. Stefan Zigrand war von seiner einsamen Seelenfahrt zurückgekehrt.

Epilog

Die italienische Polizei fand in der Brieftasche des Toten einen Presseausweis und die Adresse seines Arbeitgebers. Die Daten wurden über Interpol an das Polizeipräsidium in Frankfurt weitergeleitet. Da sich der Chefredakteur des Nachrichtenmagazins »Aktuell« auf einer Dienstreise befand, übernahm Franz Berger die unangenehme Aufgabe, Anna Maria Zigrand in München vom Tod ihres geschiedenen Mannes zu unterrichten.

Drei Tage später wurde in der Redaktion heftig darüber diskutiert, ob man dem verstorbenen Chefreporter einen Nachruf auf der letzten Seite widmen sollte. Mitten in der Debatte erschien eine blasse Sekretärin, die den Redakteuren wortlos ein großformatiges Schwarzweißfoto auf den Tisch legte, das gerade auf elektronischem Weg übermittelt worden war. Es zeigte Stefan Zigrand und Franziska Berg lachend und in zärtlicher Umarmung inmitten einer tropischen Landschaft. Palmen neigten sich über einen einsamen Strand, im Hintergrund zog eine dünne Rauchfahne aus einem Vulkankegel. Am Rande des Bildes entdeckten die Kollegen auf einer ihnen unbekannten Blume einen riesigen Schmetterling, im Verhältnis so groß wie eine Zeitungsseite. Niemand von ihnen hatte jemals ein solch phantastisches Insekt gesehen.

Ein Experte des Senckenberg-Museums konnte weiterhelfen. Bei dem Tier handelte es sich um einen *Archegetes neuropterorum* aus der letzten Periode des Mesozoikums. Die Gattung war auf der Erde vor 63 Millionen Jahren ausgestorben.

Dokumentarteil

1 Die in der Handlung zitierten paranormalen Stimmen - in Großbuchstaben gesetzt - sind sogenannte Jenseits-Aussagen, die von unterschiedlichen Experimentatoren authentisch aufgezeichnet wurden.

2 Aus »Die Welt« vom 14. Oktober 1990

3 Dr. Raymond Moody von der Universität in Virginia (USA) hat während einer fünfjährigen Untersuchung 150 Patienten befragt, die nach ihrem klinischen Tod reanimiert wurden. Die individuellen Berichte stimmen in den wichtigsten Details überein. Die Patienten schwebten über ihrem Körper, sahen ihren »Lebensfilm« ablaufen und erblickten ein helles, unwirklich schönes Licht am Ende eines Tunnels. Dieses Phänomen, für das es keine abschließende wissenschaftliche Erklärung gibt, ist nach Überzeugung seines Entdeckers Moody für die Philosophie, die Medizin und die Seelsorge von weitreichender Bedeutung. Moody hat seine Arbeiten in den Büchern »Leben nach dem Tod« und »Nachgedanken über das Leben nach dem Tod« (Rowohlt Verlag, Hamburg) veröffentlicht.

4 Erschienen im Kreuz Verlag, Freiburg

5 Siehe »Der Spiegel« Nr. 52/1994

6 Erschienen im Piper Verlag, München

7 Anregungen zu diesem Dialog sind dem Buch »Instrumentelle Transkommunikation« (R. G. Fischer Verlag, Frankfurt), Seite 147/148, von Dr. Ernst Senkowski entnommen. Der Autor stellt erstmals den gesamten Komplex der technisch gestützten Kommunikation mit jenseitigen Bewußtseinswelten in einer wissenschaftlichen Dokumentation dar.

8 Nach dem Christus-Wort vom Gesetz, von dem kein Quentchen wegfallen könne und das den Weg der Seele bestimmt, war das Urchristentum von der Reinkarnation, also der ständigen Wiedergeburt der Seele in jeweils anderen Körpern, überzeugt. Jesus: »Im Hause meines Vaters gibt es viele Wohnungen.«
Inzwischen denken die Katholiken, der Wiedergeburtsbegriff sei glaubenswidrig, weil die von dem Kirchenlehrer Origines vertretene Lehre auf dem Konzil von Konstantinopel im Jahre 553 in Acht und

Bann getan wurde. Die Forschung weiß längst, daß die von Papst Vigilius unterzeichneten Protokolle dieses Konzils die Präexistenzhypothese des Origines mit keinem Wort erwähnen. Das aber wäre zweifellos der Fall gewesen, hätte man auf dem Konzil von ihr gesprochen. Daraus ergibt sich der Schluß, daß das Anathem - also die Verhängung des Kirchenbanns - gegen Origines nur das Ergebnis einer extrakonziliaren, das heißt ökumenisch nicht gültigen Bischofskonferenz sein kann. In der Konsequenz würde dies bedeuten, daß der Wiedergeburtsgedanke noch heute zum Dogma der Kirche gehört.

9 Der amerikanische Techniker George W. Meek hatte in den siebziger Jahren innerhalb der *Metascience Foundation* mit dem sogenannten *Spiricom-Verfahren* einen medial-technischen Kontakt zu einer nicht näher identifizierten Transwesenheit namens *Doc Nick* entwickelt. Das Spiricom-Material wurde 1982 veröffentlicht. Der amerikanische Journalist John G. Fuller hat nach intensiven Recherchen diese Ereignisse in dem Buch »The Ghost of 29 Mc« der englischsprechenden Öffentlichkeit zugänglich gemacht.

10 Zusammen mit Kalbeb Utrecht veröffentlichte Professor Paul Tholey das Buch »Schöpferisch Träumen« (Falken-Verlag, Niedernhausen), in dem die beiden Autoren ihre langjährigen Erfahrungen als Klarträumer schildern. Sie geben darüber hinaus Hinweise, wie man diese Technik erlernen und als Lebenshilfe nutzen kann.

11 REM-Phase, nach den englischen Wörtern »Rapid Eye Movements«: schnelle Augenbewegungen, ein typischen Zeichen dieser Schlafphase.

12 Das Buch ist in Deutsch als »Aids - Herausforderung zur Menschlichkeit« (Kreuz Verlag, Freiburg) erschienen. Elisabeth Kübler-Ross schildert darin Begegnungen mit Aids-Kranken im letzten Stadium, die sie als »Menschen von unverfälschter Spiritualität« bezeichnet. »Sie kennen keine Qualen mehr, sondern nur noch eine Fülle unendlich schöner Erfahrungen.« Nicht-Infizierte könnten von ihnen lernen. Im Umgang mit den Todgeweihten ließen sich neue Formen der »bedingungslosen Liebe« erproben.

13 Der Journalist Wolfgang Korruhn befragte Hoimar von Ditfurth für den WDR.

14 Das Thema des Luxemburger Vortrages ist in dem Taschenbuch »Unbegreifliche Realität« (Knaur Verlag, München) enthalten.

15 Professor Erich Kleber wurde für dieses Buch erfunden. Er trägt jedoch Züge des freundlichen Professors Dr. Ernst Senkowski aus Mainz, der als Physiker gegen den Widerstand vieler Kollegen das

Phänomen der Tonbandstimmen untersuchte und den Begriff »Instrumentelle Transkommunikation« in die Diskussion einführte. Das bereits erwähnte Buch (7) trägt den Untertitel »Ergebnisse und Probleme der medial-technischen Verwirklichung audio-visueller Kontakte mit autonom erscheinenden Strukturen unbekannter Seinsbereiche«.

16 »Der Spiegel«, Nr. 19/Jahrgang 41, Titelstory »Herzinfarkt«

17 Wer das Menü probieren möchte: Grotto Romitaggio. CH 6597 Romitaggio, Tel. 092-641577.

18 Zitate aus diesem Dialog wurden beeinflußt von Veröffentlichungen aus den Büchern von Stefan von Jankovich »Ich war klinisch tot« (Drei Eichen Verlag, München) und »Knaur Lesefestival Unglaubliche Geschichten«, Kapitel »Eine andere Welt« von Henry Jaeger (Knaur Verlag, München).

19 Der Elektroakustiker Hans-Otto König hat nach einer erfolgreich getesteten Kombination des Generators mit einer Infrarotapparatur ein System entwickelt, in dem eine Infrarotstrecke mit einer VHF-Strecke eine rückgekoppelte Schleife bildet. Sechs definierte Infrarotschwingungen im Bereich um 1000 nm werden von sechs Sendedioden über etwa zwei m freien Raum auf einen Infrarotempfänger gestrahlt. Das demodulierte Signal moduliert einen Hochfrequenzoszillator geringer Leistung im VHF-Bereich, dessen Schwingungen von einer Stabantenne abgestrahlt, in einigen dm Entfernung von einer ähnlichen Empfangsantenne aufgenommen und wieder demoduliert werden. Mit der Rückführung zur Modulation der Infrarotsendedioden schließt sich der Kreis. Das im ungestörten Zustand (eventuell unmittelbar vor dem Schwingungeinsatz des Systems) über Filter und Verstärker dem Lautsprecher und Aufzeichnungsgerät zugeleitete Rauschen wird von den paranormalen Stimmen weitgehend unterdrückt, deren allgemeine Charakteristika sich von denen der nach dem System des Generators erhaltenen Informationen kaum unterscheiden. Professor Senkowski stellte fest, daß nach dem Aufbau und dem Einschalten der Apparatur und den ersten Bitten um Meldung einige Minuten vergehen, währenddessen ein Kontaktfeld aufgebaut wird und gelegentlich leise Stimmen zu hören sind.

20 Das hier geschilderte Experiment wurde in ähnlicher Form von RTL-Television in der Reihe »Unglaubliche Geschichten« ausgestrahlt. Die im Roman beschriebenen Personen sind frei erfunden. Besonders der Elektroakustiker Ewald Jaeger ist nicht identisch mit Hans-Otto König, einem verdienstvollen Pionier der Instrumentellen Transkommunikation.

[21] Im Januar 1996 bestätigte die Zeitung »Moskowskije Nowostij« zum ersten Mal Gerüchte um ein unterirdisches Transportsystem in Moskau für die Führungselite des Landes. Die geheime Metro soll ein Streckennetz von insgesamt 330 Kilometern befahren.

[22] Die Zitate stammen aus »Doktor Erich Kästners Lyrische Hausapotheke« (Droemer Knaur, München).

[23] Wer sich für dieses Thema interessiert, dem sei das Buch von Penelope Smith »Gespräche mit Tieren« (Verlag Zweitausendeins, Frankfurt am Main) empfohlen. Die kanadische Tiertherapeutin lehrt darin telepathische Techniken zur Kommunikation mit Haustieren. Sie berichtet, was sie in ihren Gesprächen mit unzähligen Tieren – von Meerschweinchen, Hunden, Katzen, Pferden, Delphinen bis hin zu Flöhen und Fliegen – erfahren und gelernt hat.

[24] Zitat aus »Spirit Voices« No. 17/Januar 1996: »Diese Arbeit ist von großer Wichtigkeit, nicht nur für unsere gegenwärtige Gesellschaft, sondern auch für die zahlreichen Generationen, die nach uns kommen werden.«

[25] Johann Wolfgang von Goethe (1749–1832) verbrachte Kindheit und frühe Jugend in Frankfurt. Zeit seines Lebens war er ein geübter Wanderer, der die Strecke zwischen Frankfurt und Offenbach (12 Kilometer) oder von Frankfurt nach Darmstadt (50 Kilometer) mühelos zurücklegte. In seinen literarischen Werken, aber auch bei den naturwissenschaftlichen Forschungen beschäftigte er sich stets mit der Metapyhsik, also der Lehre, die das hinter der sinnlich erfahrbaren, natürlichen Welt Liegende behandelt. Goethe war sowohl von einem Leben nach dem Tod als auch von der Wiedergeburt überzeugt: »Des Menschen Seele gleicht dem Wasser. Vom Himmel kommt es, zum Himmel steigt es und wieder nieder zur Erde muß es. Ewig wechselnd.« In einem Gespräch nach der Beerdigung seines Freundes Christoph Martin Wieland sagte Goethe: »Ich bin gewiß, wie Sie mich hier sehen, schon tausendmal dagewesen und hoffe, wohl noch tausendmal wiederzukommen.«

[26] Am 8. Februar 1996 strahlte die ARD den Beitrag »Von UFOs entführt« des NDR-Wissenschaftsjournalisten Heinz Rohde aus, in dem mehrere Deutsche von traumatischen Erlebnissen berichteten, die sie als Folge von Entführungen in intergalaktische Raumschiffe erlitten haben wollten.

[27] Dem deutschen Physiker Walter Oelert gelang es 1995, das erste Antiatom herzustellen – den atomaren Baustein möglicher fremder Antimaterie-Welten. Der Fund weckte Science-fiction-Phantasien und Ängste vor superstarken Antimaterie-Waffen. Für die Physiker

könnte er den Weg zur Lösung eines Urrätsels weisen: Warum existiert überhaupt Materie? Und: Wie funktionierte der Urknall, also die Entstehung des Universums, wirklich? Titelstory im »Spiegel« 3/1996.

28 »Der Spiegel« berichtete in Nr. 16/1996 über den Kongreß der »Society for Neuroscience« in San Diego, zu dem rund 2000 Bewußtseinsforscher kamen. Zitate: »Wie kann das materielle Gehirn etwas Nichtkörperliches wie Gedanken, Ideen oder Vorstellungen erzeugen?« – »Die Welt der Atome und Moleküle ist reich an höchst bizarren Phänomenen: Das Verhalten einzelner Teilchen ist unvorhersagbar; aus dem Nichts entstehen beispielsweise Partikel und vergehen wieder.« – »Der Mensch treibt in einem kleinen Boot namens ›Ich‹ auf dem unermeßlichen Ozean des Unbewußten.«

29 Vorbild für die Arbeiten des Rentners Peter Hörich aus Trier sind die paranormalen Experimente des Klaus Schreiber aus Aachen, der 1988 starb. Die damalige Versuchsanordnung beschreibt Professor Dr. Ernst Senkowski in dem Buch von Rainer Holbe »Bilder aus dem Reich der Toten« (Knaur 3868). Der Autor legt besonderen Wert auf die Feststellung, daß er zu den Schilderungen über paranormale Bilder von den Arbeiten Schreibers zwar angeregt wurde, die Figur des Peter Hörich jedoch frei erfunden ist. Ähnlichkeiten mit der Person Schreibers wären zufällig.

30 Zitate aus dem Buch »Zimmer mit Aussicht« von E. M. Forster, erschienen im Nymphenburger Verlag, München.

31 Das Bild »Aufstieg ins Empyreum« (»Aufstieg in das himmlische Paradies«) von Hieronymus Bosch (1450–1516) befindet sich in der Gemäldesammlung im Dogenpalast von Venedig.

32 Das Experiment wurde von dem Schweizer Börsenmakler Dr. Wolfgang Eisenbeiss organisiert, der sich damit einen Beweis für das individuelle Überleben des Todes erhoffte. Über längere Zeit hinweg reagierte der Schach-Großmeister Viktor Kortschnoi auf Spielzüge, die ihm über ein Medium von dem verstorbenen ungarischen Großmeister Geza Maroczy übermittelt wurden. (Siehe auch Rainer Holbes Buch »Phantastische Phänomene«, erschienen im Herbig Verlag, München.)

33 Der englische Biologe Professor Rupert Sheldrake geht davon aus, daß sein Modell von den morphogenetischen Feldern eine Art Weltgedächtnis repräsentiert, in dem Form und Verhalten von Organismen enthalten sind. Entwickelt eine bestimmte Anzahl von Mitgliedern einer Spezies ein bestimmtes Verhalten, dann wird dies unbewußt von den anderen Mitglieder übernommen. Diesen

geistigen Kontakt nennt er morphische Resonanz. Möglicherweise läßt sich das Phänomen paranormaler Stimmen und Bilder hier einordnen.

34 Hier ist der Fall des Manfred Boden beschrieben, eines freiberuflichen Statikers aus Bühl, der über drei Jahre hinweg mysteriöse Stimmen aufzeichnete, die sich gezielt und regelmäßig in seine Telefongespräche einmischten. Daß der Mann selbst Initiator des Spuks gewesen sein könnte, ist wegen der zahlreichen Zeugen während der Vorgänge auszuschließen. Ein Protokoll der mit den »Wesenheiten aus der siebenten Dimension« geführten Dialoge ist in Rainer Holbes Buch »Neue phantastische Phänomene« (erschienen im Herbig Verlag und als Ullstein-Taschenbuch) nachzulesen.

35 Die Journalistin Anita Pensoti sprach für »Oggi« mit Professor Giuseppe Marasca aus Jesi, der ihr von der Existenz mehrerer Maschinen berichtete, die zusammengefaßt als *Chronovisor* bezeichnet wurden. Dabei nannte er die Namen Pater Agostino Gemelli und Pater Ernetti, die bereits mit der Entdeckung des Tonbandstimmen-Phänomens in Verbindung gebracht werden. Ernetti sprach in seinem Vortrag »Theologie - Wissenschaft - Magie« im Oktober 1986 im norditalienischen Trento zum ersten Mal von einem *Chronovisor*, mit dem »Licht- und Schallwellen der irdischen Vergangenheit« rekonstruiert werden könnten. »Ihm bekannte Wissenschaftler« gehen davon aus, daß es ein Prinzip der höheren Physik gibt, nach dem alles Leben eine »visuell-akustische Doppelspur« hinterläßt, die zurückverfolgt werden kann. Ernetti umschrieb vorsichtig auch die Funktionsweise des Chronovisors (übersetzt etwa »Zeitseher«). Danach besteht die Apparatur aus drei Gruppen, die auf unterschiedliche Aufgaben programmiert sind. Es gelte, »Schwingungen zu lokalisieren und zu empfangen, die seit Jahrtausenden existieren«. (Siehe auch Anmerkung 33 zu Sheldrakes morphogenetischen Feldern.)

36 Vorbild für die vom Autor erfundene Emily Fisher waren englische Trance-Malerinnen wie Coral Polge aus London sowie Elizabeth Vickers und Dorothy Jean Crowder-Hall aus Luddington, die in der SAT 1-Sendung »Phantastische Phänomene« auftraten und mit ihren live entstandenen Porträts von Verstorbenen die anwesenden Zuschauer verblüfften. Ein ähnliches Phänomen repräsentiert die Londoner Hausfrau Rosemary Brown, die behauptet, daß Franz Liszt, Frédéric Chopin und Ludwig van Beethoven im Jenseits weiterkomponieren und ihr oft ganze Klavierkonzerte übermitteln. Musikwissenschaftler attestieren diesen Werken eine große musikali-

sche Qualität. So ist zum Beispiel das - nach ihren Aussagen - von Liszt übermittelte Tongemälde »Jesus walking at the water« und der raffinierte »Valse Brillante« ganz im Stil des verstorbenen Meisters komponiert.

[37] Das Wort kommt aus dem Lateinischen »meta physika« und bedeutet: Das, was nach der Physik kommt. Metaphysik ist die Lehre von dem, was hinter den Dingen steckt, die Suche nach Sinn und Wesen des Seins.

Inhalt